GEORGES PEREC
53 TAGE

ROMAN

Aus dem Französischen von
Eugen Helmlé

Mit einem Nachwort von
Jacques Roubaud

CARL HANSER VERLAG

Die Originalausgabe erschien 1989 bei P.O.L. in Paris.
Die französische Ausgabe besorgten Harry Mathews
und Jacques Roubaud.

ISBN 3-446-15985-1

Satz: Fotosatz Reinhard Amann Aichstetten
Druck und Bindung:
Franz Spiegel Buch GmbH, Ulm-Jungingen
Printed in Germany

Mit Ausnahme einiger geschichtlicher, geographischer und literarischer Verweise gehören alle Personen, Ereignisse, Orte und Landschaften in den Bereich der reinen Fiktion.

I
53 Tage

Erstes Kapitel

Am 15. Mai.

Armee und Polizei durchkämmen auch weiterhin die Stadt.

Vor zehn Tagen, zum zwanzigsten Jahrestag der Unabhängigkeit, haben sich die Arbeiter der Bergwerke von Cularo in der Avenue der Präsidentschaft-auf-Lebenszeit versammelt; es gab acht Tote, darunter eine Frau und ein Kind; der Ausnahmezustand wurde ausgerufen, mit allem, was an Schikanen und Mißhandlungen dazugehört: Verhaftung der mutmaßlichen Anführer, absolutes Versammlungsverbot, Fahrzeugkontrollen, Ausgangssperre ab sechs Uhr abends. Selbstverständlich wurde auch das französische Gymnasium ebenso wie alle andern Schulen geschlossen.

Allmählich sah Grianta den ganzen Tag über so aus, wie es gewöhnlich erst nachmittags um fünf aussieht: eine tote Stadt, erdrückt von Hitze und Schweigen. Gegen Abend, um die Zeit, da die Menge nach altem Brauch unter den Arkaden des Friedensplatzes zusammenströmt, macht es in der Tat einen seltsamen Eindruck, die Kaffeehausterrassen praktisch leer zu sehen; die Kellner stehen reglos, aufgereiht hinter den Azaleenrabatten, ihre großen runden Tabletts unterm Arm, und betrachen, ohne sie zu sehen, die wenigen Militärs, die vor einem Fläschchen Fanta an den Tischen sitzen; vor einer Woche war ein Oberkellner aus der Brasserie de Paris schwer verdroschen worden, weil er eine Weinschaumcreme über einen Leutnant der Bereitschaftspolizei verschüttet hatte; seitdem befleißigen sich alle Kellner von Grianta den höheren Diensträngen gegenüber eines unvergleichlich wirksamen passiven Widerstands: sie geben sich nach außen hin den Anschein mustergültigen Eifers und bringen es fertig, gut fünfundzwanzig Minuten zu brauchen, um eine Limonade oder ein Granité zu bringen.

Ich bin in diesen zehn Tagen praktisch nicht aus dem Haus gegangen; ich habe lediglich jeden Abend von viertel nach fünf bis viertel vor sechs einen kleinen Gang ins Stadtzentrum gemacht; es geschah vor allem, um den Vögeln zu lauschen; sie versammeln sich um diese Zeit zu Tausenden in den Eukalyptusbäumen, aber gewöhnlich herrscht ein solcher Betrieb, daß man sie fast nicht hört; gleichzeitig habe ich die Gelegenheit genutzt, um einige Besorgungen zu machen, bevor ich wieder heimging; Gino hat seinen Laden lieber dichtgemacht, als täglich vier bis fünf Polizeirazzien über sich ergehen zu lassen; außerdem machen es die meisten seiner Stammgäste seit der Ausgangssperre wie ich: sie bleiben zu Hause. Was nicht immer ein Vergnügen ist. Die französischen Zeitungen sind verboten und im Fernsehen gibt es außer dem goldplombierten Lächeln des Präsidenten-auf-Lebenszeit und den Juwelen und Hängebacken seiner imposanten Frau Gemahlin nichts zu sehen: die beiden nehmen zwischen den Audienzen, die er gewährt, den Reden, die er hält, den Kinderkrippen, die sie eröffnet und den Empfängen, bei denen sie gemeinsam erscheinen, allein vierzig Minuten der einstündigen Abendnachrichten in Anspruch, während die anderen zwanzig Minuten in der Reihenfolge abnehmender Bedeutung dem Innenminister (»Der Aufsteigende Mann«), den amtlichen Verlautbarungen der Sicherheitspolizei, den Versammlungen der Kommission für die Reform der Landwirtschaft, dem Fußball (Nationalsport), den »kulturellen Themen« (die Waisenkinder aus dem Mädchenheim von Monférine, die für den Besuch des Präsidenten-auf-Lebenszeit Blumenkränze binden, oder das Finale des Großen Internationalen Wettbewerbs der folkloristischen Tänze im Ministerium für Handwerk und Tourismus) und schließlich dem rium für Handwerk und Tourismus) und schließlich dem Wetterbericht, der von beständiger und drückender Tropikalität ist, gewidmet sind.

Es mißfiel mir nicht allzu sehr, daß ich nichts zu tun hatte, ich meine, nichts besonderes; es änderte ein wenig die übliche Routine, die um diese Zeit des Jahres oft, wenn auch nicht unerträglich, doch zumindest wirklich anstrengend zu werden beginnt: der Unterricht muß vorbereitet, die Klassenarbeiten müssen korrigiert werden, dazu die Lehrerkonferenzen; es waren gewissermaßen Zwangsferien, etwa sieben Wochen vor den so sehnsüchtig erwarteten und erhofften »richtigen« Ferien; ich hatte eine ganze Menge Dinge zu lesen, unter anderem einen Schmöker von Rosenstiehl über die Labyrinthe, einige Kriminalromane, dazu einen Band Kreuzworträtsel, den ich gerade erst aus Paris bekommen hatte. Aber es mißfällt mir auch nicht, ganz im Gegenteil, daß ich heute mit einer ganz bestimmten Aufgabe betraut worden bin, das ist etwas für mich ganz Neues und auf Anhieb Aufregendes.
Heute morgen also habe ich vom Konsul einen Anruf erhalten; er wünschte mich so schnell wie möglich zu sehen und lud mich zum Mittagessen in die Bar des Hilton ein (das hier als eines der *Non-plus-ultra-Hotels* angesehen wird).

Ich kam um fünf vor zwölf im Hilton an; die Verabredung war für zwölf Uhr getroffen worden (ich habe eine fast panische Angst davor, zu früh oder zu spät zu kommen); ich hatte meinen hellgrauen Alpaka-Anzug angezogen und eine Krawatte umgebunden, was die lärmende Heiterkeit einiger Säbelschlepper hervorrief, die vor dem Archäologie-Institut auf und ab gingen; ich nehme ihnen das nicht übel; es stimmt schon, daß man verrückt sein muß, um in Grianta um halb zwölf Uhr mittags mit Jackett und Krawatte auszugehen, und in der Tat hatte ich lange gezögert, bevor ich mich für eine Kleidung entschied, von der mir schien, daß sie am besten den Umständen, wenn auch in keinster Weise dem Klima entsprach.

Vor dem Hilton hatten zwei Panzerfahrzeuge Posten bezogen; ein Unteroffizier im Tarnanzug, von außergewöhnlicher Korpulenz, tastete mich auf Herz und Nieren ab, um festzustellen, ob ich keine Waffen trüge; auf der anderen Seite der Drehtür, hinter einem dieser kleinen Schreibschränke, wie sie gewöhnlich in den Hallen der großen Hotels stehen, damit die Gäste daran ihre Post erledigen können, saß ein anderer Soldat und fragte mich nach meinem Paß, in dem er dann mit enervierender Langsamkeit herumblätterte. Schließlich warf er ihn auf seine Schreibunterlage und ließ sich dazu herab, mich wissen zu lassen, daß er mir beim Verlassen des Hotels zurückgegeben werden würde.

In der Bar war niemand: nicht nur kein Gast, sondern auch weder Barkeeper noch Kellner; die Klimaanlage und das Halbdunkel bewirkten eine schätzenswerte Kühle; die stimmungsvolle Musik, von einer sorgfältig keimfrei gemachten Süßlichkeit (ein Arrangement für großes Streichorchester eines alten Hits, der, wenn ich mich recht erinnere, *Es regnet über dem Comer See* hieß, oder etwas in dieser Art), war diskret genug, um nicht wirklich zu stören.

Ich ließ mich in einen blutroten Clubsessel von unanfechtbarer Patina fallen und begann zu warten; ich wagte nicht, in die Hände zu klatschen, um den Kellner herbeizurufen, wie das in allen Schankwirtschaften der Stadt üblich ist; ich blickte um mich und versuchte mich zu erinnern, bei welchen anderen Gelegenheiten ich bereits hierhergekommen war: mit Béatrix? Mit Lescale? Mit den Feders? Sicherlich nicht sehr oft und nur ganz zu Anfang meines Aufenthalts in der Stadt, denn sehr schnell hatte mich mein persönlicher Geschmack die Terrassen mit den Liegestühlen auf dem Platz vom 5. Mai oder die baufälligen Glykosefäßchen der italienischen Eisdielen in der Avenue de France vorziehen lassen. Auf jeden Fall erinnerte ich mich ganz genau, daß ich damals bemerkt hatte, mit welch vollendetem Respekt vor den herrschenden Regeln der Dekorateur den vorschriftsmäßigen Kosmopolitismus und das unerläßliche elitäre System mit dem nicht weniger zwingenden Lokalkolorit zu versöhnen gewußt hatte: einige schillernde Reproduktionen falscher Portolankarten, durch AFRIQUA INCOGNITA und mähnige Ungeheuer in ihrer Wirkung etwas zu sehr verstärkt, beschworen das alte Trugbild der kühnen Forscher; der ausgestopfte Hammerhai sowie die Gazellenhörner, der Rhinozeroskopf, die Elefantenzähne, die Panzer der Riesenschildkröten vermittelten den vom Streß bedrohten Businessmen die erregenden Reize von Großwildjagden und Fischfang auf hoher See, und die Sessel aus echtem Skai, das Ebenholz der Bar, das Kupfer überall, die Spiegel mit den Gravuren, die Tiffany-Lampen, der Teppichboden mit dem echt schottischen Motiv gaben den Gästen die Garantie, daß die großen Traditionen der westlichen Lebenskunst vollständig und peinlich genau respektiert worden waren und daß sie hier als die Very Important People behandelt werden würden, die sie auf jeden Fall waren; was das heimische Handwerk anging, so war es sparsam, aber bezeichnend vertreten durch vier große Krüge mit ockerfarbenen Verzierungen, einige Masken, Krummschwerter und Wurfspieße und die hohen, schmalen Wandbehänge aus Halfagras mit den geometrischen Arabesken, die eine leichte Trennwand zwischen der eigentlichen Bar und dem Gastraum bildeten.

Gegen zehn nach zwölf tauchte ein Kellner im schwarzen Serual und roten, bestickten Spenzer auf; ich bestellte ein Glas Bier, das er mir fast sofort brachte, zusammen mit einer kleinen Auswahl von Oliven und Salzgebäck. Der Konsul war immer noch nicht da. Vielleicht gehörte es zu seinen Gewohnheiten, zu spät zu kommen?

Ich kannte ihn kaum; wie alle anderen französischen Staatsbürger von Grianta wurde ich zweimal jährlich zu dem sehr protokollarischen Gartenfest des Konsulats eingeladen; in Wirklichkeit war ich nur ein einziges Mal hingegangen, nämlich im Jahr zuvor am 14. Juli, und wir hatten nur zwei oder drei konventionelle Sätze miteinander gewechselt; ich hatte ihn dreimal hintereinander etwas länger gesehen, im Januar, als er mich bat, mich auf der Messe von Grianta um den Stand des Französischen Buches zu kümmern (eine lästige und unter dem Gesichtspunkt der kulturellen Ausstrahlung meines Mutter-Vaterlands nahezu völlig unnötige Aufgabe, die es mir aber immerhin ermöglicht hat, auf Kosten der Prinzessin eine Reise nach Paris zu machen). Ich wußte über ihn, was alle Welt wußte: er hatte, bevor er sich vor etwa zehn Jahren in Grianta niederließ, die gleiche Position in einer kleinen italienischen Stadt innegehabt, war angeblich ein Genießer, Feinschmecker und erfahrener Weinkenner, spielte recht gut Tennis und schlecht Bridge (darin mein genaues Gegenteil) und sammelte Mineralien, wobei er manchmal kurze Expeditionen in die Wüste unternahm, um schöne Stücke mitzubringen. Er war ungefähr in meinem Alter – hoch in den Vierzigern – und stammte aus Rouen, ohne normannischer Abstammung zu sein, war in der Marineakademie durchgefallen und sagte, er bedauere das; man erzählte sich allerhand über sein Liebesleben, weil seine Frau, eine große, ein wenig sauertöpfische Blondine, zwei Drittel des Jahres in Bordeaux verbrachte, wo ihre beiden Kinder weiterhin zur Schule gingen; aber nicht eine einzige der gefürchteten Klatschbasen von Grianta (wo Klatsch, üble Nachrede und Geschwätz, kaum nötig, es zu sagen, den wesentlichen Teil des gesellschaftlichen Lebens der französischen Kolonie bilden) hatte den Beweis für seine hypothetischen Seitensprünge erbringen können; die am stärksten verbreitete Meinung war die, daß er in einer Zweitwohnung in der Nähe des Golf-Clubs (die vornehmste Ecke der Stadt, wo die Minister ihre Villen haben) eine Mätresse aushielt, doch wenn das wirklich stimmte, dann geschah es mit einer solchen Diskretion, daß nie etwas davon durchgesickert war. Was seine politischen Ansichten anging, so waren sie von einer mehr als diplomatischen Zweideutigkeit: privat gab er sich als Liberaler, mißbilligte energisch die Polizeimethoden des Präsidenten-auf-Lebenszeit, verstand die Gewerkschaftler und Studenten, die etwas dagegen zu tun versuchten; doch bei der Ausübung seines Amtes legte er eine Vorsicht an den Tag, die schon an Feigheit grenzte; ein Jahr vor meiner Ankunft hatte er, noch bevor die – offiziellen oder inoffiziellen – Behörden sich eingeschaltet hatten, die Abberufung und Rückkehr nach Frankreich eines Lehrbeauftragten der Universität verlangt, der seinen Studenten einen Artikel aus der Zeitschrift *Rot* vorgelesen hatte; er hatte sich anschließend gerechtfertigt und behauptet, er habe ihm nur Folter und Gefängnis ersparen wollen, mit denen er unweigerlich Bekanntschaft gemacht hätte, bevor er dann sowieso ausgewiesen worden wäre.

Während ich genüßlich mein viel zu kaltes Bier – eine örtliche Sitte, an die ich mich nie habe gewöhnen können – schlürfte, kamen mehrere Kellner; sie begannen mit dem Aufstellen der Tische für den »De Luxe Snack«, den die eiligen Gäste in Bälde zu sich nehmen würden, dann brachten sie appetitliche Tabletts mit Hors-d'œuvres und Nachspeisen. Ich fing an hungrig und ungeduldig zu werden.

Der Konsul kam um fünf nach halb eins; er schien ganz überrascht zu sein, als er erfuhr, daß ich seit vierzig Minuten auf ihn wartete, und behauptete energisch, er habe halb eins zu mir gesagt. Er nahm Anstoß daran, daß ich Bier trank, und sei es auch Importbier – »Wissen Sie denn nicht, daß die da was reinschütten müssen, damit es nicht umkippt?« – und bestellte ungefragt zwei *White Feathers*; gewöhnlich vertrage ich Whisky sehr schlecht, doch dieser, sehr reichlich in kohlensäurehaltigem Wasser ertränkt, erwies sich als vollkommen trinkbar und durstlöschend. Wir plauderten einige Minuten lang über dies und das; ich glaubte zu verstehen, daß er keinen besonderen Wert darauf legte, über die politische Lage zu sprechen, und vermied vorsichtig jede Anspielung auf dieses Thema. Ein Oberkellner kam, um unsere Bestellungen entgegenzunehmen; ich ließ den Konsul für mich einen Seeteufelbraten mit Papayas bestellen, ein Gericht, das hier bei weitem nicht so exotisch ist wie das Kalbskotelett mit Spinat, das er für sich bestellte; er studierte lange, dazu immer wieder ratlos schnüffelnd, die Weinkarte, bevor er sich für einen eisgekühlten Lambrusco entschied. Ich wunderte mich über diese wenig patriotische Wahl.

»Unsere guten französischen Weine sind hier nicht das, was sie sein sollten. Die wenigsten vertragen die Reise, und wenn die Keller nicht glühend heiß sind, sind sie abscheulich kalt; gewiß, wir hätten einen Heremitage trinken können, aber der wäre möglicherweise etwas zu schwer gewesen; und außerdem hätte man ihn vorher öffnen und sogar dekantieren müssen...«

Wir standen auf, um uns auf einem Serviertisch einige Hors-d'œuvres auszusuchen, die wir dann wieder an unserem Tisch aßen. Schließlich kam der Konsul zum Thema unserer Unterredung:

»Hat Serval Sie aufgesucht?«

Ich sah von meinem Teller hoch und warf dem Konsul einen erstaunten Blick zu.

»Serval? Robert Serval?«

»Eben der, ja.«

Wie alle in Grianta wohnenden Franzosen hatte ich von Robert Serval gehört. Er ist hier eine unserer, wenn man so sagen darf, nationalen Berühmtheiten: er schreibt Kriminalromane, deren Auflagen in Frankreich noch recht oft dreihunderttausend Exemplare erreichen; er hat sich vor einigen Jahren hier niedergelassen und bewohnt im letzten Stockwerk des El Ghazâl eine Suite (für 125 Piaster die Nacht!) Man sieht ihn praktisch nie in der Stadt; die wenigen, die Gelegenheit hatten, mit ihm in Kontakt zu treten, schildern ihn als einen exzentrischen Misanthropen; Crozet, der zwei oder drei seiner Schmöker gelesen hat, sagt, daß sie gar nicht mal so schlecht gemacht sind, allerdings etwas schlampig in den Details: mich persönlich hat es, obgleich ich ein Liebhaber von Krimis bin – allerdings vor allem englischer Autoren –, nie danach verlangt, und ich bin auch nie auf den Gedanken gekommen, mir einen von ihm zu kaufen.

»Warum hätte er mich aufsuchen sollen? Ich kenne ihn nicht!«

»Offensichtlich kennt er Sie. Sie sind zusammen in der Schule gewesen.«

Ich fiel aus allen Wolken.

»Serval! Ich habe nie einen Schulkameraden gehabt, der Serval hieß!«

»Aber selbstverständlich! Serval ist nur sein Schriftstellername. Wußten Sie das nicht? Er heißt Réal, Stéphane Réal.«

Ich schüttelte immer noch verneinend den Kopf.

»Auch dieser Name sagt mir nichts.«

Der Konsul schien erstaunt, fast verärgert.

»Es wird Ihnen bestimmt wieder einfallen. Seine Erinnerung jedenfalls war vollkommen deutlich. Sie sind zusammen in Etampes im Collège gewesen, und zwar in der Quarta und in der Tertia, Anfang der fünfziger Jahre. Es scheint, daß Sie sogar nebeneinander gesessen haben, in der Klasse eines gewissen Lemarquis, der, wie ich nach allem, was er über ihn erzählte, zu verstehen glaubte, ein ausgewachsenes Ekel war...«

»Ich war tatsächlich in Etampes, in der Quarta, neunzehnhundertfünfzig, und ich sehe noch ganz deutlich dieses alte Arschloch Lemarquis vor mir. Aber Réal? Réal Stéphane...?«

Der Konsul blickte auf die Uhr.

»Hören Sie, ich habe nicht viel Zeit. Ich nehme um sieben Uhr das Flugzeug nach Paris, und ich habe vor meinem Abflug noch eine Menge Dinge zu erledigen. Aber ich muß Sie trotzdem über die Situation unterrichten.«

Er hielt einen Augenblick inne, bis der Kellner unsere Teller abgeräumt hatte.

»Serval ist letzten Mittwoch verschwunden. Er spielte in seinem Zimmer mit drei Personen Poker. Das Spiel war eine seiner wenigen Leidenschaften, wußten Sie das? Es scheint, daß er dabei mehrmals alles verloren hat.«

»Aber in Grianta ist das Spiel doch verboten«, gab ich zu bedenken.

»Das ist auch genau einer der Gründe, weshalb er sich hier niedergelassen hat. Er hatte in den meisten Kasinos Europas Hausverbot, aber die Versuchung war trotz allem zu groß. Hier konnte er nur Poker spielen, in seinem Zimmer, um Summen, die ein oder zwei Millionen alte Francs selten überstiegen.«

»Kurzum, er war gerade beim Spielen, als er ans Telefon gerufen wurde. Er hat das Gespräch in seinem Schlafzimmer entgegengenommen. Nach Aussage der drei anderen hat die Unterhaltung nicht einmal dreißig Sekunden gedauert. Er ist zurückgekommen und hat seine Mitspieler gebeten, ohne ihn weiterzuspielen oder eine Pause einzulegen, bis er zurück wäre. Er hat ausdrücklich gesagt, daß er nicht länger als zehn Minuten brauchen würde. Er ist in die Garage gegangen und hat den Nachtwächter gebeten, seinen Wagen herauszufahren, während er mit dem diensthabenden Offizier, dem die Bewachung des Hotels oblag, verhandeln würde. Inzwischen haben wir erfahren, daß er einen Passierschein für eine halbe Stunde bekommen hat, um sich in die französische Botschaft zu begeben.«

»Wie der Zufall es will, war einer der drei Spieler niemand anderes als der Direktor des Hotels, Charlier. Nach einer Stunde rief er den Hausmeister an, der ihm bestätigte, daß Serval das El Ghazâl tatsächlich mit seinem Auto verlassen habe. Charlier ließ sich mit dem wachhabenden Offizier verbinden; etwas später setzten sie sich mit der Botschaft ins Benehmen, wo man ihnen versicherte, daß an diesem Abend niemand Serval angerufen, geschweige denn habe kommen lassen.«

»Selbstverständlich wurde ich selbst erst zwei Tage später davon in Kenntnis gesetzt. Inzwischen hatte man den roten Jaguar Servals in einem Parkhaus in der Rue d'Alzire gefunden. Die Polizei hat ihre Ermittlungen aufgenommen und die Dienststellen der Botschaft die ihren. Ich habe alles nachprüfen lassen, was sie gefunden haben, das heißt nichts: Serval hat kein Flugzeug bestiegen, kein Schiff, keinen Zug. Alles, was kreucht und fleucht, wird hier seit den Ereignissen so stark überwacht, daß man sicher sein darf, das stimmt. Übrigens ist auch keine Lösegeldforderung bekannt geworden. Offiziell gehen die Ermittlungen weiter. Das heißt, daß einige Brunnen durchsucht werden, daß die Lagune ausgebaggert wird und daß die kleinen Würstchen von der Kripo und der Botschaft offenbar alle zwei Tage so tun, als überprüften sie den gegenwärtigen Stand der Dinge. In Wirklichkeit suchen sie nichts, und es würde mich wundern, wenn sie etwas fänden.«

»Ich muß Ihnen sagen, daß mir diese ganze Geschichte mächtig zumHals heraushängt, und zwar aus einem Grund, den zu verstehen Ihnen nicht schwerfallen wird. Serval wußte, daß er bedroht war, und es lag ihm sehr daran, es mir zu sagen. Ein erstes Mal, vor ungefähr drei Wochen, hat er mich gebeten, zu ihm zum Essen ins El Ghazâl zu kommen; das hat mich sehr erstaunt bei ihm, denn in den vier Jahren, die er da war, machte er vor allem den Eindruck, als wollte er seinen Landsleuten systematisch aus dem Weg gehen.«

»Im Verlauf dieses Essens hat er mir auch von Ihnen erzählt. Er sagte mir, er habe Sie erkannt, als er Ihren Namen und Ihr Foto in dem Artikel sah, den die Zeitung *En Avant!* Ihnen bei der Einweihung unseres kleinen Bücherstandes gewidmet hatte, und er fragte mich, ob Sie eigens für diese Ausstellung aus Frankreich gekommen wären oder ob Sie hier wohnten; er machte den Eindruck, als sei er sehr glücklich zu erfahren, daß Sie Lehrer am Französischen Gymnasium sind, und er nahm sich vor, sobald wie möglich Kontakt mit Ihnen aufzunehmen. Dann hat er noch gesagt:

›Ich habe Sie nicht nur kommen lassen, um mich zu vergewissern, ob es sich wirklich um meinen alten Klassenkameraden handelt. Was ich Ihnen jetzt sagen werde, wird Ihnen sicherlich phantastisch oder kindisch vorkommen, aber ich glaube, ich bin in Gefahr.‹«

»Auf meinem Gesicht muß sich eine solche Verblüffung abgezeichnet haben, daß er fast verlegen innehielt. Ich wußte nicht, was ich sagen sollte. Schließlich fragte ich ihn rundheraus, ob er Drohbriefe bekomme hätte.

›Nein, das ist es nicht. Hören Sie, ich kann Ihnen noch nicht erzählen, was vorgefallen ist; vielleicht sind es nur ungerechtfertigte Befürchtungen oder ganz schlicht Zufälle. Ich hoffe, daß ich Sie in den nächsten Tagen beruhigen kann, doch wenn es sich um das handelt, was ich vermute, dann bräuchte ich ganz schnell Ihre Hilfe, und darüber wollte ich Sie schon im voraus in Kenntnis setzen.‹

Das war alles, was ich bei diesem ersten Treffen aus ihm

herausbrachte, und das Essen ging zu Ende, ohne daß noch einmal die Rede von dieser vagen Bedrohung war.«

»In den folgenden Tagen erwartete ich, daß Serval sich wieder bei mir melden würde, und schließlich rief ich ihn, ungeduldig geworden, in seinem Hotel an, ohne ihn jedoch je erreichen zu können. Am Ende war er es, der sich wieder mit mir in Verbindung setzte. Er rief mich am 4. Mai mitten in der Nacht an (ich hatte ihm meine Privatnummer gegeben) und fragte mich, ob er bei mir vorbeikommen könnte.

Zehn Minuten später klingelte es an meiner Tür. Als ich ihm aufmachte, glaubte ich zuerst, er sei betrunken oder stehe unter Drogen, aber bald begriff ich, daß es die Angst war, die ihm diese fahle Gesichtsfarbe und diesen verstörten Blick verlieh. Er ließ sich in einen Sessel fallen und leerte in einem Zug das Glas Gin, das ich ihm reichte.

Er trug einen großen Umschlag aus Packpapier unterm Arm. Er reichte ihn mir.

›Ich möchte Sie bitten, dies hier für mich aufzubewahren. Vor allem aber möchte ich Sie inständigst bitten, es niemandem zu zeigen. Legen Sie es in Ihren Tresor. Wegen dem Inhalt dieses Umschlags, das weiß ich, dessen bin ich sicher, werde ich bedroht. Sollte mir etwas zustoßen, wird man ihn aufmerksam lesen müssen, um alles zu verstehen.‹

Ich habe versucht, ihn zu beruhigen, habe ihm vorgeschlagen, sich von einem meiner Leute eskortieren zu lassen, aber das schien ihn noch mehr zu erschrecken, und ich mußte ihm versprechen, daß ich, was immer auch geschehen sollte, zu keinem Menschen ein Sterbenswörtchen über diese Angelegenheit sagen würde. Ich fragte ihn, was er zu tun beabsichtigte.

›Ich weiß es nicht. Ich werde versuchen, nach Europa zurückzukehren. Aber ich fürchte, daß mir meine Feinde dazu keine Zeit lassen werden.‹

Ich machte ihm den Vorschlag, meine schon seit langem auf den heutigen Tag festgesetzte Reise nach Frankreich um einige Tage vorzuverlegen und ihn mitzunehmen. Der baldige Zeitpunkt meines Abflugs schien ihn aufs äußerste zu beunruhigen. Er stand plötzlich auf und erklärte, er müsse auf schnellstem Wege nach Hause. Auf der Türschwelle sagte er fast flüsternd zu mir:

›Vielleicht wird das alles vor dem 15. gelöst sein. Andernfalls sieht es schlecht aus ...‹

Nach seinem Weggang verstaute ich den Umschlag in meinem Tresor und legte mich wieder hin. Doch eine halbe Stunde später rief er mich erneut an. Seine Stimme hatte am Telefon einen merkwürdigen Klang, als wäre er gerade im Begriff, einen Text zu entziffern, dessen Bedeutung er nicht verstand. Mit fast krankhafter Nachdrücklichkeit erklärte er mir, daß ich den Umschlag, falls er ihn bis zum Tag meines Abflugs – das heißt heute – nicht von mir zurückverlangt haben würde, Ihnen, und nur Ihnen, anvertrauen sollte; er selbst würde sich mit Ihnen in Verbindung setzen, um Ihnen alle notwendigen Instruktionen zu erteilen. Ich sehe, daß er zwischen diesem letzten Telefongespräch und seinem Verschwinden vier Tage später keine Zeit mehr gehabt hat, das zu tun.«

»Hingegen«, warf ich ein, »hat er die Zeit gefunden, Poker zu spielen, als ob nichts wäre.«

»Das gehört vielleicht zu den Geheimnissen, die wir künftig aufklären müssen.«

»Was ist in diesem Umschlag?«

Der Konsul zuckte die Achseln.

»Allem Anschein nach nur das Manuskript seines letzten Buches. Ich hatte gerade die Zeit, es flüchtig durchzulesen, und ich habe ihm nichts wirklich Gewinnbringendes entnehmen können. Aber Sie werden sicherlich besser als ich zwischen den Zeilen zu lesen wissen.«

»Was genau soll ich eigentlich tun? Ich bin kein Detektiv.«

Der Konsul schob mir ein grünes Ticket hin, das die Nummer 15597 trug.

»Wenn Sie hinausgehen, geben Sie dem Mädchen an der Garderobe dieses Ticket. Sie wird Ihnen dafür eine Aktentasche aus schwarzem Leder aushändigen. Darin werden Sie das Manuskript finden, das Serval mir anvertraut hat, die ersten Berichte der Polizei und der Botschaft sowie meine eigenen Aufzeichnungen über diese Angelegenheit. Vor allem aber, unternehmen Sie keine offiziellen Ermittlungen. Denn es wird selbstverständlich allgemein angenommen, daß Sie von nichts wissen. Ich werde drei Wochen lang abwesend sein; Sie haben also ausreichend Zeit, diesen Roman gründlich unter die Lupe zu nehmen. Das ist alles, worum ich Sie bitte; ich weiß, daß Sie ein Liebhaber von Rätseln sind. Das hier ist eins, und wenn man Serval glauben darf, befinden sich die Schlüssel dazu vielleicht in diesem Buch. Es liegt an Ihnen, sie zu finden.«

Zweites Kapitel

Etampes.

Lemarquis unterrichtete alte Sprachen und bekundete für den Lehrerberuf die größte Verachtung; so stellte er sich jedenfalls, wie erzählt wurde, seit zwanzig Jahren seinen Schülern vor, und er hatte es nicht versäumt, dies auch bei uns zu tun, als er am ersten Oktobermontag 1949 zum ersten Mal seine neue Klasse 4B betrat. Ich erinnere mich noch ganz genau an ihn; er war ein kleiner, magerer, sehr verkniffener Mann mit grünem Teint, falschem Blick und einem widerlichen Lächeln. Sein größtes Vergnügen schien darin zu bestehen, uns zwanzig Mal in allen Zeiten, allen Modi und allen Personen den Satz konjugieren zu lassen: »ich schreibe nie wieder die Übersetzung des Vergiltextes aus dem Gaffiot ab, ohne ihn zu verstehen«, »du schreibst nie wieder die Übersetzung des Vergiltextes aus dem Gaffiot ab«, usw. Aber von Stéphane Réal: nichts.

Den ganzen Nachmittag und den ganzen frühen Abend über hatte ich vergeblich versucht, die Erinnerung an diesen hypothetischen Klassenkameraden wiederzufinden, und mir bei dieser Gelegenheit mit einer immer unheimlicher werdenden Genauigkeit die fünf endlosen Schuljahre ins Gedächtnis zurückgerufen, die ich in dieser Bildungsanstalt zugebracht hatte.

Das Collège Geoffroy Saint-Hilaire rekrutierte seine Schäfchen aus sieben verschiedenen Gruppen. Die erste, die die Klasse der Externen oder der überwachten Externen bildete, versammelte die alteingesessenen oder schon lange hier wohnenden Etamper Schüler und Schülerinnen: die Tochter des Bäckers (für die ich später vor Liebe zu sterben glaubte), die Tochter des Tabakwarenhändlers, die fünf Söhne von Doktor Chamier, den Sohn des Schneiders, die Tochter von Monsieur Bombet, der Flanellhemden und Baumwollmützen verkaufte und dessen Geschäft sich »Nach Pariser Art« nannte, usw.; die zweite, die fast alle Ganztagsschüler umfaßte, war die der »Kuhbauern«: Kinder aus der Beauce mit kräftigen Händen, die von den großen Bauernhöfen aus der Umgebung stammten, aus Kaffs, in die keine Eisenbahn kam und deren Namen für mich exotisch klangen: Sermaise, Verrières, Méréville, Angerville, Saclas, Maisse, Chalo-Saint-Mars... Die fünf anderen, auf die sich die Hälfte der gesamten Schülerzahl des Collèges ziemlich gleichmäßig verteilte, umfaßten alle Internatsschüler, die aus verschiedenen Gründen in Etampes gelandet waren.

Da waren zunächst die Pariser (»Pariser, Kannengießer, Pariser, blöde Spießer«), faule Schüler, die aus den *vornehmen* Gymnasien der Hauptstadt oder der nahen Vororte (Lakanal in Sceaux, Hoche in Versailles) ausgeschlossen worden waren und deren verzweifelte Eltern sich damit abgefunden hatten, sie hier unterzubringen, damit sie wenigstens das Abitur machten. Dann kamen die Korsen; sie waren nicht eigentlich eine Gruppe, sondern eher eine Bande, eine Gang; sie waren alle mehr oder weniger weitläufig miteinander verwandt oder verschwägert, und wahrscheinlich nur, weil einer von ihnen eines Tages zufällig in Etampes gelandet war, waren alle andern ihm von Jahr zu Jahr gefolgt. Es waren Korsen aus Paris, aber sie vermischten sich keineswegs mit den Parisern: ich erinnere mich an einen von ihnen, der sagte, er sei Barkeeper im Crillon gewesen und würde von einer Frau ausgehalten; er hieß Dominique Salviati und lief die ganze Zeit mit einem Klappmesser herum; es gab auch noch zwei andere, die Pedrotti und Pedrocchi hießen und von ihren Lehrern ständig verwechselt wurden.

Afrika und Asien stellten die drei letzten Gruppen. Ich weiß nicht mehr, aus welcher Kolonie Französisch-Westafrikas (Senegal oder Kamerun, glaube ich) jedes Jahr fünfzehn oder zwanzig arme Teufel hier landeten, von denen wir sicher waren, daß sie alle »Häuptlingssöhne« waren. Sie waren groß und stark, häufig von unbestimmtem Alter (einer von ihnen sollte fünfundzwanzig sein) und furchtbar melancholisch; sie ertrugen mit stoischer Resignation die Strenge des Etamper Winters und die Dürftigkeit der Zentralheizung, warteten verzweifelt darauf, daß sich das Wetter besserte und fanden erst beim Herannahen des Sommers und der großen Ferien wieder ein wenig Lebensfreude.

Rund fünfzehn andere Internatsschüler kamen aus Nordafrika, und insbesondere aus Tunesien; ihnen fühlten wir uns am nächsten; sie waren noch abgebrannter, als wir es sein konnten, doch sobald einer von ihnen eine Geldanweisung bekam, überschüttete er uns mit Zigaretten und Kaugummi oder lud uns ins *Royal* ein, ein schmutziges Kino in der Rue des Vieux-Jésuites, das Western und Gangsterfilme brachte.

Die letzte Gruppe war die der Indochinesen. Sie sonderten sich gern ab, und niemand mochte sie; nur einer besaß eine gewisse Popularität wegen seiner Talente als Zeichner: er zeichnete mit einem Pantographen das vergrößerte Gesicht eines Cover-Girls aus *Cinémonde* oder eines Vamps aus *Paris-Flirt* ab (letzteres war eine Zeitschrift, in der man »alles sah« und die wir unter unseren Matratzen versteckten) und brachte wochenlang die abendliche Stunde der Hausaufgaben damit zu, ihre Züge und Schatten herauszuarbeiten, bis er zu einem Ergebnis von atemberaubendem Verismus kam. Er besaß ein außergewöhnliches Arbeitsgerät, insbesondere ein riesiges Reißzeug und eine Art kleine Spraydose aus verchromtem Stahl, mit deren Hilfe er seine fertigen Zeichnungen zum Schutz mit einem glänzenden Lack übersprühte. Die meisten dieser Indochinesen (erst gegen Ende meiner Etamper Zeit fing man an, sie Vietnamesen zu nennen) waren unverschämt reich und lebten auf eine Art und Weise, die wir uns nur schwer vorstellen konnten. Sie hatten prächtige Anzüge, die sie sich von einem Schneider am Boulevard Saint Michel nach Maß anfertigen ließen. Sie fuhren jede Woche nach Paris, dinierten in den Restaurants, verkehrten in Nachtlokalen, und es kam nicht selten vor, daß sie sich, wenn sie den letzten Sonntagszug versäumt hatten, mit dem Taxi nach Etampes bringen ließen.

Ich erinnerte mich, daß ich in meinem Gepäck ein Klassenfoto vom Collège hatte. Ich habe es mühelos wiedergefunden, auf dem Boden einer Schuhschachtel, in der ich verschiedene Dinge verstaue. Es ist 1951 aufgenommen worden, als ich in der Tertia war. Zwei Lehrer sind mit auf dem Foto: der eine muß Charbonel sein, unser Geschichts- und Geographielehrer, ein schöner Mann, Typ des gehetzten Sportlers; er war berühmt für seine Lässigkeit: er ist der einzige Lehrer, den ich nie mit einer Aktentasche oder einer Mappe gesehen habe (auch nicht, seitdem ich im anderen Lager bin); er hatte alle seine Stunden auf karierten Karteikarten im Format 14 × 17 notiert, die er nachlässig aus einer Tasche seines Jacketts zog, während er sich hinter sein Pult setzte; sie waren mit einer außergewöhnlich feinen Schrift bedeckt, und in den Notizen für den Unterricht in Wirtschaftsgeographie waren alle Zahlen mit Bleistift geschrieben, damit sie unter Berücksichtigung der neuesten Statistiken berichtigt und auf den letzten Stand gebracht werden konnten. Das andere ist mit Sicherheit Madame Borronie, die Italienischlehrerin, die nur einen Schüler in unserer Klasse hatte und von der es hieß, sie habe ein Buch über die Satiren des Ariost veröffentlicht (dank dieser Tatsache konnte ich bis in die Unterprima kommen, ohne die Namen Dantes, Petrarcas oder Tassos zu kennen, wohl aber wissend, daß ein gewisser Herr Ariost Satiren geschrieben hatte; in der deutschen Literatur war ich nicht viel beschlagener, obgleich Deutsch als meine zweite Fremdsprache galt: alles, was ich heute davon behalten habe, ist *der, die, das*, daß die Substantive großgeschrieben werden und »Ich weiß nicht, was soll es bedeuten / Daß ich so traurig bin / Ein Märchen aus uralten Zeiten / Das kommt mir nicht aus dem Sinn«, aufgesagt so schnell wie möglich, ohne Atem zu schöpfen).

Auf dem Klassenfoto der Tertia B sind zweiundzwanzig Schüler (einer der wenigen Vorteile, pädagogisch gesprochen, dieser Oberschulen in den Pariser Außenbezirken: die Klassen waren hier nicht ganz so überfüllt wie in den Gymnasien von Paris); jeder, mit Ausnahme der Lehrer, hat seinen Namen auf die Rückseite des Fotos geschrieben, und einige markante Namen vermag ich mit meinen dürftigen Erinnerungen noch zu entziffern; Bédollière, mit Vornamen Emile, der Musterschüler: ein Preis für den Klassenbesten und fünf erste Preise am Schuljahresende; er war der Sohn eines Gendarmen und verließ die Schule im darauffolgenden Jahr, weil sein Vater nach Tarbes versetzt worden war; ich habe ihn zwei- oder dreimal in Paris wiedergesehen; er wohnte am Boulevard Blanqui in einem Studentenheim, das ein ehemaliges Bordell war (das gab es damals öfter); sein Zimmer war wie eine Schiffskabine gestaltet, mit falschen Bullaugen, durch die man eine mit Kokospalmen bepflanzte Insel, einen Strand mit feinem Sand, Segelschiffe in einer kleinen Bucht und Strohhütten sah; Ambroise Dupont und Auguste Dupouy, die beiden unzertrennlichen Kuhbauern aus Etréchy; Aubry, der Sohn eines Zahnarztes, einer der größten Faulpelze unter den Parisern, den ich zwanzig Jahre später in Veulle-les-Roses wiedergesehen habe und der Fernsehjournalist geworden war; Pierrette Lenoir, die im gleichen Jahr wie ich ihre Agregation machte, Saurin, den alle Welt Krokodil nannte, und Gratinaud, den sein Vater mit dem Gürtel verdrosch, wenn er nicht mindestens zwölf von zwanzig Punkten hatte, und von dem ich Jahre später erfahren habe, daß er Jugendrichter geworden war.

Einige Namen sind kindische Unterschriften, durch Schnörkel und Verzierungen absichtlich unleserlich gemacht. Andere sagen mir nichts – Duboin, Dufour, Lanvallère – und die Gesichter, zu denen sie gehören, erinnern mich ebenfalls an nichts. Nichts jedenfalls, das von nahem oder weitem Réal gleicht.

Und doch sind mir wieder eine Menge Erinnerungen gekommen. Unmöglich, sie zu zügeln: meine Ankunft im Auto mit meinen Eltern, an einem Sonntagnachmittag Anfang Oktober; auf dem Kirmesplatz war ein großes Fest (es war der Michaels-Tag, der Festtag der Stadt, wie ich später erfahren sollte); meine erste Mahlzeit im großen Speisesaal, mit der Lebensmittelkarte, die man einer schwarz gekleideten alten Frau geben mußte, die die Mutter des Direktors war (ich glaube, das dauerte nur einige Wochen, diese Geschichte mit den Lebensmittelkarten, eine Erinnerung an die Einschränkungen der Nachkriegszeit); meine Angst vor den Mutproben, meine Angst vor den »Großen«, die fast das ganze erste Jahr lang anhielt; die Spaziergänge am Donnerstag bis zum Stadion von Filoir oder in die Wälder oberhalb des Turms von Guinette, dieser Burgruine, von der es hieß, es gebe darin noch einen richtigen Geheimgang, oder über eine Landstraße, deren Grenzsteine in Form von Spitzbögen den von der Division Leclerc siegreich zurückgelegten Weg markierten; die traurigen Heimreisen im Zug am Sonntagabend, mit den beiden Bettlaken und der sauberen Wäsche in dem kleinen Pappkoffer, und diese Namen der Bahnhöfe zwischen Brétigny und Etampes, die in der Nacht ausgerufen wurden und die ich so oft gehört habe, daß ich sie mir dreißig Jahre später mühelos ins Gedächtnis zurückrufe: Maroles-en-Hurepoix (das die Deutschen während der Besatzungszeit Maroless-enn-Huröpohix aussprachen), Chamarande, Bouray, Lardu, Etréchy; der blonde und verhaßte Aufseher in der Schule, dem wir den Spitznamen Hahnrei gegeben hatten, weil er ein gelbes Halstuch trug; der korsische Aufseher, der in seinem Schrank ein mehrere Monate altes Stück Käse aufbewahrte, das mit dem Hammer kleingeschlagen werden mußte; der andere, Angelmarre, der so arm war, daß er sich aus Packpapierresten Schuhsohlen schnitt und Bindfadenstücke in Tinte tauchte, um schwarze Schnürsenkel daraus zu machen...

Und alles übrige, wirr durcheinander: die Ufer der Juine, die Kirche von Saint-Martin, deren Turm sich neigt wie der von Pisa, das Schwimmbad am Ende der Promenade de Guinette, die kleine Kneipe an der Place de la Gare, wo die »Großen« sich als Stammgäste aufführten; das hohe, düstere Gebäude des »Abdeckers«, das man vom Zug aus sehen konnte, kurz bevor man in der Stadt ankam, und das einsam am Ende eines langen Streifens Brachland lag (es existiert immer noch, verlassen zwar, aber nicht abgerissen, neben einem Simca-Werk und schmucken Laubenkolonien); die Glimmstengel in den Scheißhäusern (»High Life«, absichtlich oder nicht ausgesprochen wie »Ijlif«, »Naja«, »Elégantes«, und eine andere Marke, deren Name mir nicht mehr einfällt, deren blaues oder hellblaues Päckchen mit einer schlanken weißen Kalesche geschmückt war); die Wichswettkämpfe in dem kleinen, an den Schlafsaal angrenzenden Raum, wo wir unsere Wäschefächer hatten; die Detektorempfänger, die Schreibspiele, die Gehenktenspiele, das Schiffchenversenken...

Namen, die mir wieder ins Gedächtnis kommen, Namen ohne Gesichter: Turpin, Collière, Levasseur, Perechnikoff, Ben Zaoud, Tran Hui, der große Chapuis und sein kleiner

Bruder, Jay, der Zeichenlehrer; oder auch Gesichter ohne Namen: Gesichter von Lehrern, Aufpassern oder Pennälern, dicke, bleiche Gesichter, lange Lulatsche, die stolz waren auf ihren ersten Schnurrbart, Bauern im Sonntagsanzug, Gestalten, die im Flur des Refektoriums vor Kälte mit den Zähnen klapperten; Erinnerungen an Orte, die eine Phantomtopographie bilden: der große Hof, der kleine Hof, die überdeckte Sporthalle, der überdachte Teil des Schulhofs, der Physik- und Chemiesaal (und der ganz junge Lehrer im weißen Kittel, der ständig rot wurde), die Treppe zu den Schlafsälen, die Eisenwerkstatt und die Holzwerkstatt (und die beiden Bücherstützen – die furchtbare praktische Umsetzung dessen, was eine »Schwalbenschwanzzapfung« sein sollte – die zu sabotieren mich ein ganzes Jahr kostete...); Erinnerungen an Geräusche, die Glocke, die am Ende der Stunde läutete, der Lärm, den unsere Holzpantinen machten, wenn wir uns im Flur aufstellten, die Schreie im Hof während der Pausen, der Radau im Speisesaal, und sogar das Geräusch der Stille, wenn der Direktor hereinkam; Erinnerung an den Geschmack der Linsen oder des Erbsbreis, Gerüche nach Pisse und Blumenkohl...

Bruchstücke, unvollständige Fetzen, die auf einen Schlag wieder vor mir stehen: in einem dieser Jahre (in der Tertia?) habe ich drei Wochen damit zugebracht, einen Riesenplan des alten Roms zu zeichnen; ein anderes Mal haben wir alle versucht, ein unmögliches Problem zu lösen: wir zeichneten auf ein Blatt Papier sechs Quadrate, die drei Häuser und drei Verteilerzentren darstellten, eines für das Wasser, eines für das Gas, eines für den Strom; das Problem bestand darin, jedes der drei Häuser mit Wasser, Gas und Strom zu versorgen, ohne daß die Leitungen sich überschnitten; es waren insgesamt neun Leitungen; wir versuchten es auf jede nur mögliche Weise: es war wirklich nicht schwierig, auf acht zu kommen, aber die neunte stieß jedesmal mit unerbittlicher und deprimierender Beharrlichkeit auf eine der anderen. Oder es war wochenlang Mode, daß man sich gegenseitig mit Hilfe von »Tabellen« chiffrierte Briefe schickte, Tabellen, die man nacheinander auf vier verschiedene Arten benutzen mußte (wie das am Anfang von *Mathias Sandorf* erklärt wird), um die Lösung zu finden.

Während ich diese Erinnerungen niederschrieb, die in dichten Trauben wieder vor mir auftauchten, habe ich mich mehrmals dabei ertappt, daß ich mit erhobenem Füller dasaß, oft minutenlang versunken in eine Art unbekümmerten hartnäckigen Traum, in dem es mir, wenn ich die Augen schloß, fast unmöglich war, mich in diesen Höfen, diesen schmutzigen Fluren, diesen Sälen mit den vergitterten Fenstern wieder zurechtzufinden. Von neuem erlebte ich Barlaufspiele, Preisverleihungen in dem zu diesem Zwecke mit drei Banderolen aus verblaßtem Papier geschmückten Speisesaal, »Gruppenvorführungen« beim Sportfest des Departements Seine-et-Oise; ich sah den Zeichensaal wieder vor mir, mit seinen Gipsabgüssen und dem hohen gedrechselten Postament, auf dem der Meister, um uns in das Geheimnis des Stillebens einzuweihen, einen Wecker, eine dickbauchige Korbflasche mit langem Hals und zwei Äpfel arrangierte, die Geographiestunde, in der große Wachstuchkarten an der Wand hingen, die die Landwirtschaft Frankreichs, die Bodenbeschaffenheit Europas und Schwarzafrika darstellten, den Schlafsaal mit dem abgeteilten Raum, in dem der diensttuende Aufseher schlief, den Arbeitsraum und darin, ganz hinten, unsere persönlichen, mit Vorhängeschlössern gesicherten Schließfächer, und es war so, als sei ich zurückversetzt in diese grauen, widerlichen Stunden, in dieses Gefängnisleben, das sich dahinschleppte von Woche zu Woche, von Diktat zu Diktat, von schriftlicher Arbeit zu schriftlicher Arbeit, von Sportplatzstunde zu Gesangsunterricht, von Delta gleich be Quadrat weniger vier a ce zu

Ich bete nur zu Gott, dem Herren dieser Welt,
Vor dem die Erde bebt und auch das Himmelszelt.

Es kostete mich eine heftige Anstrengung, um wieder auf die Erde zurückzukommen, mich zurechtzufinden in dem glühendheißen Mai von Grianta, der Sperrstunde, dem gutmütigen Gehabe des Präsidenten-auf-Lebenszeit, dem Mittagessen mit dem Konsul, dem geheimnisvollen Verschwinden Servals.

Es ist seltsam, aber es gelingt mir nicht, mir Serval als einen »Ehemaligen« aus Etampes vorzustellen, auch wenn ich nicht so richtig weiß, wie ein Ehemaliger aus Etampes eigentlich aussehen soll. Ich stelle ihn mir eher wie jemanden vor, der die Schule Saint-Louis de Gonzague besucht hat oder die Ecole Alsacienne, ein glänzender Schüler, der zum Leistungswettbewerb der besten Gymnasiasten Frankreichs vorgeschlagen wurde, dessen Philosophieaufsatz im *Figaro* veröffentlicht worden ist, As seiner Altersklasse und Primus an der Ecole Normale, oder aber genau das Gegenteil, daß er nie in die Schule gegangen ist, daß er seine ganze Kindheit auf dem Lande verbracht hat, daß er im Kreise der kleinen Bauernjungen des Dorfes jede Menge Faustschläge ausgeteilt und empfangen hat, bevor er in einem alten Zauberbuch voller schöner Stiche ganz allein das Lesen gelernt hat. Irgend etwas ein wenig Außergewöhnliches, das der vielleicht allzu heroischen Vorstellung entspricht, die ich mir naiverweise von einem Kriminalschriftsteller mache, der völlig abgeschieden in einem Palast in den Tropen lebt.

Drittes Kapitel

Die Krypta

»Serval fand bald die Marktendörin. Er ließ sich zum stellvertretenden Direktor führen und übergab ihm den Brief von Dr. Gestrigleben. Wächter eskortierten ihn durch das Labyrinth der vor Sauberkeit und metallischer Kälte funkelnden Flure und ließen ihn in einem kleinen Raum warten, der von einer enormen Panzerglasscheibe zweigeteilt wurde. Einige Minuten später ging in dem anderen Teil des Raums eine Tür auf, und Vichard kam herein. Als er ihn sah, konnte Serval eine Geste der Überraschung nicht unterdrücken. Bekleidet mit einer grauen, kragenlosen Joppe, an den Füßen schlechte Filzpantoffel, den Schädel fast kahl rasiert, glich sein früherer Klassenkamerad, den er immer um seine breiten Schultern und sein stattliches Aussehen beneidet hatte, einem kranken Greis.«

So beginnt Servals Roman. Er trägt den Titel *Die Krypta*. Er liegt in Form eines 130 Seiten umfassenden, sehr sorgfältig getippten Manuskripts ohne Korrekturen, Streichungen oder Hinzufügungen irgendeiner Art vor. Auf den Umschlag – ein Blatt aus schwarzem, glänzendem Plastik, ohne Angaben des Titels oder des Autors – ist ein sehr merkwürdiges Schwarzweißfoto geklebt. Ich vermute, daß es sich um ein bemaltes Schild handelt – eher naiv bemalt, doch nicht ohne Reiz –, das irgendwo im Süden Marokkos steht. Es stellt eine Steppenlandschaft dar, mit einigen Spuren von Vegetation, einer kleinen Baumgruppe in der Ferne, einem Horizont von Dünen und Hügeln. Links im Vordergrund ein lächelnder Eingeborener von vorn, auf halber Brusthöhe vom Rand des Schildes abgeschnitten, der ein Kamel am Halfter hält, von dem man nur den Kopf und den Hals im Profil sieht. Etwas weiter hinten, nach rechts gewandt, vier Kameltreiber auf ihren Reittieren. Am Himmel weist ein langer Pfeil nach rechts. Darüber, mit der Schablone gezeichnet, eine große Inschrift

TIMBUKTU 52 TAGE

welche wiederum von einer arabischen Inschrift gekrönt wird, die, wie ich annehme, das gleiche sagen will (aber in der anderen Richtung).

Die Krypta ist ein Kriminalroman, ein Kriminalroman in zwei Teilen, dessen zweiter Teil peinlichst genau alles das zerstört, was der erste sich aufzubauen bemüht hat, das klassische Verfahren zahlreicher Rätsel-Romane, das hier auf einen fast karikaturistischen Höhepunkt getrieben wird.

Der Detektiv heißt Robert Serval und spricht von sich in der dritten Person. Ich bin heute morgen in die Bibliothek der Alliance Française gegangen, die elf der einundzwanzig von Serval veröffentlichten Romane besitzt (ich habe die Gelegenheit genutzt, mir drei davon auszuleihen, nämlich *Die Affäre Giletti, Der Leichnam hatte ein Auge geöffnet* und *Geheimnis des Oberst*), und ich habe feststellen können, daß das bei ihm die Regel war: wie bei Ellery Queen und einigen anderen Autoren vermischen sich hier Pseudonym und Held, mit dem kleinen Unterschied allerdings, daß sich hinter dem Pseudonym Ellery Queen zwei Schriftsteller verbergen (F. Dannay und M. Lee), während Stéphane Réal, genannt Robert Serval, allein ist.

Die Handlung spielt fast durchgehend in einer Stadt, die Gotterdam heißt; es ist die Hauptstadt eines nordischen, um nicht zu sagen arktischen Landes, nämlich Fernland. Es ist Winter, und es herrscht eine extreme Kälte. Serval spricht von drei Meter hohen Schneeverwehungen, von einem zugefrorenen Fluß, von Schneestürmen, die innerhalb weniger Minuten auf die Stadt niedergehen und sie lahmlegen. Wenn man sie in der glühendheißen Starre Griantas liest, haben diese überzogenen Beschreibungen des rauhen Klimas etwas fast Obszönes und manchmal sogar Unverständliches; man kann sie sich nicht vorstellen, man kann sie nicht nachvollziehen. Von dem Augenblick an, in dem ich vor etwas mehr als achtzehn Monaten den Fuß auf den glühendheißen Beton des Flughafens von Saint-Lucie gesetzt habe, ist das bloße Vorhandensein nicht nur meiner Schaffelljacke, sondern all dessen, was von nah oder fern einem Schal oder einem Pullover gleichen mochte, ins Unvorstellbare gekippt. Ich nehme an, daß die Wahl einer quasi subpolaren Stadt für Serval eine Eingebung in beschwörender Absicht gewesen ist. Als habe er sich, um den hier allgegenwärtigen Hundstagen zu entgehen, in übertrieben vergröberte Erinnerungen an kanadischen »Pulverschnee« oder norwegische Blizzards flüchten müssen (mit dem paradoxen Ergebnis, daß das Leben in beiden Fällen in die Innenräume gesperrt wird, eisgekühlt hier, überhitzt dort). Auf jeden Fall scheint Serval ein boshaftes Vergnügen daran gefunden zu haben, Wollkleidung und Pelze anzuhäufen: nicht eine einzige seiner Personen, die nicht große Lammfellhauben über dicken Pudelmützen trägt, seidene Handschuhe, über die sie riesige Fausthandschuhe zieht, lange Unterhosen, gefütterte Stiefel, Umhänge aus Seehundfell; was Gräser und Schnurrbärte nicht daran hindert, sich mit Eisklumpen zu bedecken, sobald ihre Besitzer die Nase hinausstrecken, und auch nicht das Straßenbauamt, noch schlimmer, jeden Morgen ein paar bereits erstarrte Leichen aufzulesen.

Der im Buch erzählte Fall hat einige Monate zuvor begonnen.

Korvettenkapitän Rémi Rouard, Marine-Attaché an der

französischen Botschaft, hat den Tod unter Bedingungen gefunden, die sich rasch als verdächtig erweisen. Als er spät am Abend von einem Empfang heimfuhr, den der Industrielle Bjölke Pedersen gegeben hatte, hat er offenbar die Kontrolle über sein Fahrzeug verloren, wurde aus der Kurve getragen, prallte gegen eine Schranke und stürzte etwa sechzig Meter tief in eine Schlucht, die *Devil's Rift* heißt (so etwas wie der Teufelsgraben). Das Auto ist explodiert. Im Umkreis von etwa dreißig Metern hat man verbogene Eisenteile und Fetzen menschlichen Fleisches sowie verbrannte und zerfetzte Knochen gefunden.

Die Hypothese eines Unfalls (an die kein Leser im Ernst glauben würde) wird nur vorgebracht, um sogleich verworfen zu werden. Die in die Felswand gebaute Straße, die am *Devil's Rift* entlangführt, ist zwar gefährlich schmal, aber sie war zu dieser Nachtstunde »absolut menschenleer«, und Rouard steht in dem gerechtfertigten Ruf, ein *routinierter* Fahrer zu sein. Natürlich hätte es sein können, daß er im Verlaufe des Abends mehr getrunken hätte, als ihm zuträglich war, doch man erfährt schon gleich zu Anfang, daß er gerade an diesem Abend von vorbildlicher Nüchternheit geblieben ist. Außerdem scheint er gegenüber mehreren Personen Anspielungen auf Drohungen gemacht zu haben, die er kürzlich erhalten haben soll.

Eine oberflächliche Prüfung der Trümmer des Fahrzeugs überzeugt die Ermittlungsbeamten schnell davon, daß Sabotage im Spiel war. Eine gründlichere Untersuchung beweist ganz unbestreitbar, daß zum einen die Steuerung und die Bremsen manipuliert worden sind, zum andern und vor allem, daß ein Sprengkörper im Fahrzeug deponiert worden ist. Es handelt sich also tatsächlich um vorsätzlichen Mord.

Die Ermittlungen werden von Hauptinspektor Frederick Blackstone geführt. Da das Opfer französischer Staatsangehöriger mit offizieller Mission in Fernland ist, entsendet der Quai d'Orsay eigens einen französischen Polizisten, Kommissar Derville.

Rouard ist um 21 Uhr 45 bei Pedersen angekommen und ist als einer der letzten um 4 Uhr gegangen. Sein Fahrzeug muß also in der Zwischenzeit frisiert worden sein. Berechnungen von Experten ergeben, daß, selbst wenn man die Zeit berücksichtigt, die notwendig ist, um das Auto in Pedersens Tiefgarage zu finden, jemand, der etwas mehr als nur Grundkenntnisse in der Automechanik besitzt und über ein entsprechendes Instrument verfügt (im vorliegenden Fall einen einfachen Satz Steckschlüssel, wie man sie in allen Autowerkzeugtaschen findet), nicht mehr als allerhöchstens fünfzehn Minuten braucht, um die Einstellung des Lenkrads zu manipulieren und einen ausreichenden Teil der Bremsflüssigkeit abzulassen. Ich übergehe einige unbedeutende Einzelheiten, insbesondere die Rekonstruktion der Ereignisse dieses Abends und die Überprüfung dessen, was jeder in der Zeit gemacht hat. Auf jeden Fall wird etwa auf Seite 30 ganz deutlich, daß von den dreiunddreißig beim Empfang anwesenden Personen, den zwanzig Gästen und den dreizehn Gastgebern (die sechs Mitglieder der Familie Pedersen und sieben ständige Hausangestellte oder Aushilfskellner) nur vier die Chance haben, das Verbrechen begangen zu haben. In Anbetracht der Tatsache, daß es sich um einen Kriminalroman handelt, ist man nicht wirklich verwundert, wenn man erfährt, daß man gerade bei diesen vier Personen gute oder weniger gute Gründe entdecken kann, den Tod Rouards gewollt zu haben. Vier kurze Kapitel übernehmen es, sie uns darzulegen:

»Cherchez la femme«.

Es handelt sich um Anne Pedersen, die dritte der vier Töchter des Industriellen. Sie war annähernd eine halbe Stunde lang abwesend. Ihr Galan vom Tage, ein junger argentinischer Architekt namens Di Magalco, hat sie in den Salons und in den Küchen vergebens gesucht. Sie behauptet, sie sei in ihr Zimmer hinaufgegangen, um zu telefonieren, aber niemand kann es bestätigen. Genauer, das junge Mädchen, das in der Diele die Garderobe betreute und sie zwangsläufig hätte sehen müssen, als sie die Treppe zu den Schlafzimmern hinaufging, behauptet, daß sie nichts dergleichen getan habe. Außerdem erfährt man, daß Anne Pedersen über ein Jahr lang die Mätresse Rouards gewesen ist und daß sie einige Wochen zuvor miteinander gebrochen haben sollen.

»Der häßliche Amerikaner«.

Etwa ein Jahr zuvor hat Fernland seine Entscheidung bekanntgegeben, seine Küstenwachen mit hochentwickelten Torpedoschnellbooten auszustatten. Als der Innenminister etwas später die Polizeihochschule einweihte, gab er zu verstehen, daß ein französisches Modell, die modifizierte Aréthuse 234 F »Martine«, ausgestattet mit vier MCB-Rohren 1000 s und einem ballistischen Sprengkopf vom Typ RAPR einige Aussichten hatte, in die engere Wahl gezogen zu werden. Schwierige Verhandlungen begannen kurz darauf, die auf französischer Seite von Kapitän Rouard geführt wurden. Die Probleme, die die Schnellboote selbst betrafen, wurden ziemlich rasch gelöst, doch die Diskussionen über die Ausrüstung und vor allem über Ersatzteile und Wartungsverträge verlangten sehr viel mehr Zeit. Dennoch schien alles kurz vor einem endgültigen Abschluß zu stehen, als Gotterdam vor sechs Wochen plötzlich um eine dreimonatige Verlängerung der Option bat. Dieser Entschluß, den die Vertreter der französischen Regierung schwerlich anders denn als eine verschleierte Absage interpretieren konnten, scheint nur wenige Tage nach der Ankunft eines neuen amerikanischen Handelsrats, Jo Barrett, gefaßt worden zu sein.

Barrett war bei dem Empfang Pedersens anwesend, aber er war nicht in der Lage anzugeben, was er im einzelnen getan hatte. Er sagte, er sei von einem Raum zum andern geschlendert, sei in der Schwimmhalle gewesen, um dort etwas zu trinken, habe im Musiksalon geplaudert. Nach den Aussagen mehrerer Hausangestellten und Gäste sieht es so aus, als habe Rouard ihn mehrmals gesucht, aber er war nie dort, wo man glaubte, daß er sein würde.

»Der Chinese«.

Der Chinese ist kein anderer als Bjölke Pedersen selber. Diesen Spitznamen hat er deshalb, weil er viele Geschäfte mit dem Fernen Osten gemacht hat. Man stellt ihn als einen energischen und brutalen Menschen dar, Nabob und Tyrann zugleich.

Bjölke Pedersen hat den größten Teil des Abends mit seinen üblichen Partnern Whist gespielt: Bankier Jacobson, Van Proet, Chefredakteur der Zeitung *Ö Färtkrift* (Der Fortschritt), und Stanley Dahlström, Direktor des Tiefbauamtes. Während einer Pause ging er zu seinem Wagen, um ein Exemplar der Originalausgabe von *Characters of Shakespeare's Plays* von Hazlitt zu holen, das er gerade bei einem Buchhändler in Hudiksvall erstanden hatte und das er Jacobson zeigen wollte, der wie er ein Büchernarr war. Tatsächlich verschwand er länger als zwanzig Minuten, und seine Partner, die anfingen ungeduldig zu werden, wollten gerade einen Hausangestellten nach ihm suchen lassen, als er zurückkam. Der Buchhändler bestätigte auf Befragen, daß er Pedersen in der Tat den Hazlitt verkauft habe, aber bereits über einen Monat zuvor. Warum lag das Buch noch im Handschuhfach seines Wagens? Warum ging er trotz seines Ischias selbst in die Garage, um es zu holen, statt einen der Angestellten zu schicken? Und warum brauchte er fast fünfundzwanzig Minuten, während fünf bei weitem ausgereicht hätten? Diese drei Fragen, auf die er nichts als ausweichende und unaufrichtige Antworten gibt (indem er zuerst behauptet, er sei nach zehn Minuten zurückgekommen, dann erklärt, im Parkhaus hätte es kein Licht gegeben oder er wäre von einem unverbesserlichen Langweiler zwischen zwei Türen aufgehalten worden), hätten vielleicht nicht genügt, ihn als Verdächtigen zu bestimmen; aber Blackstone erfährt bald von einem Hausangestellten, daß Pederson im Verlaufe einer heftigen Diskussion mit seiner Tochter Anne, einige Minuten vor der Ankunft der Gäste, gegen diesen verfluchten *Frössfrätzer* (Fröschefresser) gewettert hatte, der ihm ständig Knüppel zwischen die Beine werfe.

»Belastender Abend für einen Geschäftsträger«.

César Vichard de Moutiers ist erster Sekretär der französischen Botschaft. Der Botschafter selbst, Devaux, verbringt mehr als zwei Drittel seiner Zeit außerhalb seines Postens. Von Hause aus Wirtschaftswissenschaftler und Geograph, gilt Devaux tatsächlich als eine Autorität für alles, was mit der Erschließung von Mergel- und Silikonböden zu tun hat, und diese Spezialität macht ihn bei nationalen und internationalen Versammlungen, die den Problemen der Landwirtschaft gewidmet sind, zu einem der gesuchtesten Experten. Es ist also Vichard, der ihn die meiste Zeit vertritt.

An diesem Abend ist Vichard, nachdem er eine Ausstellung von Meisterwerken der französischen Uhrmacherkunst eingeweiht und dem ersten Akt von *Öd Döfpfelunbästijk* (Die Doppelte Untreue) am königlichen Theater von Gotterdam beigewohnt hatte, um zweiundzwanzig Uhr bei Pedersen eingetroffen und eine halbe Stunde später wieder aufgebrochen, wobei er sagte, er käme nochmal vorbei. Er ist tatsächlich gegen viertel vor eins wiedergekommen. Vielleicht erwartete er, das Fest würde auf seinem

Höhepunkt sein, während es eher auf seinem Tiefpunkt war; auf jeden Fall fanden ihn die wenigen Personen, mit denen er gesprochen hat, einigermaßen deprimiert und miesmacherisch. Als Blackstone ihn später fragte, was er in der Zeit zwischen halb elf und viertel vor eins getan habe, erklärte er, er habe sich aus dienstlichen Gründen zu einem Abendessen begeben, das der Kulturattaché zu Ehren eines auf der Durchreise befindlichen Schriftstellers gab, der sich zu einer Vortragstournee in Fernland aufhielt. Aber alle Gäste dieses Abendessens versichern, daß er nicht einmal eine Viertelstunde lang geblieben ist.

Vichard ist oder besser war sehr eng mit Rouard befreundet. Sie waren mehrmals zusammen am selben Konsulat gewesen, in Smolensk, Braunschweig und Wien. Sie haben gemeinsam eine riesige Villa in Flåksund, einem kleinen Fischerhafen etwa zwanzig Kilometer von Gotterdam entfernt. Manche schlossen daraus vielleicht ein wenig vorschnell, daß sie sich auch Anne Pedersen teilten.

In den darauf folgenden Kapiteln erforscht Blackstone mit mehr oder weniger Glück und Scharfsinn diese verschiedenen Fährten. Ist es ein Verbrechen aus Leidenschaft? Eine Rache? Ein dunkler Fall von Industriespionage? Nichts zeichnet sich wirklich klar und eindeutig ab, bis er schließlich einige »interessante Entdeckungen« macht:

Zuerst erfährt Blackstone, daß Anne Pedersen in einem Luxusbordell, das die Stammgäste unter dem Namen *Die Krypta* kennen, eine »Belle-de-jour« ist. Sie scheint dort mehrmals mit Barrett zusammengekommen zu sein. Das Erstaunlichste aber ist, daß diese Absteige unterderhand Bjölke Pedersen gehört, der sich hier seiner Tochter bedient, um Auskünfte über verschiedene Industrie- und Handelsoperationen zu erhalten.

Bei diesem Stand der Ermittlungen fängt Blackstone an, sich zu fragen, ob Bjölke Pedersen und Barrett sich nicht ganz einfach zusammengetan haben, um Rouard und die französischen Schnellboote auszuschalten und sich das Geschäft (das nach seinen bescheidensten Schätzungen bei einer Milliarde neuer Francs liegt) zu teilen.

Aber ein neues Element wird bald darauf den Verdacht auf Vichard lenken.

Ein Mitarbeiter Blackstones hat eine Routineuntersuchung gemacht, um die Aussagen des ersten Botschaftssekretärs zu überprüfen; er hat sich das Fahrtenbuch seines Dienstwagens genau angesehen und dabei festgestellt, daß das Fahrzeug am Abend des Verbrechens annähernd fünfzig Kilometer mehr zurückgelegt hatte, als die Erklärungen Vichards vermuten ließen. Der Fahrer, darüber befragt, enthüllt, daß ihn Vichard, als sie beim Kulturattaché ankamen, nach Hause geschickt, den Wagen aber behalten habe.

Blackstone schnüffelt nun in der Umgebung von Vichards und Rouards Villa herum und erfährt von einer Nachbarin, daß Vichard an diesem Abend kurz vor Mitternacht nach Hause gekommen ist; er hat nicht einmal den Motor seines Wagens abgestellt; er ist in die Garage gegangen und fast unmittelbar darauf mit einer Holzkiste wieder herausgekommen, die er in seinen Kofferraum verfrachtet hat.

Von neuem vorgeladen, gibt Vichard zu, daß er in dieser Nacht noch einmal in Flåksund vorbeigefahren ist, um dort eine Kiste Champagner zu holen, von dem er sogar die Marke angibt, nämlich Périer-Lagrange.

Diese Kiste Champagner wird Vichard endlose und unentwirrbare Scherereien machen. Vielleicht hat Vichard sie tatsächlich zu Pedersen gebracht, aber sie scheint nicht getrunken worden zu sein, auf jeden Fall hat sie in niemandes Erinnerung Spuren hinterlassen. Vichard erklärt, wobei er sich furchtbar verheddert, daß dieser Champagner die Folge einer Wette gewesen sei, die die Jüngste der Pedersen-Töchter, Ynge, gewonnen hätte. Sie erinnerte ihn zu Beginn des Abends lebhaft daran, und er versprach ihr, zu

Hause vorbeizufahren und die Kiste zu holen, bevor er wiederkäme. Dann suchte er Rouard unter den Gästen, um ihn zu bitten, ihm beim Herauftragen zu helfen, aber Rouard war auf der Terrasse in ein langes Gespräch mit einem anderen Gast vertieft und gab ihm zu verstehen, daß er störe. Vichard kam etwas später wieder, aber Rouard war nicht mehr da. Schließlich beschloß er, die Kiste ganz allein in den Lastenaufzug zu bringen, aber diesmal war die Kiste verschwunden! Es war spät, er war müde, und das Fest schien ihm höchst uninteressant; daher beschloß er, nach Hause zu gehen. Drei Stunden später fand Rouard den Tod...

Selbstverständlich beweist nichts, daß diese Champagnerkiste den in Rouards Fahrzeug verstauten Sprengkörper enthielt. Doch inzwischen haben die Experten genügend kleine Stücke gefunden, um diese Höllenmaschine mit Sicherheit zu identifizieren. Und obgleich es nur eine bescheidene Mine ist, ist sie trotzdem ein wenig zu groß, als daß man damit herumlaufen könnte, ohne Aufmerksamkeit zu erregen. Während sie ganz bequem in eine Kiste für zwölf Flaschen paßt.

Es handelt sich um eine Stoßmine französischer Fabrikation, und zwar um ein bereits ziemlich altes Modell, die CDP 411.38. Während des Indochinakriegs entwickelt, war dieser Sprengkörper speziell dazu bestimmt, in den schmalen und nicht sehr tiefen Wasserläufen gelegt zu werden, die von den Dschunken der Vietminh befahren wurden, bei denen Magnetminen unwirksam gewesen wären. Da sie seitdem wenig gebraucht wurden, höchstens bei seltenen Gelegenheiten in Algerien und im Tschad, gibt es in manchen Lagern der französischen Flottenarsenale immer noch welche.

Nun haben aber gerade erst kürzlich mehrere dieser Sprengkörper im Rahmen einer Wanderausstellung, die dem Gedenken an den vierzigsten Jahrestag der Schlacht von Narvik und den *Großen Stunden des Krieges auf dem Meer* gewidmet war, die nordischen Länder durchquert. Einer dieser Sprengkörper (offen gestanden ohne Schlagbolzen, aber das scheint für die Spezialisten eine zweitrangige Frage zu sein) ist zwischen Gotterdam und Löden »entführt« worden. Ein umfangreicher Briefwechsel betrifft dieses Verschwinden. Der Schlußbericht der Direktion für Militärische Sicherheit erkennt auf einen »Diebstahl, begangen von einem besessenen Sammler«, aber es ist ganz offenkundig, daß die Umstände von Rouards Tod die Wiederaufnahme dieser Akte, in der die Namen Devaux, Vichard und Rouard mehrmals auftauchen, notwendig machen werden.

In diesem Stadium der Ermittlungen scheint bereits festzustehen, jedenfalls für die Polizei, daß es sich um eine Angelegenheit handelt, die ausschließlich französische Staatsangehörige betrifft, so daß man Blackstone die Verantwortung dafür entzieht, um sie Derville anzuvertrauen, den bald schon zwei vom Außenministerium entsandte Sonderinspektoren, Boutin und Vergnaud, unterstützen sollten.

Und sehr schnell fangen die Dinge an, wirklich schlecht für Vichard zu stehen. Denn genau in diesem Augenblick taucht Rouards Schwester in Gotterdam auf und übergibt Derville zwei Briefe, die ihr Bruder ihr einige Zeit vor seinem Tod geschrieben hat, die sie aber erst einen Monat später, einen Monat zu spät, bei ihrer Rückkehr aus den Ferien geöffnet hat.

Im ersten dieser Briefe gibt Rouard einen kurzen, aber besonders pessimistischen Überblick über seine Situation in Gotterdam und macht seiner Schwester Mitteilung von Verdachtsmomenten, die ihn zu quälen beginnen. Er schreibt darin unter anderem:

»Von allen Stellen, die ich innegehabt habe, ist Gotterdam, trotz seines Klimas, mit Sicherheit diejenige, wo ich mich wohl am leichtesten und glücklichsten akklimatisiert haben dürfte. Doch meine Beziehungen zu CV verschlechtern sich seit einigen Monaten ständig. Er läßt mich ständig fühlen, daß ich ohne seine Protektion nichts wäre; seine krankhafte Eifersucht und sein autokratisches Verhalten werden immer unerträglicher. Er mischt sich in mein Berufs- und Liebesleben ein, überwacht selbst noch meine kleinsten Bewegungen, verlangt, daß ich ihm über alles Rechenschaft gebe. Vorgestern hat er mir verboten, mich weiterhin mit dem Verkauf der Aréthuse zu beschäftigen. Er gibt vor, daß er sich allein um die Verhandlungen kümmern werde. Aber ich habe gute Gründe zu glauben – selbst wenn ich den Beweis dafür noch nicht erbringen kann –, daß seine Intervention eine katastrophale Wirkung hätte. Ich weiß noch nicht, wie ich mich verhalten soll, ob ich die SM (Securité Militaire) sofort informieren oder noch warten soll. Hier hat er es fertiggebracht, alle Welt zu manipulieren. Niemand würde mir glauben. Nur mit Devaux könnte ich im Vertrauen reden, aber Devaux kommt nicht vor Mitte Oktober zurück, und ich fürchte, daß es dann zu spät ist. Usw.«

Der zweite Brief ist eine am Tag vor dem Unfall abgeschickte kurze Mitteilung:

»Ich werde am Sonntag in Paris sein. Bestell mir auf Deinen Namen ein Zimmer im Hotel de Nantes. Ruf Boulot an und bitte ihn, mich in Roissy zu erwarten. Flug SAS 223, 19 Uhr.«

Boulot ist der Name eines der Inspektoren des militärischen Abschirmdienstes, der über das Verschwinden der CDP 411.38 ermittelt hat.

Doch angesichts dieser Belastungen, die sich gegen ihn häufen, flüchtet sich Vichard in ein absurdes Verteidigungssystem. Er hört nicht auf, alles in Bausch und Bogen zu leugnen, und sagt immer wieder, daß er nichts von dem begreife, was man ihm erzähle: er sei nie mit Rouard in Streit geraten, weder wegen Anne Pedersen noch wegen sonst irgend etwas, er habe weder jemals einen Sprengkörper noch irgendeine andere Waffe entwendet, er habe niemals die Kompetenzen Rouards in Zweifel gezogen, habe nie vorgehabt, die Verhandlungen über den Verkauf der Schnellboote an seiner Stelle zu führen, habe nie versucht, diese Verhandlungen zu hintertreiben usw.

Doch die Verdachtsmomente sind derart, daß Vichard schließlich offiziell angeklagt wird. Er wird ins Gefängnis der Marktendörin eingeliefert und erhält vom Quai d'Orsay die Erlaubnis, seinen Jugendfreund, den Detektiv Robert Serval zu zusätzlichen Ermittlungen nach Gotterdam kommen zu lassen.

Der ganze erste Teil des Romans ist in Wirklichkeit also eine Rückblende, in deren Verlauf Vichard, Blackstone, Derville und alle handelnden Personen für Serval die wichtigsten Momente des Dramas und der darauffolgenden Ermittlung rekonstruieren.

In einem allerletzten Kapitel behauptet Vichard noch einmal seine Unschuld und fleht Serval an, diese verabscheuungswürdigen Machenschaften, deren Opfer er ist, völlig aufzuklären.

Viertes Kapitel

Gegenermittlungen.

Nichts vermag Servals Spürsinn und Neugier so sehr hervorzurufen wie diese gegen allen Anschein lauthals verkündete Unschuld. Doch wenn ihm seine Intuition auch auf der Stelle sagt, wo die Wahrheit liegt, muß er dennoch seinen ganzen Einfallsreichtum aufbieten, bevor er damit beginnen kann, den Beweis dafür zu erbringen. Denn alles, was mit diesem Fall zu tun hat, scheint nur deshalb ein wenig Deutlichkeit zu erlangen, um sogleich wieder in der Unschärfe, im Flüchtigen und Ungewissen zu verschwimmen, sich zu verflüchtigen und in sinn- und substanzlosem Papierkram zu versacken. Verhör folgt auf Verhör, Zeugenaussage auf Zeugenaussage, und jedesmal treten neue und winzige Widersprüche hervor und komplizieren diese nicht faßbare und nicht unterscheidbare Wirklichkeit, die zu rekonstruieren man sich so hartnäckig bemüht, noch ein wenig mehr. Ein Gast erinnert sich zum Beispiel plötzlich, daß ein Oberkellner mit karminrotem Gesicht ihm einen »ausgezeichneten Champagner« eingeschenkt hat (Pedersen, deswegen befragt, antwortet auf eher unangenehme Weise, daß er ein für allemal die Einführung dieses Getränks, das er verabscheue und für giftig halte, in seinem Hause verboten habe, daß sein Oberkellner ein *Tee-Tötaller* mit besonders blassem Teint sei und daß dieser A... von einem versoffenen Gast sicherlich den Empfang bei ihm mit dem am nächsten Tag in der britischen Botschaft verwechsele). Oder es glaubt ein anderer Gast behaupten zu können, daß er gegen halb zwölf Barrett und Rouard zusammen hat hinausgehen sehen. Jeden Tag häufen sich auf Dervilles Schreibtisch die Berichte, Expertisen, Zeugenaussagen und Protokolle, unter denen sich zurechtzufinden unmöglich wird.

Dennoch ist von einem Standpunkt aus, den man als abstrakt, theoretisch oder logisch bezeichnen könnte, der Schlüssel zu dem Problem einfach: wenn Vichard die Wahrheit sagt, dann ist zumindest eines sicher, nämlich daß Rouard in seinen Briefen lügt. Nun, Serval *weiß*, daß Vichard die Wahrheit gesagt hat. Also lügt Rouard? Warum lügt er? Woher glaubt er den Beweis zu nehmen, daß Vichard ein Verräter ist? Hat ihm Barrett diese Idee in den Kopf gesetzt? Oder Anne? Oder was? Man könnte sich vorstellen, daß einer der drei anderen Verdächtigen Mittel und Wege gefunden hat, Rouard zu töten und dabei den Verdacht auf Vichard zu lenken, aber wie hat er (oder sie) es dann angestellt, Rouard zum Komplizen zu machen? Oder man muß annehmen, daß Rouard entweder Selbstmord begangen hat und seinen Selbstmord als einen von Vichard begangenen Mord ausgibt (aber wie? Aber warum?) oder daß Rouard gar nicht tot ist!

Serval hat sich bei Vichard häuslich niedergelassen. Er durchsucht alles. Er besichtigt auch Rouards Etage. Er inspiziert den Inhalt der Arzneischränke, die Kleiderschränke, den Keller. Er weiß nicht, was er sucht. Vom Fenster seines Zimmers aus betrachtet er den kleinen Hafen, weiß vom Schnee. Von den niedrigen Häusern sieht man nur einige Schieferdächer, rauchende Kamine. Eine kleine Gruppe von Männern, in graue Pelze eingemummt, zieht ein langes, silberfarbenes Boot über den Sandstrand. Auf ein Blatt Papier schreibt er, zum hundertsten Mal vielleicht:

WER

WIE

WARUM

MIT WEM

SICH AUSGEBEND ALS

DEN VERDACHT LENKEND AUF

Er streicht das Ganze mit einem wütenden Füllhalterstrich aus, zerknüllt das Blatt zu einer Kugel, wirft es in den Papierkorb.

Seit drei Tagen und drei Nächten fällt Schnee. In der Stadt herrscht überhaupt kein Verkehr mehr. Die Geschäfte sowie die Schulen und die Behörden sind geschlossen. Im Rundfunk wird an die Bevölkerung appelliert, zu Hause zu bleiben. Um drei Uhr bricht die Nacht herein. Im Verlaufe des Tages wird zeitweise der Strom abgeschaltet. Oft funktioniert das Telefon nicht mehr.

Alles ist ausgeklammert. Die Ermittlungen treten auf der Stelle.

Da taucht seltsamerweise (in Wahrheit überhaupt nicht seltsamerweise) ein Buch auf, das Serval erlauben wird, sein Rätsel zu lösen.

Es handelt sich wieder einmal um einen Kriminalroman. Sein Titel lautet *Der Richter ist der Mörder*, und der Autor heißt Laurence Wargrave. Das Buch war in Rouards WC hinter den Heizkörper gefallen. Es ist einer dieser schmalen Trivialromane mit in der Regel wöchentlichem Erscheinungsdatum, wie sie in den dreißiger Jahren zu Hunderten oder zu Tausenden veröffentlicht worden sind. Der Verlag heißt Smith and Co. und die Reihe *Der umherstreunende Tod*. Auf dem farbigen Umschlag sieht man durch einen schematisierten Schlüssellochausschnitt ein Hotelzimmer – das Bett mit rotem Kretonne bedeckt, das Waschbecken angeblich hinter einem Wandschirm mit kleinen rosa Blumen versteckt, der Sessel mit grünem Stoff überzogen –, in dem ein Mann von etwa fünfzig Jahren mit völlig kahlem Schädel und gebrochenem Nasenbein, der einen weiten schwarzen Mantel mit Pelzkragen trägt, eine junge Frau in einem Negligé aus rosa und schwarzen Spitzen erwürgt.

Es ist die erste Szene des Buches. Wegen dienstlicher Angelegenheiten nach Tonnerre im Departement Yonne gerufen, hat Monsieur Tissier, Untersuchungsrichter in Paris, im Hotel de Sens ein Zimmer genommen. Mitten in der Nacht wecken ihn Schreie aus dem Nachbarzimmer. Durch das Schlüsselloch der Tür, die zu diesem Zimmer führt, wird Monsieur Tissier Zeuge des auf dem Umschlag abgebildeten Dramas. Doch als es ihm endlich gelingt, den Nachtwächter zu wecken, ist der Mörder längst über alle Berge.

Das Opfer ist schnell identifiziert; sie heißt mit Vornamen Angèle und ist eine Dirne, genauer eigentlich ein Taxi-Girl, das seinen Wirkungskreis gewöhnlich in einem Kabarett im Viertel Saint-Séverin hat. Ihr Beschützer ist ein Amerikaner, ein ehemaliger Seemann und ehemaliger Catcher namens Fly, dessen Personenbeschreibung haargenau mit der von Tissier gegebenen übereinstimmt. Doch als Fly zwei Wochen später in Paris verhaftet wird, liefert er ein hieb- und stichfestes Alibi, und der Fall endet mit der Einstellung des Verfahrens.

In den darauffolgenden Wochen erhält die Polizei Briefe von Tissier; er macht darin Mitteilung von Drohungen, die er von Fly erhalten hat. Ein Polizeiinspektor wird zu seinem Schutz abgestellt. Das verhindert jedoch nicht, daß Tissier eines Tages um elf Uhr morgens vor dem Hotel de Bourgogne, an der Ecke Rue de Grenelle und Rue de Bourgogne, gekidnappt wird.

Mitten in der Nacht dringen die Polizisten gewaltsam bei Fly ein, der in einer Villa im Pecq wohnt. Fly ist da, offenbar aus dem Tiefschlaf gerissen. Die Polizei weist einen Durchsuchungsbefehl vor und durchwühlt das Haus nach allen Regeln der Kunst. In einer Nachttischschublade findet man einen großen Umschlag mit verschiedenen Fotos von Tissier. Umschlag und Fotos tragen jede Menge Fingerabdrücke von Fly und verschiedenen anderen Individuen, darunter auch die eines Fotografen, der vorwiegend in Nachtbars tätig ist und später vor Gericht aussagen wird, wie Fly ihn engagiert hat, um Tissier zu verfolgen und an verschiedenen Orten und zu verschiedenen Tageszeiten Aufnahmen von ihm zu machen.

Der Zementboden des Kellers ist vor kurzem gründlich geschrubbt worden, aber trotzdem kann man darauf einige Blutflecken feststellen. Unter einem Kohlenhaufen zieht man eine Kettensäge hervor, in deren Zähnen sich verschiedenes verfangen hat, von dem sich bald herausstellen wird, daß es menschliche Überreste sind. Die Asche im Heizkessel ist noch warm: eine Laboruntersuchung wird bestätigen, daß ein menschlicher Körper verbrannt worden ist; schließlich, vom Aschenrost zurückgehalten, drei kleine, weißliche Splitter, die Tissiers Zahnarzt beim Prozeß ausdrücklich als drei von dessen Porzellanzähnen identifizieren wird.

Fly wohnt diesen fortwährenden Entdeckungen mit einer Fassungslosigkeit bei, die schon an Benommenheit grenzt. Als es ihm endlich gelingt, sich zu fassen, versucht er zu erklären, daß er den ganzen Tag mit einem Stöckesammler zugebracht hat, der ihm in Pithiviers seine ungewöhnliche Sammlung gezeigt hat, ihn danach zum Mittagessen nach Fontainebleau eingeladen und ihn dann nach Coulommiers zu einem anderen Sammler mit ebenso phantastischen Einzelstücken gefahren hat, bevor sie sich zu dritt nach Ermenonville begaben, um dort großartig zu Abend zu essen. Die Fortsetzung ist noch verworrener; es sieht so aus, als habe Fly nicht so richtig mitbekommen, daß man ihn nach Hause brachte, und als habe er eine Weile gebraucht, bis er begriff, daß sein Auto seit dem Morgen in Pithiviers gestanden hatte. Aber in der Garage der Villa steht der weiße Mercedes, der Einschlag der Kugel, die der Polizist abgefeuert hatte, der Tissier beschützen sollte, ist deutlich sichtbar, und die Stöckesammler von Pithiviers und Coulommiers werden für immer erbarmungslos unauffindbar bleiben. Kurzum, der Zuhälter wird verhaftet, unter Anklage gestellt, inhaftiert, verurteilt und wegen Mordes an dem Untersuchungsrichter hingerichtet, ohne daß er zu irgendeinem Zeitpunkt irgend jemand von seiner

Unschuld hätte überzeugen können. Selbst sein Verteidiger ist sich sicher, daß er auf der ganzen Linie lügt.

In einem allerletzten Kapitel erklärt Monsieur Tissier, leicht verwandelt, dem Autor selber (Lawrence Wargrave, der in dem Buch »ich« sagt, stellt sich vor als »Student der Kriminologie, der diesen Ermittlungen als Praktikant folgt«), wie er »mit Hilfe einiger Komplizen« (wobei diese dürftige Aussage genügt, von vornherein auf alle Einwände zu antworten, die erhoben werden könnten) seine eigene Ermordung inszenieren konnte, wobei er zuerst einmal die Schwachstelle gesucht hatte, das »Steckenpferd«, das ihm erlauben würde, Fly mit einem Maximum an Erfolgsaussichten eine Falle zu stellen, und ihm praktisch während eines ganzen Tages die freie Verfügung über dessen Fahrzeug und Haus lassen würde. Voll mit köstlichen Weinen und leckeren Gerichten (und vielleicht auch einigen hypnogenen Pillen), sollte Fly nur noch nach Hause gebracht werden, um gleich darauf unter Anklage gestellt zu werden. Alles übrige wäre eine Sache falscher Schlüssel und falscher Zähne.

Serval ist sofort und instinktiv davon überzeugt, daß sich Rouard des Romans *Der Richter ist der Mörder* bedient hat. Es ist nicht so sehr eine »Idee«, die er darin gefunden hat (die im Grunde banale, alltägliche, für ein falsches Verbrechen einen echten Schuldigen zu erfinden, was an sich weder aufregender noch schwieriger ist, als für ein echtes Verbrechen einen falschen Schuldigen zu erfinden), sondern eine Methode, ein Organisationsprinzip; nicht etwas, was er einfach auf sein Problem übertragen, sondern seiner spezifischen Situation angepaßt hat.

Wenn der Dreh- und Angelpunkt dieser ganzen irreführenden Operation wie in *Der Richter ist der Mörder* auch von Briefen gebildet wird, die vom Opfer stammen und auf den Schuldigen hinweisen (und nichts sieht echter aus als ein Brief, der von einem Toten kommt: wie könnte ein Toter lügen?), hat Rouard dennoch das Problem seines physischen Verschwindens und das seiner Bergung auf eine im Verhältnis zu seinem Vorbild ganz und gar originelle Weise angehen müssen. Denn wenn kein toter Rouard in der Tiefe von *Devil's Rift* liegt, woher stammen dann die kleinen Fleischstücke, die man dort aufgelesen hat? Und wo war währenddessen der wirkliche Rouard?

Im Lichte dieses sehr fragwürdigen Szenarios beginnt Serval von neuem mit seinen Ermittlungen. Und die besten Seiten des Buches sind ohne jeden Zweifel jene, auf denen er sich fragt, was er an der Stelle des Marineattachés getan hätte, und auf denen er nach und nach in die gespenstische Haut dieses Mörders seiner selbst schlüpft.

Es liegt klar auf der Hand, daß ein Sturz von sechzig Metern in die Tiefe einer Schlucht völlig genügt, um den Tod eines beliebigen Menschen herbeizuführen. Wenn eine Bombe mit im Spiel war, dann wohl nur, um die Identifizierung des Opfers unmöglich oder auf jeden Fall fragwürdig zu machen.

Diese Gewißheit, die Serval-Detektiv in einer Weise als »matter-of-fact« zum Ausdruck bringt, daß man sich sagt, Serval-Autor hätte sie schließlich ab und zu auch den anderen Protagonisten seines Buches in den Sinn kommen lassen können, führt zu zwei Fragen:

Erstens: wieso wußte Rouard, angesichts der Unmöglichkeit, sich vollständig verschwinden zu lassen (durch Feuer, Säure, Versenkung usw.), daß die doppelte Wirkung der »natürlichen« Explosion (als Folge des Sturzes) und der (durch die CDP 411.38) hervorgerufenen Explosion ausreichen würde, damit vom »Opfer« nur einige Knochen- und Fleischstücke übrigblieben: genug, um anhand eines spezifischen Elements (der Zähne zum Beispiel) die Identifizierung zu erlauben, nicht genug, damit nicht eine Imponderabilie offenbart, daß es sich um eine vorgeschobene Leiche handelte?

Zweitens: wie ist diese Identifizierung eigentlich durchgeführt worden? Welche Analysen hat man mangels einer echten Autopsie vorgenommen? Und zu welchen Ergebnissen ist man dabei gekommen?

Es ist relativ einfach, die zweite Frage zu beantworten: im Rahmen der von der Gotterdamer Polizei und der französischen Botschaft geführten Routineermittlungen sind Proben verschiedener organischer Stoffe, die am Ort des Dramas gefunden wurden (»Trümmer, Splitter und Spuren von Knochen, von Haut, Herzgewebe, Fingernägeln, Blut, Eingeweiden, Lymphe und Glaskörperflüssigkeit«) sowie ein Bruchteil einer Zahnprotese mit Sonderpost nach Paris geschickt worden. Tatsächlich sind in Paris, seit dem Skandal Marhenbey (jener am Heiligen Stuhl akkreditierte Botschafter, der mit der Beihilfe der Triestiner Polizei seine eigene Entführung vortäuschte) die Krankenblätter der im Auslandsdienst befindlichen Botschaftsangehörigen zentral gesammelt. Die Antwort des gerichtsmedizinischen Instituts war relativ eindeutig: »Es ist höchst wahrscheinlich, daß die Proben, die wir haben testen können, dem Marineattaché gehören.« Es ist normal, daß diese hohe Wahrscheinlichkeit in Gotterdam, wo alle Welt es für erwiesen hielt, daß Rouard tatsächlich in seinem Wagen umgekommen war, als Gewißheit angesehen wurde. Doch als Serval diese Teile der Akte Rouard von neuem und etwas aufmerksamer unter die Lupe nimmt, macht er eine seltsame Entdeckung: die Aufstellungen der Anfrage aus Gotterdam und die Antwort des gerichtsmedizinischen Instituts stimmen nicht genau überein: so hat das GMI zum Beispiel verschiedene Fragmente von Lebergewebe und glattem Muskel untersucht, die in der Sendung aus Gotterdam gar nicht aufgeführt waren, während nirgends Spuren von Lymphe oder Glaskörperflüssigkeit erwähnt werden (deren Reaktion im Lauzanne-Tavistock-Test immerhin sehr wertvoll gewesen wäre). Nach einer Überprüfung ist klar ersichtlich, daß das GMI *andere* Proben untersucht hat als die, die

Gotterdam geschickt hatte (und die es umgekehrt nie bekommen hat)!

Ich übergehe die Einzelheiten der durch diese Entdekkung ausgelösten Operationen: am 2. abends (am übernächsten Tag nach dem Tod, wenn man das noch einen Tod nennen kann) sind der stellvertretende Direktor des GMI – Thermin – und der für den Sektor »Nordeuropa« verantwortliche Beamte am Quai d'Orsay – Souchevort – telefonisch (von Vichard) über die Ankunft der Sonderpost (die man dem Flugkapitän des Fluges AF 161 Gotterdam-Paris über Oslo und Kopenhagen anvertraut hatte) am 3. um 18 Uhr unterrichtet worden. Am Morgen des 3. bekam Thermins Sekretärin einen Anruf von Souchevort mit der Bitte, Thermin Bescheid zu sagen, er möge die Post persönlich bei der Polizei von Roissy abholen, und Souchevorts Sekretärin bekam die gleiche Botschaft von Thermin. Weshalb »ein Beamter des Außenministeriums«, mit allen notwendigen Passierscheinen und Visa versehen, kurz nach der Ankunft des Fluges AF 161 bei der Polizei von Roissy vorstellig geworden ist und auf die legalste Weise von der Welt das Paket in Besitz genommen hat.

Von einem gewissen Dienstgrad an hat jeder im Ausland tätige Attaché Kenntnis von diesen Verfahrensweisen (sowie von den Gesetzen, die sie schützen), und es ist absolut vorstellbar, daß Rouard eine solche Vertauschung hat ins Auge fassen, organisieren und mit Erfolg durchführen können.

Um die erste Frage zu beantworten, ist Serval gezwungen, in den nicht sehr gesprächigen Kreisen zu ermitteln, die mehr oder weniger mit den Nachrichtendiensten und der Spionageabwehr zu tun haben. Er erfährt schließlich, daß Vichard und Rouard, als sie für den Posten in Smolensk nominiert waren, einen verkürzt als »Sonderausbildung« bezeichneten Fortbildungslehrgang absolviert hatten; einer der Kurse dieses im GMI stattfindenden Lehrgangs, wo man ihm den liebevollen Spitznamen »Löffelchen« gab, behandelte die Wirksamkeit biologischer und anatomisch-pathologischer Analysen bei der Identifizierung der Opfer von Attentaten und Flugzeugunfällen.

Übrigens ist ein schon älterer Artikel (1952), gezeichnet von zwei Ingenieuren des Arsenals von Bizerta, Chappuis und Gelé, mit dem Titel »Zerstörerische Wirkungen des CDP 411.38« in der *Technischen Zeitschrift für Militärmaterial zu Lande und zu Wasser* veröffentlicht worden, von der eine vollständige Sammlung in der Botschaftsbibliothek aufbewahrt wird.

Serval beschäftigt sich nun mit der Art und Weise, wie Rouard, nachdem er sein entsprechend präpariertes Fahrzeug in die Tiefe des *Devil's Rift* gesteuert hat, Fernland verlassen konnte.

Noch keine fünfhundert Meter vom Unfallort entfernt steht das schickste Hotel von Gotterdam, das Crest, das von der Höhe seiner neunzehn Stockwerke herab den Fjord überragt, der die Stadt umgibt.

Serval nimmt die Meldeformulare der Hotelgäste genau unter die Lupe und macht ziemlich schnell einen gewissen Julien Labbé ausfindig.

»Der Unfall« hat sich in der Nacht vom Freitag, den 29. auf Samstag, den 30. September ereignet. Am 28. abends ist Julien Labbé im Taxi im Crest angekommen, angeblich mit dem Flugzeug aus Hamburg kommend. Im Verlauf des 29. hat er von seinem Zimmer aus mit der Agentur der Autovermietung Hertz telefoniert und darum gebeten, ihm auf dem Parkplatz des Hotels einen CX oder einen anderen Wagen von entsprechender Größe zur Verfügung zu stellen. Er erklärte, er wolle sich noch in der Nacht nach Kopenhagen begeben, wo er den Wagen zurücklassen werde. Da Julien Labbé bei Hertz abonniert ist, macht die Autovermietung keine Probleme, und der Vermieter bringt den Wagen (einen Volvo) gegen neun Uhr abends ins Crest und hinterläßt die Papiere und die Schlüssel an der Rezeption.

Gegen fünf Uhr morgens nimmt Monsieur Labbé (der seine Rechnung bereits am Abend zuvor mit einer Kreditkarte beglichen hat) die Schlüssel seines Wagens aus seinem Fach und fährt weg.

Kein Labbé Julien steht auf der Passagierliste des Flugs Hamburg-Gotterdam vom 28. September. Die Paßnummer – 233184259 – ist falsch, die Adresse – 7, rue de Quatrefages – existiert nicht. Die Kreditkarten sind durchaus real und werden von einem Konto Nr. 70336 P des Comptoir Commercial de Crédit garantiert; dieses Konto, auf dem ein Guthaben von 271 328,53 FF stand, ist am vierten Oktober geprüft und aufgelöst worden.

Im letzten Kapitel von *Die Krypta* läßt Serval in der französischen Botschaft Blackstone, Derville und ihre Mitarbeiter zusammenkommen.

»›Alles deutet darauf hin‹, schloß er, ›daß Rouard und Labbé ein und dieselbe Person sind. Von einem streng professionellen Standpunkt aus gesehen muß ich sagen, daß diese ganze Angelegenheit meisterhaft inszeniert worden ist. Sicherlich steht Rouards Motiv in Zusammenhang mit den Verhandlungen, mit denen er betraut war. Aber es wird nicht leicht sein nachzuweisen, daß er von Barrett oder von Pedersen eine größere Summe kassiert hat, um sie scheitern zu lassen. Wo er sich aber mit seinem Geld versteckt hält, das herauszufinden ...‹

›Auf jeden Fall‹ fügte Derville hinzu, ›ist es nicht mehr möglich, Vichard weiterhin zu beschuldigen. Die von Serval ans Licht gebrachten Tatsachen entlasten ihn vollkommen.‹

Die anderen nickten zustimmend mit dem Kopf. Nur Serval schien ihre Überzeugung nicht zu teilen.

›Es sei denn ...‹ sagte er.

Alle Blicke wandten sich ihm zu.«

Fünftes Kapitel

Hypothesen.

Dieses ganze Abenteuer endet mit einem quälenden Fragezeichen, denn die betreffenden Blicke wenden sich ins Leere: die folgende Seite ist weiß, das Manuskript endet hier. Aber man braucht kein großes Kirchenlicht zu sein, um zu verstehen, was Serval (ich spreche hier vom Helden-Detektiv) durch den Kopf geht, und den Satz an seiner Stelle zu Ende zu bringen:

»... es sei denn, Vichard hätte den Mord an Rouard so organisiert, daß er, nachdem er zunächst einmal als der wahrscheinlichste Schuldige erschienen war, durch seine Unschuldsbeteuerungen gegenüber seinem Jugendfreund diese Gegenermittlung in Gang setzte, bei der eine nochmalige Überprüfung der Indizien, die ihn belasten, und die Entdeckung neuer Indizien (das Buch, das zur rechten Zeit hinter den Heizkörper im WC gefallen ist, das falsche Krankenblatt des GMI, das Hotel le Crest, Julien Labbé, usw.) ihn ganz im Gegenteil als das Opfer einer von Rouard selbst ersonnenen Machenschaft erscheinen lassen ...«

Eine solche Vorgehensweise ist in Servals Romanen überhaupt nicht unüblich. In zwei der drei anderen, die ich gelesen habe, verfährt er genauso: sobald die Lösung gefunden ist, wird in wenigen Zeilen eine andere, davon völlig verschiedene angegeben; das ist dann des Pudels Kern oder des Rätsels Lösung, das Wiederaufleben der Angelegenheit, ihre allerletzte Umkehrung, ihre letzte Enthüllung, ihr Sturz, der den Leser ratlos oder begeistert vor zwei Hypothesen zurückläßt, die, obgleich einander diametral entgegengesetzt, doch beide gleich annehmbar sind.

Ich weiß nicht so recht, was ich von diesem Kriminalroman halten soll. Persönlich bin ich eher der gleichen Meinung wie mein Freund Crozet: ein guter Einfall, aber man kann nicht sagen, daß die Geschichte gut gebaut ist. Man hat den Eindruck, der Autor habe ein hyper-brillantes Szenario (von der Art des »Es war nicht er! Es war nicht sie!« von Alphonse Allais) skizziert und anschließend das ganze Mahl fertigköcheln lassen, ohne sich allzusehr um die Wahrscheinlichkeit zu kümmern oder indem er so tat, als genügte es, seine Leser mit »Lauzanne-Tavistock-Tests« zu ködern oder mit den »zerstörerischen Wirkungen der CDP«, damit man seine Geschichte eines Mordes ohne Leiche ohne mit der Wimper zu zucken schluckt. Natürlich ist er geschickt genug, in letzter Minute durchblicken zu lassen, daß es vielleicht Vichard war, der das alles ausgeheckt hat, aber das ist eine Lösung, die er nur flüchtig streift und mit der er sicherlich nur mit Mühe durchkäme (zum Beispiel, um nur ein Beispiel zu geben: wenn Rouard wirklich in der Tiefe von *Devil's Rift* liegt, wer ist dann dieser Labbé, der den Volvo abholt? Ein Komplize Vichards? Hart, hart, wie man heutzutage sagt, wenn man sagen will, es ist schwach).

Wie dem auch sei, es ist jedenfalls nicht meine Aufgabe, ein Gutachten über den Roman *Die Krypta* zu schreiben, sondern darin die Elemente zu suchen, die geeignet sind, uns Angaben über das offensichtlich höchst reale Verschwinden Robert Servals, mit richtigem Namen Stéphane Réal, in Grianta zu liefern.

»Sollte mir etwas zustoßen, wird man darin herumstochern müssen, um alles zu verstehen«, mit diesen Worten hat Serval dem Konsul sein Manuskript überreicht. Und seit drei Tagen schon stochere ich und stochere und stochere.

Die Krypta: Idee einer versteckten Bedeutung, einer zu entschlüsselnden Botschaft. Ein Name, ein Detail, eine kleine, wahre oder erfundene Begebenheit, ein Indiz, eine Farbe, ein Zeichen, eine Chiffre irgendwo im Buch verweisen auf ein Geheimnis, in dessen Besitz Serval war und weswegen er vielleicht gestorben ist: die Tatsache, daß Serval den Konsul gebeten hat, mir das Manuskript zu übergeben, kann nur eins bedeuten: daß dieses Geheimnis eine Angelegenheit betrifft, die in Grianta passiert ist (denn ich weiß nichts über Servals Leben im Mutterland oder sonstwo, außer daß er vielleicht seine Gymnasialzeit ganz oder teilweise in Etampes verbracht hat), und daß eine oder mehrere Personen in diese Angelegenheit verwickelt sind, die einen ausreichend hohen Rang haben, damit ein armer kleiner Mathematiklehrer wie ich, der sich mit den Sitten und Gebräuchen der französischen Kolonie kaum auskennt, die Möglichkeit hat, sie ausfindig zu machen.

Ich habe versucht, im Buch alles das zu entdecken, was als Anspielung auf Grianta angesehen werden konnte. Es gibt zwar nur wenige, aber einige gibt es trotzdem.

Die Örtlichkeiten

Gotterdam gleicht in keinster Weise Rotterdam, auch nicht Kopenhagen, Oslo oder Helsinki, so wenig wie Montréal, Stockholm oder Reykjavik; in Wahrheit gleicht es nichts Besonderem, es wird kaum beschrieben. Serval erwähnt ganz nebenbei einen Königspalast, einen König-Wilhelm-Platz (mit einem Reiterdenkmal in der Mitte), eine Heilige-Margarethen-Straße und den »düsteren Binder-Turm, in dem Groenjäger, der fernländische Bayard, fünf Jahre lang eingekerkert war«; keine dieser Örtlichkeiten hat ihre Entsprechung in Grianta; der Präsident-auf-Lebenszeit hat eine ansehnliche Anzahl von Palästen und Residenzen, aber alle liegen am Rande der Stadt; er hat sich ausgiebig in Statuen verewigen lassen, aber bis zu einem Reiterdenkmal zu gehen hat er nie gewagt, und die modernen Gefängnisse von Grianta, Meisterwerke zeitgenössischer Polizei- und Gefängnistechnologie, von Spezialisten aus Westdeutschland erbaut und mit den neuesten Vervollkommnungen auf dem Gebiet der sanften Folter versehen, haben nichts mit dem romantischen Binder-Turm oder mit der klösterlichen Marktendörin zu tun.

Drei Orte jedoch, von denen jeder eine kleine Rolle in der von Serval ersonnenen Intrige spielt, beziehen sich unzweifelhaft auf Grianta.

Der erste ist das Crest, in dem leicht das El Ghazâl zu erkennen ist: beides sind Luxushotels, deren neunzehn Stockwerke die ganze Stadt beherrschen, und ihre Rezeptionen sind mit einer »Weltuhr« geschmückt: es ist eine riesige Planisphäre, die die Zeit der wichtigsten Städte der Welt gleichzeitig angibt und durch einen subtilen inneren Beleuchtungseffekt zeigt, welche Teile des Planeten in Nacht getaucht sind.

Der zweite ist ein Restaurant, die Pizza Matteotti, »ganz nahe bei der Post, gegenüber der italienischen Metzgerei Gagliani«; hier trifft Serval einen geheimnisvollen Monsieur Roussel, von dem man ahnt, daß er beim Nachrichtendienst und in der Spionageabwehr ein ziemlich hohes Tier ist. Es kann sich nur um das Restaurant Mattei handeln, dessen Besitzer Gino ist und in dem ich, ein wirklich seltsamer Zufall, praktisch alle meine Mahlzeiten einnehme; es liegt tatsächlich ganz nahe bei der Post, und gegenüber befindet sich die Metzgerei Galignani.

Auch der dritte ist ein Restaurant; es liegt in der Macrossan Street, »eine kleine, ruhige Straße, nicht weit vom botanischen Garten und vom Hauptbahnhof entfernt«; es ist ein französisches Restaurant mit dem Namen La bonne Chère. Blackstone, der Serval dorthin mitnimmt, enthüllt ihm, daß das der Deckname des Stundenhotels ist, in dem Anne Pedersen ihres Amtes waltet und das man *Die Krypta* nennt. »Im Erdgeschoß«, erklärt er, »ist es ein durch und durch ehrbares Etablissement, doch in den Salons und Privatkabinetts der beiden oberen Stockwerke spielen sich ganz wüste, von den Bedienungen organisierte Orgien ab; natürlich ist das nicht geschenkt, deshalb erzählt man hier auch, daß der Name des Restaurants keineswegs heißen will, daß la Chère (gemeint ist das Fleisch) gut ist, sondern eher, daß die Gute teuer ist!« (Hier glaubt Serval-Autor sich verpflichtet, Blackstone in ein »lautes Lachen« ausbrechen zu lassen.)

Ich nehme an, daß Serval diesen Namen nur wegen des faulen Wortspiels gewählt hat, aber zufällig liegt das einzige Nachtlokal von Grianta in der Rue Saint-Marc (Rue Saint-Marc, Rue San Marco, Rue Marco San, Rue Macro San, Macrossant Street), einer kleinen, ruhigen Straße, nicht weit vom botanischen Garten und vom Hauptbahnhof entfernt; sie heißt Kreuzsieben und ist letztes Jahr der Mittelpunkt einer dunklen, geheimnisvollen Affäre gewesen: die Inhaberin dieses Hauses, die schöne und üppige Véronique de Grasse (eine Elsässerin, mit wahrem Namen Grace Hillof), ist in einem der Badezimmer ihres Etablissements mit einer Krawatte erdrosselt aufgefunden worden; die Krawatte war aus blaßblauer Seide und mit kleinen Wappen übersät, die auf sand- und azurfarbenem Grund Goldlöwen trugen: die Wappen der Militärakademie von Blackbells, Ariz., wo fünf der siebzehn Großneffen des Präsidenten-auf-Lebenszeit so taten, als gingen sie ihrem Studium nach.

Ist es diese Affäre, die in dem Roman *Die Krypta* verschlüsselt ist? Natürlich ist man versucht, das zu denken (und sei es auch nur wegen des Buchtitels, doch meiner Meinung nach ist es nicht das Stundenhotel, das dem Buch seinen Titel gegeben hat); bei genauerer Überlegung ist diese Vermutung unhaltbar: bei dem Fall Kreuzsieben gibt es kein Geheimnis, nur ein vorsichtiges Schweigen; jedermann kennt den Namen des Schuldigen, aber niemand würde es wagen, ihn öffentlich zu nennen, und noch weniger, ihn zu schreiben. Ein Korrespondent des *English Mail* hat diese traurige Erfahrung gemacht: weil er in einem seiner Artikel zu verstehen gegeben hatte, daß gewisse Persönlichkeiten aus der näheren Umgebung des Präsidenten-auf-Lebenszeit wahrscheinlich in diesen Fall verwickelt sind, wurde er am hellichten Tage entführt, als er vor dem Presseklub aus einem Taxi stieg. Man hat ihn nie wiedergefunden. Die internationale Kommission, die gekommen war, um in der Sache Nachforschungen anzustellen, hat sich schließlich für unzuständig erklärt. Manche behaupten, er lebe noch und werde etwa hundert Kilometer von Grianta entfernt festgehalten, man habe ihm die Hände abgehackt, die Augen ausgestochen und die Zunge herausgerissen, aber das ist mit Sicherheit eines dieser Greuelmärchen, die die SH selbst verbreitet, um ihren entsetzlichen Ruf zu festigen.

Der Flughafen von Gotterdam heißt Hellige-Luise und der von Grianta Santa-Lucia. Es besteht zwar eine gewisse Ähnlichkeit, aber es ist nicht wirklich dasselbe.

Die Namen

Praktisch entspricht keiner der von Serval erfundenen Familiennamen irgendeinem aus Grianta. Am nächsten käme noch Roussel (diese sehr untergeordnete Figur, die mit Serval in der Pizza Matteotti zu Mittag ißt und ihm von der »Spezialausbildung« erzählt, die Vichard und Rouard früher einmal erhalten haben). Es gibt in Grianta einen Rousset; er ist Automechaniker, und seine wirkliche Tätigkeit soll, wie es heißt, darin bestehen, das Kapital der einheimischen Reichen nach Belgien oder in die Schweiz zu bringen.

Einer der Verfasser des Artikels über die »zerstörerischen Wirkungen der CDP« heißt Chappuis. Vielleicht ist es ein Name, auf den Serval durch seine Jahre in Etampes gekommen ist. Es gab in Etampes einen Chapuis (mit einem »p«); in Wahrheit gab es sogar zwei: den großen und den kleinen. Man nannte den großen »den Großen Chapuis«

und gab dem kleinen einen Spitznamen, den ich vergessen habe. Ich weiß nicht, was aus ihnen geworden ist; auf jeden Fall sind sie nicht in Grianta.

Die Fakten

Die Chronik von Grianta ist fruchtbar an gewaltsamen Toden, unerklärlichen Geheimnissen, schnell erstickten Skandalen, Erpressungen, Gemeinheiten, Betrügereien und Schändlichkeiten aller Art. Wenn der Fall der Kreuzsieben durch topographische Einzelheiten andeutungsweise beschworen wird, so ist ein anderer Fall in der Intrige der *Krypta* sehr viel deutlicher ausgeschlachtet worden.

Vor sechs Jahren wurde Grianta als Austragungsort der Panafrikanischen Spiele 1985 ausgewählt. Die Regierung beschloß sofort den Bau eines Sportkomplexes rings um ein Stadion von hunderttausend Plätzen. Der Kostenvoranschlag belief sich auf hundert Millionen Dollar und ein paar Cents und wurde durch eine Anleihe beim Internationalen Währungsfonds, durch Subventionen der OEA und der OPEC, eine Sondersteuer, eine Staatsanleihe und eine Lotterie finanziert. Die Bauherrschaft wurde vom CIG (Crédit Industriel von Grianta) übernommen, einer Privatbank mit Staatsbeteiligung, deren Generaldirektor der Schwager des Präsidenten-auf-Lebenszeit war, und die Leitung der Arbeiten wurden nach langen und schwierigen Verhandlungen einer italienischen Gesellschaft, Balbi-Raversi, anvertraut.

Die Arbeiten dauerten drei Jahre. Einen Monat vor der offiziellen Einweihung trat an einem Pfeiler der Haupttribüne ein Riß auf, die Tribüne stürzte ein und tötete elf Arbeiter. Es gab einen Scheinprozeß, der mit der Verurteilung zweier Ingenieure und dreier Poliere endete. In Grianta weiß zwar so ziemlich jedes Kind, was los ist, aber auch in diesem Fall würde es niemand wagen, das öffentlich zu sagen.

Dieses Szenario wird im ersten Teil des Romans *Die*

Krypta ganz genau nacherzählt und dient dazu, den Verdacht eine Zeitlang auf Bjölke Pedersen zu lenken. Der fernländische Industrielle soll in der Tat den Zuschlag für den Bau eines Stadions mit hunderttausend Plätzen erhalten haben, das für die VIII. Internationalen Nordischen Spiele bestimmt war. Die Arbeiten sollen nach achtzehn Monaten eingestellt worden sein, als in den Fundamenten Mängel festgestellt wurden, die auf schlechter Arbeit und betrügerischen Machenschaften beruhten. Die unterschlagenen Summen sollen sich auf zwei Milliarden Kronen belaufen haben. Pedersen hat ganz offensichtlich starke Unterstützung bei der Regierung, denn er wird nicht nur nicht verurteilt, sondern als Mathias Henrijk sich ein Jahr später in seinem Roman *Od Rädek* (Der Untergang) von dieser Affäre anregen läßt, verklagt er ihn wegen Verleumdung, unter dem Vorwand, daß er darin für jedermann deutlich sichtbar unter dem Namen Björn Petersen beschrieben ist, und gewinnt seinen Prozeß!

Ich brauchte nur diese wenigen Notizen wiederzulesen, um zu begreifen, daß ich auf dem Holzweg bin. Ohne es eigentlich zu wollen, suche ich nach einer klaren Transkription, einer durchsichtigen Anspielung. Aber ich werde sie nicht finden. Die Sache ist gar nicht so einfach. Nichts von dem, was in diesem Buch erzählt wird, ich meine vordergründig, allein auf der Ebene der Ereignisse, könnte für irgend jemanden, wer es auch immer sei, als hinreichend kompromittierend angesehen werden, um Serval in Lebensgefahr gebracht zu haben. Und doch ist er verschwunden, nachdem er behauptet hatte, die Wahrheit stünde in seinem Buch. Handelt es sich um eine alte Geschichte, die sich ganz woanders als in Grianta abgespielt hat, und ist einer der Hauptbeteiligten vielleicht kürzlich hierher gekommen? Welche Chancen habe ich, seine Spur zu finden? Ich weiß nicht einmal, ob irgend jemand anderes dieses Buch in Händen gehabt hat, außer dem Konsul, der es flüchtig durchgelesen hat, ohne etwas darin zu finden (auf jeden Fall hat er mir nichts darüber gesagt).

Die Wahrheit steht auf diesen Seiten. Sie *muß* dort stehen. Aber wo? Welcher von all den zahllosen möglichen Wegen wird mich hinführen? Ich habe das ein wenig bedrückende Gefühl, mitten in einem dieser Logikprobleme zu sein, bei denen man mit einer einzigen Frage den ewigen Wahrheitssager und den totalen Lügner bestimmen soll. Aber hier stehen nicht zwei Menschen am Scheideweg, sondern gleich zehn oder fünfzehn, und sie haben nichts von diesen abstrakten und unfehlbaren Wesen: der eine sagt manchmal das, wovon er glaubt, es sei die Wahrheit, aber es kommt immer noch oft genug vor, daß er sich irrt; der andere sagt das Gegenteil dessen, was ein Dritter sagt, der irgend etwas Unsinniges sagt; ein Vierter sagt irgend etwas, das man nicht hört und das von einem Fünften nachgeplappert wird, von dem man weiß, daß man sich vor ihm in acht nehmen muß; ein Sechster, der verkündet, er sei ein abtrünniger Februarist, erklärt, er habe von Gott eine Wahrheit erhalten, die er an dem Tag weitergeben werde, an dem alle Februarmonate endlich dreißig Tage haben werden; der Siebte schweigt hartnäckig.

Ist das wirklich wichtig, diese Seite (oder diese Seiten), die fehlen?

Sechstes Kapitel

Auf der Suche nach einer Schreibkraft.

Wir haben gestern, Donnerstag, erfahren, daß die Sperrstunde auf Mitternacht verschoben wurde. Es war ein richtiges Fest. Man sah die Kneipen wieder überfüllt, sah die Menge unter den Eukalyptusbäumen des Hofs der Unabhängigkeit lustwandeln. So ziemlich überall haben sich spontan volkstümliche Orchester gebildet; man hätte meinen können, man sei in den Nächten des Ramadans. Die Patrouillen werden diskreter und nachsichtiger, jedenfalls im Zentrum der Stadt. Am Hafen und in Saint-Ferant hat es anscheinend noch mörderische Krawalle gegeben.

Ich bin gestern abend mit meinem Freund Crozet zu Gino essen gegangen. Alle waren da. Gino hat sich selbst übertroffen; er hat die *disinvoltura* für Festtage gemacht, eine sanfte Mischung aus viererlei verschiedenen Teigwaren, einzeln gekocht, aber zusammen serviert mit Glasaalen und dem Rogen oder Corail von Jakobsmuscheln: Capelleti à la Sfondrata, Landriani in Sahne, Fettucine à la Sorezana und seine letzte Erfindung, Scagliolini »Bentivoglio«, in Algendampf gekocht (Kontarinenalgen, eine lokale Spezies mit Trüffelgeschmack, auf die alle Griantesen versessen sind). Nach dem Essen hat er aus seinen Vorräten einen Grappa aus dem Friaul hervorgeholt, und schließlich endete es mit alten, italienischen Liedern, die wir alle zusammen mit entsetzlichem Tremolo sehr laut gesungen haben:

Voi mi avete lasciatto
Non siate ingiusto
Verso di me, Verso di me
Non lo merito
Non lo merito (da capo, ad lib.)

Zuvor hat Crozet trotzdem noch die Zeit gefunden, mir den letzten Klatsch aus der Botschaft zu erzählen. Es sieht so aus, als seien die Tage des Ouazilah-Klans gezählt: die Schwiegerfamilie des Präsidenten-auf-Lebenszeit hat sich tatsächlich die Taschen zu voll gemacht, und die Clique der Beldis findet, daß sie nun auch einmal an der Reihe ist. Man weiß noch nicht, ob Fahrid Beldi Premierminister werden wird; vielleicht zieht er es vor, im Innenministerium zu bleiben, von wo aus er alles unter Kontrolle hat, und an die Spitze der Regierung einen von ihm bezahlten Strohmann, in der Art eines Boularkia, zu setzen. Die Gattin des Präsidenten-auf-Lebenszeit soll aufgefordert worden sein, »auf ihren Hintern aufzupassen« (dies sind genau die Worte ihres erhabenen Gatten), und ein halbes Dutzend Ouazilahs sollen bereits das Land verlassen haben. Es braucht nicht eigens erwähnt zu werden, daß man mit ihrem Schicksal kein Mitleid haben muß; der Ärmste von ihnen, Jean-Ignace, der nur stellvertretender Direktor des staatlichen Transportamtes war, hat sich als Zweitwohnung für die Kleinigkeit von eineinhalb Milliarden ein herrschaftliches Stadthaus im Viertel la Muette gekauft. Auf französischer Seite herrscht immer noch der Kleinkrieg zwischen der Botschaft und dem Konsulat; der Botschafter hat sich die Reise des Konsuls nach Frankreich zunutze gemacht, um ihn aus dem Verwaltungsrat der Vereinigung der Franzosen von Grianta zu entfernen; er hat ganz einfach eine Hauptversammlung einberufen und dabei »vergessen«, auch die Anhänger des Konsuls einzuladen; einige haben es trotzdem geschafft, anwesend zu sein, aber es waren nicht genug, um den Botschafter daran zu hindern, alle Sitze einzuheimsen. Crozet zufolge wird der Konsul bald nur noch Däumchen zu drehen haben, man wird ihm gerade noch den Vorsitz des Bridge-Klubs lassen.

Crozet ist unschlagbar. Er wird mir mit Sicherheit sehr nützlich sein. Aber er ist eine richtige alte Klatschbase, und ich muß mich vor ihm in acht nehmen. Ich bin erleichtert gewesen, daß er als erster das Gespräch auf Serval gebracht hat. Er fragte mich, ob ich über sein Verschwinden Bescheid wüßte. Ich habe ihm zur Antwort gegeben, daß ich in der Alliance davon gehört hätte.

»Das habe ich mir gedacht! Es war ein richtiger Ansturm auf seine Bücher, ich habe gesehen, daß du dir drei davon ausgeliehen hast.«

»Man kann dir wirklich nichts verheimlichen!«

»Was denkst du darüber?«

Ich habe schamlos gelogen und behauptet, ich hätte noch keine Zeit gehabt, sie zu lesen.

»Das kannst du dir sparen, sie sind keinen Pfifferling wert!«

»Immerhin! Ein Krimiautor als Opfer einer Entführung, ist das nicht aufregend genug?«

»Von wegen Entführung! Weißt du, was sie bei der Polizei meinen? Daß er mit der Frau eines Großkopfeten zu einer Reise in den siebten Himmel aufgebrochen ist und daß alles nur ein Bluff ist, um ihn und die Dame zu schützen!«

»Glaubst du nicht auch, daß das etwas zu überdreht ist für eine bloße Inszenierung?«

Crozet zuckte die Achseln.

»Je überdrehter es hier ist, um so besser funktioniert es! Und außerdem ist es besser, als die kleinen Spaßvögel am Arsch zu haben, die du kennst...«

Ich sah Crozet ungläubig an. Aber er begnügte sich damit, mir zuzulächeln und dabei einen Finger auf die Lippen zu legen.

Ich habe nicht viel Vertrauen in diese seltsame Anspielung Crozets. Meiner Meinung nach weiß er nichts Besonderes, doch wie gewöhnlich will er den gut Informierten spielen. Übrigens heißt es hier gleich, sobald etwas nicht ganz Astreines passiert, daß die SH dahinter steht.

Als ich heute morgen zum soundsovielten Mal Servals Manuskript las, kam mir plötzlich die eindeutige Gewißheit, daß es das Werk einer professionellen Schreibkraft war. Es ist viel zu sauber getippt, zu sorgfältig ins Reine geschrieben. Wenn der Autor es selber abgeschrieben hätte, würde es trotz allem Unschlüssigkeiten gegeben haben, Änderungen oder Einfälle in letzter Minute. Hier hingegen handelt es sich um einen einwandfreien Anschlag, ganz eindeutig von jemandem getippt, der nichts mit dem Buch zu tun hat und sich damit begnügt, einer Sache eine vollendete Form zu geben, die sich kurz zuvor sicherlich als ein unentwirrbares Durcheinander beschriebener Blätter darstellte, auf denen ein ganzes System von Streichungen, Hinzufügungen, Pfeilen, Marginalien, eingeschobenen Sätzen, Sternchen und Zeilenzwischenräumen dem geplanten Text Gestalt gab.

Das hat mich in einen außergewöhnlich fieberhaften Zustand versetzt. Nicht so sehr wegen der letzten Seiten des Manuskripts, von denen diese Schreibkraft vielleicht etwas aufgehoben haben könnte, als wegen der früheren Zustände des Buches: wenn es stimmte, daß dieser Roman ein Geheimnis barg, dann bestand für mich kein Zweifel daran, daß ein Studium der Rohfassung mir die wichtigsten Schlüssel liefern würde, indem es mir zum Beispiel zeigen könnte, auf welche Weise dieser oder jener Name gewählt worden war oder welches reale Ereignis seine Transkription in einem der Meander von Servals Fiktion gefunden hatte.

Ich habe meinen ganzen Tag der Suche nach dieser Schreibkraft gewidmet. An sich stellte das zwar keinerlei Schwierigkeit dar, aber ich legte nicht den geringsten Wert darauf, ganz Grianta wissen zu lassen, daß ich im Besitz des letzten Buches des menschenfeindlichen Schriftstellers war.

Serval hätte die Abschrift eines Dokuments, das, wenn auch auf kryptische Weise, explosive Enthüllungen enthielt, mit Sicherheit nicht jemandem anvertraut, zu dem er nicht volles Vertrauen gehabt und der nicht mit der gewünschten Diskretion gearbeitet hätte. Damit schieden zum Beispiel alle Sekretärinnen des Konsulats und der Botschaft aus, die sich in ihren Bürozeiten gern mit zahllosen kleinen Nebenarbeiten beschäftigen. Deshalb war es auch wenig wahrscheinlich, daß er sich an die Sekretärinnen der Schreibzentrale des Hotels El Ghazâl gewandt hatte, eine Schreibzentrale, die nur auf den Hotelprospekten wirklich effizient zu funktionieren scheint und die man, wie ich mir habe sagen lassen, wohl besser »Reib«-Zentrale nennen sollte.

Blieben noch die drei oder vier spezialisierten Büros und die etwa fünfzehn freiberuflichen Sekretärinnen, die im Branchen-Telefonbuch verzeichnet sind. Ich schickte mich schon an, sie eine nach der andern anzurufen und dabei jedesmal eine widerwärtige Lüge zu erfinden, als mir eine bessere Idee kam: ich suchte den Direktor der Druckerei auf, mit dem ich damals anläßlich der Ausstellung in Verbindung gestanden hatte, zeigte ihm zwei Seiten des Manuskripts und fragte ihn, ob er die Schreibmaschine identifizieren könne.

Ohne eine Sekunde zu zögern, gab er mir zur Antwort, daß es sich um eine Olivetti Lexicon 80 E handele:

»Eines der ersten elektrischen Schreibmaschinenmodelle. Wenn man auf die Rücklauftaste drückt, erzeugt das ein wenig den Eindruck eines Mörsers 75 ohne Rückstoß. Abgesehen davon ist sie unzerstörbar. Der reinste Panzer!«

Es ist ein ausgesprochener Glücksfall, daß ich zufälligerweise den Vertreter von Olivetti in Grianta sehr gut kenne. Er heißt Colomb. Ich spiele zweimal in der Woche Bridge mit ihm; er ist ein Mensch von äußerster Diskretion und von einer Freundlichkeit, die in dieser kleinen Welt von Angebern und Großmäulern, wie es die Franzosen von Grianta sind, ziemlich selten ist. Keiner reizt einen Schlemm so aus wie er und erweckt dabei noch den Anschein, er wolle sich dafür entschuldigen, daß er weiß, in welche Richtung er zu schneiden hat.

Ich habe ihn am späten Nachmittag aufgesucht. Er war dabei, die neuesten Modelle auszupacken, die gerade aus Europa eingetroffen waren: kleine Wunder, ausgestattet mit elektronischen Speichern, mit mehreren Typenrädern in verschiedenen Schriftzeichen, mit Korrektursystemen und einem ganzen Haufen technischer Neuerungen, von denen eine höher entwickelt war als die andere. Als ich ihm von der Lexicon 80 E erzählte, fing er an zu lachen:

»Die wird bestimmt schon seit gut fünfzehn Jahren nicht mehr hergestellt...«

»Ich bin sicher, daß hier noch welche in Gebrauch sind; es hat den Anschein, als seien es sehr strapazierfähige Maschinen...«

»Strapazierfähig sind sie, das stimmt, aber trotzdem ein wenig veraltet... Was wollen Sie eigentlich genau wissen?«

Ich erklärte ihm, daß ich eine Schreibkraft suche, die eine solche Maschine benutzt.

»Ich habe noch für einige dieser Maschinen Wartungsverträge. Vor allem in der Verwaltung. Aber wir können ja trotzdem einmal nachsehen...«

Er öffnete einen Metallkasten und zog daraus einen kleinen Packen Karteikarten hervor, den er schnell durchzublättern begann.

Eine Minute später hatte ich das, weshalb ich gekommen war: den Namen und die Adresse von Mademoiselle Lise Carpenter, 38, Avenue des Glycines, in La Crique.

Siebtes Kapitel

Lise Carpenter.

Das Protokoll des heutigen Tages sollte aus kleinen, unbedeutenden Einzelheiten bestehen. Und dennoch habe ich das Gefühl, daß meine Ermittlungen wesentliche Fortschritte machen.

Nachdem ich den ganzen Vormittag über nachgedacht hatte, entschloß ich mich, Mademoiselle Carpenter aufzusuchen, ohne sie zuvor telefonisch um eine Verabredung zu bitten. Ich würde selbstverständlich gezwungen sein, ihr die ganze Wahrheit zu sagen, das heißt, sie über den Auftrag zu informieren, den der Konsul mir anvertraut hatte, und ich zog es vor, das nicht telefonisch tun zu müssen; ich weiß, daß alle diese Dinge von außen nach Verfolgungswahn oder akuter Komplottitis aussehen. Doch die Gefahren bestehen wirklich. Im Augenblick weiß offenbar niemand von der Existenz dieses Manuskripts, und das ist auch viel besser so.

La Crique ist einer der Modestrände von Grianta. Es ist ein Viertel, das etwas weniger hoch angesehen und snobistisch ist als Cap-Blanc, Corschney, Chekina oder Les Pêcheurs, aber trotzdem so ziemlich ausschließlich den örtlichen Generaldirektoren, den internationalen Beamten und der betuchten Jugend vorbehalten ist, die sich hier in einer furchtbaren Disco, The Pit And The Pendulum genannt, zusammendrängen.

Die Avenue des Glycines, die ich ohne Schwierigkeiten ausfindig machen konnte, war ein, wie ihr Name nicht verhieß, mit Magnolien gesäumter Privatweg mit Bungalows im Neokolonialstil, die sich zwischen Bougainvilleen und Hibiskussträuchern verloren. Inmitten dieser ein wenig protzigen Villen fiel die Nummer 38 durch ihre Schlichtheit auf: es war ein winziger, einstöckiger Pavillon, ein richtiges Puppenhaus.

Ich klingelte und fragte mich dabei, wie die Person wohl aussehen würde, die mir öffnen würde. Wäre sie der Typ der alten englischen Jungfer (wegen des Namens Carpenter) oder der Tippse, nach der neuesten Mode gekleidet, wasserstoffblond mit Mini-Rock und nur leicht zugeknöpfter Bluse? Meine Überraschung war groß, als ein zierliches junges Mädchen mit sehr schwarzem Haar, mandelförmigen Augen und hohen, vorspringenden Backenknochen auf der Türschwelle erschien: nicht nur, weil sie völlig von dem Bild abwich, das ich mir einige Sekunden zuvor von ihr gemacht hatte, sondern weil ich sie kannte: ich hatte sie in den letzten Wochen mehrmals bei Galignani einkaufen sehen, Schinken oder Käse; wir hatten uns sogar gegrüßt, aber nie miteinander gesprochen.

Ich sah an ihrem Blick, daß sie mich ebenfalls wiedererkannte. Das hätte mir eigentlich helfen sollen, mich vorzustellen, aber das Gegenteil war der Fall, es verwirrte mich, und ich begann zu stottern. Sobald ich den Namen Serval aussprach, sah ich, wie ihr Lächeln erlosch, ihr Gesicht düster wurde.

»Sind Sie von der Polizei?«

Verzweifelt schüttelte ich den Kopf und streckte dabei die Arme aus, um sie daran zu hindern, die Tür wieder zuzumachen. Mit abgehackter Stimme und nicht sehr selbstsicher erklärte ich, daß ich nur ein armer Mathematiklehrer am Französischen Gymnasium sei, der wie sie San-Daniele-Schinken und Parmesankäse liebte und gegen seinen Willen in eine unverständliche Affäre geschlittert war. Ich muß so mitleiderregend und so dumm ausgesehen haben, daß sie mich schließlich hereinließ, mir einen Platz anbot und mich aufforderte, in aller Ruhe meine Geschichte zu erzählen.

Ich hatte mich wieder einigermaßen gefaßt. Ich gab ihr

eine genaue, aber knappe Zusammenfassung und erzählte ihr alles das, was der Konsul mir über Serval gesagt hatte, berichtete ihr von meiner Lektüre des Romans *Die Krypta*, machte ihr Mitteilung von einigen der Hypothesen, die ich, ausgehend von dieser Lektüre, aufzustellen versuchte, und davon, daß ich, um sie untermauern zu können, unbedingt die letzten Seiten des Buches und vor allem die früheren Fassungen des Textes bräuchte.

Mademoiselle Carpenter schüttelte den Kopf: sie hatte die Entwürfe und Rohfassungen nie in der Hand gehabt. Serval kam jeden Tag, um ihr zwei oder drei Seiten des Buches zu diktieren. Seine »früheren Fassungen« bestanden aus einem unentwirrbaren Wust von Notizen, kreuz und quer auf Ringbuchblätter gekritzelt, von der Art wie Stenotypistinnen sie benutzen. Offenbar fand er sich ziemlich gut darin zurecht und diktierte seinen Text mit zwar langsamer, aber gleichmäßiger Stimme und völlig ohne Zögern und nachträgliche Verbesserungen. Wenn er mit einem dieser Blätter fertig war, riß er es vom Schreibblock ab, faltete es in Längsrichtung zusammen und schob es in einen viereckigen Kasten aus Metall und Plexiglas, dessen Format annähernd identisch war mit dem eines Bandes der Pleiade-Ausgabe und der Konfetti daraus machte. Er schien diesem Vorgang allergrößte Bedeutung beizumessen.

Es gab auch keine letzte Seite. »Für mich ist das Buch abgeschlossen«, hatte er zu Mademoiselle Carpenter gesagt. »Nach der Erklärung, der Zweifel; meine Leser fangen allmählich an, sich daran zu gewöhnen, und sie wissen meine Bücher zwischen den Zeilen und sogar dahinter zu lesen. Wenn der Verleger darauf besteht, werde ich ihm vielleicht noch die Tüpfelchen aufs i setzen, aber es wäre schade.«

Mademoiselle Carpenter hatte wissen wollen, ob diese eventuelle Auflösung nur Vichard entlarven würde oder ob er auch vorhatte, die drei anderen Verdächtigen – Barrett, Pedersen und seine Tochter Anne –, deren Unschuld in dieser Angelegenheit nie ganz erwiesen war, ins Spiel zu bringen.

»Alle sind auf eine teuflische Machenschaft Vichards gefaßt. Aber man kann noch etwas Besseres finden, nicht im Hinblick auf Barrett oder Pedersen, die keine interessanten Schuldigen wären, man hat sie im Verlaufe dieser Geschichte allzusehr verdächtigt, wohl aber im Hinblick auf Anne: wir haben es hier mit einem super-intelligenten Mädchen zu tun, das darüber hinaus mit allen Protagonisten des Dramas engstens verbunden ist; es ist sehr gut möglich, daß sie von Anfang bis Ende alles eingefädelt hat. Meine Leser in letzter Minute hiervon zu überzeugen, wäre auf jeden Fall eine viel glanzvollere Pirouette,als aus dem für unschuldig erklärten falschen Verdächtigen den wahren Schuldigen zu machen.«

Darauf habe ich Lise Carpenter gefragt, ob sich das Verhalten Servals im Verlaufe dieser letzten Wochen verändert habe. Sie hat einige Augenblicke lang nachgedacht, bevor sie mir antwortete:

»Natürlich könnte ich jetzt auf Grund dessen, was ich gerade von Ihnen erfahren habe, behaupten, ich hätte bemerkt, daß er nervös und unruhig war; aber offen gestanden wird mir das jetzt erst klar; ein- oder zweimal ist er mit großer Verspätung gekommen, während er für gewöhnlich von fürstlicher Pünktlichkeit war; ein anderes Mal hat er mir eine Seite zurückgebracht, die ich über eine Woche zuvor getippt hatte, und mich gebeten, sie neu zu tippen. Ich weiß nicht, ob das etwas mit dem zu tun hat, was Sie beschäftigt, aber mich hat das sehr verwundert!«

»Was stand Besonderes auf dieser Seite?« habe ich gefragt.

»Allem Anschein nach nur ein Name, den er zu ändern wünschte, der von Pedersens Yacht.«

»Die *Monitor*?«

»Die *Monitor*, ja; zuvor hatte er sie die *Misène* genannt.«

»Aber diese Yacht spielt doch überhaupt keine Rolle in der Geschichte!«

»Das weiß ich auch! Ich habe ihm gesagt, daß ich *Misène* sehr gut ausradieren und statt dessen *Monitor* schreiben könnte, daß man das überhaupt nicht sehen würde und daß das sehr viel weniger Zeit in Anspruch nähme. Aber er hat darauf bestanden, daß ich die ganze Seite neu tippe...«

Einen Augenblick lang herrschte Schweigen, dann fuhr Lise Carpenter fort:

»Ich glaube trotzdem, daß ich Ihnen von einem gewissen Nutzen sein kann: bevor Serval damit begonnen hat, mir sein Buch zu diktieren, hat er es mir erst einmal erzählt und mir die Quellen und die Vorbilder genau benannt; ich erinnere mich deshalb daran, weil es sehr lustig war, eine richtige Vorlesung über die literarische Küche.

›Vor allem, Mademoiselle, glauben Sie ja nicht, daß ich erfinde. Ich tue nichts anderes, als hier und da verschiedene Einzelheiten zu stiebitzen, deren ich mich bediene, um meine eigene Geschichte aufzubauen. Übrigens machen das alle so, und nicht nur die Autoren von Kriminalromanen! Denken Sie nur an Antoine Berthet! Oder an die Bovary! Dreiviertel von Balzacs Büchern entstammen den vermischten Nachrichten, und wenn es nicht die Wirklichkeit oder die halbe Wirklichkeit ist, die den Schriftsteller inspiriert, dann ist es die Erfindung eines anderen oder notfalls eine alte Erfindung von ihm selber! Wissen Sie, wie oft der *Don Carlos* geschrieben worden ist? Annähernd fünfzig mal! Und einer davon beginnt sogar mit der ganz und gar nicht zweideutigen Warnung:

Für diese Geschichte wurden spanische, französische, italienische und flämische Autoren herangezogen, die über die Zeit geschrieben haben, in der sie sich ereignet hat. Die wichtigsten von ihnen sind de Thou, Aubigné, Brantôme, Cabrera, Adriana, Natalis Comes, Dupleix, Mathieu, Mayerne, Mézeray, der Laboureur sur Castelnau, Strada, Meteren, der Geschichtsschreiber des Don Juan von

Österreich, hinzu kommen die Lobreden des Paters Hilarion de Coste, ein spanisches Buch über die heroischen Worte und Taten Philipps II., eine Erzählung über Tod und Begräbnis seines Sohnes usw. Es wurden hierfür auch verschiedene sowohl handgeschriebene als auch gedruckte Theaterstücke herangezogen, die dieser Geschichte dienen: unter anderem ein kleines Buch in Versen mit dem Titel *Diogenes*, das diesen Stoff gründlich abhandelt, und ein Manuskript von de Peiresc eigens über eben dieses Thema.‹«

Vier Vorbilder haben also in verschiedener Hinsicht das oder besser die in *Die Krypta* erzählten Intrigen inspiriert. Für mich heißt das insbesondere, daß das Geheimnis, das ich zu durchdringen versuche, nicht in dem einen oder anderen im eigentlichen Sinne detektivischen Mechanismus dieser Geschichte versteckt ist, sondern in einem vielleicht überflüssigen Detail (die Umänderung von *Misène* in *Monitor* zum Beispiel, über die ich mir immer noch den Kopf zerbreche...).

Ein erstes Vorbild kommt von den *Zehn kleinen Negerlein* von Agatha Christie. Es ist bekannt, daß in diesem Roman zwölf nie verurteilte Schuldige von einem Richter hingerichtet werden, der sich als das zehnte Opfer (das zehnte, aber nicht das letzte) ausgibt; dieser Richter heißt Laurence Wargrave, ein Name, den Serval dem Autor eben jenes Romans gibt, der den Titel trägt *Der Richter ist der Mörder.*

Das zweite Vorbild ist »auf der Strecke geblieben«, doch Serval legt trotzdem Wert darauf, es zu erwähnen. Es handelt sich um eine Novelle von Maurice Leblanc, die zum Lupin-Zyklus gehört und *Edith mit dem Schwanenhals* heißt; in dieser Novelle glaubt man, ein gewisser Sparmiento habe Selbstmord begangen, nachdem man ihm seine zwölf Wandteppiche im Stil von Bayeux gestohlen hat. In »dem Leichnam eines entsetzlich verstümmelten

Mannes, dessen Gesicht keine menschliche Form mehr hatte«, erkennt die betreffende Edith »die Leiche ihres Mannes«. In Wirklichkeit handelt es sich lediglich um einen Versicherungsbetrug, denn Sparmiento = Lupin, und die Leiche ist lediglich die eines im Leichenschauhaus von Lille gestohlenen Unbekannten.

Das dritte Vorbild hat den Pseudo-Roman Wargraves angeregt, der, nach Servals eigener Meinung, nur ein blasser Abklatsch davon ist. Es handelt sich um den einigermaßen verkannten Roman eines guten Autors aus den fünfziger Jahren, Bill Ballinger, mit dem Titel *Einen Pik auf ihn*, in dem erzählt wird, wie ein junger Zauberkünstler den Falschmünzer wiederkennt, der ungestraft seine Frau ermordet hat, sich von ihm als Fahrer einstellen läßt und nun mit großartiger Virtuosität einen Plan zu seiner eigenen Ermordung ausheckt.

Das vierte Vorbild ist mit Sicherheit dasjenige, das meine Neugier am meisten erregt. Es besteht aus vierzehn Zeilen eines Romans, die Serval Mademoiselle Carpenter an jenem Tag mit der Bitte brachte, sie abzuschreiben; er hatte einige Wörter darin geändert, ganz genau zwölf, die er mit einem feinen Filzstift durchgestrichen und durch zwölf andere ersetzt hatte, die mit winziger Schrift in die Zeile darüber geschrieben waren.

Mademoiselle Carpenter hatte dieses Buch aufbewahrt; sie ist in ein anderes Zimmer gegangen, um es zu holen, und hat es mir gegeben. Es trägt den Titel *K wie Koala*.

»Ein Spionageroman«, hat sie zu mir gesagt, »nicht sehr gut.«

Ich habe die Prüfung dieser vierzehn Zeilen auf später verschoben. Mademoiselle Carpenter hat mir Eistee angeboten. Im Laufe des Gesprächs habe ich sie zum Abendessen eingeladen. Ich wollte das schon seit Beginn unserer Unterredung tun. Sie hat ganz spontan eingewilligt. Als ich sie fragte, ob sie ein Lieblingsrestaurant habe, antwortete sie mir, daß sie schon seit langem einmal ins Buste de Tibère gehen wollte. Ich hätte zwar Gino vorgezogen, an den ich gewöhnt bin, aber ich habe trotzdem bereitwillig zugestimmt.

Wir haben uns in der kleinen Kneipe unten in der Allianz getroffen und gemeinsam den Weg nach Tréourzah genommen.

Das Buste de Tibère war wie immer gerammelt voll; zum Glück hatte ich daran gedacht, vorher anzurufen. Wir haben uns zwischen den Tischen hindurch einen Weg gebahnt, die Andeutung eines gefrorenen Lächelns auf den Lippen, um Bekannte zu grüßen, und davon gab es Gott weiß mehr als genug, vom Chefredakteur des *En Avant!* bis zur Frau Botschafterin, vom Direktor der Kriegsakademie bis zum örtlichen Golfmeister.

Ich muß zugeben, daß das, was man uns an diesem Abend vorgesetzt hat – Meerfeigen und Thunfischschmorbraten in Aspik –, einfach köstlich war. Aber ich bleibe dabei, daß das Buste de Tibère ein Restaurant ist, wo der Rahmen besser ist als das Essen. Seine Lage genau oberhalb der archäologischen Ausgrabung macht aus ihm eines der erstaunlichsten Panoramen der Welt. Schade, daß diese unvergeßliche Entdeckung einer der am besten erhaltenen Städte der Antike von Oktober bis März hundertprozentig durch »Son et Lumière« verdorben wird. Ich weiß nicht mehr, welcher oder welche der Ouazilahs sich das von der UNESCO hat bezahlen lassen, aber es bringt ihm oder ihr hunderttausend Dollar jährlich ein. Und selbst in der Nachsaison wird das bewundernde Staunen des Betrachters häufig durch die Myriaden zerlumpter Kinder gestört, die sich um die Touristen und die Besucher scharen und dabei versuchen, ihnen falsche Drachmen, Phantasiesilberfische oder Pseudo-Öllampen anzudrehen. Doch an diesem Abend – vielleicht, weil wir in der Wochenmitte sind oder weil sich Lise Carpenter als wunderbare Tischgenossin entpuppt hat – war alles ganz einfach großartig.

Achtes Kapitel

K wie Koala

»So fand sich Blanes, nicht einmal einen Monat nach seiner Ankunft in Newcastle, an der Spitze der Abteilung für theoretische Physik wieder.

Sein Büro hatte nichts von dem eines Mannes der Wissenschaft im üblichen Sinne; es war, in seiner Unordnung und seinem Eklektizismus typisch für die Unbekümmertheit der Intellektuellen von der anderen Seite des Atlantiks. Auf dem Tisch und in den Regalen sehr wenige Abhandlungen über Physik, nur einige Stapel mit Doktorarbeiten und Zeitschrifen. An den Wänden weder Graphiken noch Organigramme, aber unter anderem eine große Reproduktion der *Wehklagen Hiobs* von Brighella, auf die ein Prospekt des Arbeitsamtes geklebt war; wenn man durch dieses Sammelsurium lief, gegen das die Putzfrauen den Kampf schon seit langem aufgegeben hatten, fiel man aufs Geratewohl über ein Lehrbuch der Kalligraphie, einen Haartrockner, die in grünes Skai gebundenen Werke Sacher-Masochs, ein Mausergewehr, einen alten *Readers Digest*. Man hätte meinen können, ein fast zerrbildlicher Wille zur Desorganisation hätte die Einrichtung dieses Raums bestimmt, als sei es unbedingt notwendig gewesen, daß es aussieht wie eine unzeitgemäße Baustelle und nicht wie die Höhle eines Mannes auf der Suche nach Geheimnissen. Man hätte das Vorhandensein eines Mikroskops, einer Waage oder einer Schreibmaschine gelten lassen, aber man fand das Foto einer Fußballerin oder das eines Palastes in Hampton Court. Es gab in diesem kunstvoll angeordneten Saustall irgendwie was, das Angst machte, gerade weil es sympathisch und lässig sein wollte. Brauchte Blanes ein Poster von Majoretten, die in Fort-de-France im Einsatz waren, um seine grauen Zellen anzuregen oder um seine Besucher zu verunsichern?«

In Servals Roman folgt die Beschreibung von Blackstones Büro weitgehend diesen Zeilen, selbst wenn der Anfang sich ein wenig davon unterscheidet, zwar nicht nach dem Geist, doch nach dem Buchstaben:

»Inspektor Blackstone galt als ein Original, weil sein Büro in nichts der Vorstellung glich, die man sich in der Regel vom Büro eines Polizisten macht. Er herrschte dort ein ausgesuchtes und zwangloses Durcheinander. Keine dicken Abhandlungen über Kriminologie, keine Archive, keine Pläne von Gotterdam, die mit kleinen Nadeln mit bunten Köpfen festgesteckt waren, aber zum Beispiel an einer Wand eine große Reproduktion der *Auferstehung Hiobs* von Brighella, auf die ein Prospekt des Arbeitsamtes geklebt war; wenn man durch dieses Sammelsurium lief, gegen das die Putzfrauen den Kampf schon seit langem aufgegeben hatten, fiel man aufs Geratewohl über ein Lehrbuch der Stenographie, einen Karteikasten, die in grünes Skai gebundenen Werke Robbe-Grillets, Miniaturkaleidoskope, eine alte Tageszeitung. Man hätte meinen können, ein fast paroxystischer Wille zur Desorganisation habe die Einrichtung dieses Raums bestimmt, als sei es unbedingt notwendig gewesen, daß er aussieht wie eine metaphysische Baustelle und nicht wie die Höhle eines Mannes auf der Suche nach Geheimnissen. Man hätte das Vorhandensein eines Mikroskops, einer Waage oder einer Schreibmaschine gelten lassen, doch man fand das Foto eines Ozeankundlers oder das eines Palastes in Chandernagor. Es gab in diesem kunstvoll angeordneten Saustall Gott weiß was, das Angst machte, gerade weil es sympathisch und lässig sein wollte. Brauchte Blakestone ein Poster von Majoretten, die in Salt Lake City im Einsatz waren, um seine grauen Zellen anzuregen oder um seine Besucher zu verunsichern?«

Von »eine große Reproduktion« bis zu »seine Besucher« sind beide Texte bis auf zwölf Wörter identisch, zwölf Wörter mit zwölf Buchstaben, die durch zwölf andere Wörter mit zwölf Buchstaben ersetzt worden sind, (abgesehen von den winzigen syntaktischen Veränderungen, die das mit sich bringt beziehungsweise dem Namenswechsel der Personen):

DIEWEHKLAGEN	AUFERSTEHUNG
KALLIGRAPHIE	STENOGRAPHIE
HAARTROCKNER	KARTEIKASTEN
SACHERMASOCH	ROBBEGRILLET
MAUSERGEWEHR	KALEIDOSKOPE
READERDIGEST	TAGESZEITUNG
ZERRBILDLICH	PAROXYSTISCH
UNZEITGEMÄSS	METAPHYSISCH
FUSSBALLERIN	OZEANKUNDLER
HAMPTONCOURT	CHANDERNAGOR
IRGENDWIEWAS	GOTTWEISSWAS

Ich habe diese Doppelliste lange und eingehend studiert, doch ich habe nicht die geringste Lehre daraus ziehen können. Um mich zu entspannen, aber auch in der Hoffnung, dabei irgendeinen zusätzlichen Hinweis aufzuschnappen, habe ich den Roman gelesen, aus dem Serval von Lise diese halbe Seite hatte abschreiben lassen.

Während eines in Mailand stattfindenden internationalen Astronautenkongresses wird ein amerikanischer Physiker, William Vidornaught, von einem seiner französischen Kollegen, Henri Legros, kontaktiert, der sich mit ihm für den Abend in einem großen Café der Galerie Victor-Emmanuel verabredet. Als Vidornaught in das Café kommt, ist Legros bereits da. Er sitzt in Begleitung eines Mannes im hinteren Teil des Schankraums an einem kleinen runden Tisch. Plötzlich, genau in dem Augenblick, in dem Vidornaught bei ihnen anlangt, steht der Unbekannte auf, brüllt »Da hast du deinen Kies!« und führt einen Messerstich gegen Legros, der darauf zusammenbricht. Der Unbekannte ergreift die Flucht. Im Café bricht Panik aus. Vidornaught hat sich auf Legros gestürzt, der noch die Zeit findet, ihm zuzuflüstern »Macklin in London«, bevor er dahinscheidet. Als Vidornaught aufsteht, stellt er fest, daß seine Hände voller Blut sind; die zusammengelaufenen Gäste, die einen Kreis um ihn bilden, sehen ihn entsetzt an; ihm wird klar, daß man ihn für den Mörder hält, und seine erste Reaktion ist, sich auf einen Dienstbotenausgang zu stürzen, während bereits ein Dutzend Karabinieri am Haupteingang auftauchen.

Am anderen Morgen ist sein Foto auf der Titelseite aller Zeitungen. Vidornaught hat bei dem einzigen Freund, den er in Italien hat, einem Optiker aus Menaggio namens Alesi, Unterschlupf gefunden. Diesem gelingt es, ihm falsche Papiere zu besorgen, und Vidornaught gelangt nach England.

Doch kaum steigt er in Waterloo Station aus dem Zug, sprechen ihn zwei Männer an, nehmen ihn in ihre Mitte, schleppen ihn zu einem schweren Wagen und zwingen ihn einzusteigen. Darauf fahren sie aufs flache englische Land. Dort schlägt man ihm einen Handel vor: entweder erklärt er sich zur Zusammenarbeit bereit, oder er wird der Polizei ausgeliefert.

Wer sind diese beiden Männer? Zwei Agenten des KGB, die Soltykoff und Apraxine heißen oder vorgeben, so zu heißen.

Was wollen sie? Die Koala-Liste.

Warum sollte Vidornaught in der Lage sein, ihnen diese Liste zu verschaffen, von der er zum ersten Mal hört?

Die Antwort auf diese Frage nimmt allein ein gutes Drittel des Buches ein und zieht den Leser mit in ein zügelloses und manchmal unverständliches Gewimmel von umgedrehten Agenten, Spionen, die aus der Kälte kommen, von

Männern, die zuviel wissen, von Freunden, die einem Böses wollen, und von Gorillas, die einen freundlich grüßen, wobei alle fröhlich zwischen Tunis, Algier, Paris, Ankara, Exeter, Chile und Indonesien umherbummeln. Es ist menschlich unmöglich, am Ende einer wenn schon nicht diagonalen, so doch wenigstens loxodromischen Lektüre des Buches eine verständliche Zusammenfassung seines Inhalts zu geben; man kann allerhöchstens versuchen zu erklären, wie die Dinge stehen, nachdem die Agenten des KGB Vidornaught in die Falle gelockt haben, und was sich hinter all dem verbirgt.

Die Koala-Liste hat äußerlich die Form eines schmalen Bändchens mit dem Titel *A Grammar of the Malayan Language* von W. Marsden. Alle in Südostasien oder Ozeanien tätigen amerikanischen Agenten sind damit ausgestattet. Dank dieser »Grammatik« können sie

a) auf der Stelle den Code-Namen und die Tarnung eines jeden ihrer ehrenwerten Geschäftspartner oder Kollegen von den Malediven bis zu den Marquesasinseln erkennen;

b) innerhalb von dreißig Minuten jede Botschaft mit weniger als eintausendachthundert Zeichen und typographischen Zwischenräumen verschicken oder empfangen;

c) zu jedem Zeitpunkt mit einer Genauigkeit in der Größenordnung der Winkelsekunde geortet werden.

Der KGB ist natürlich im Besitz mehrerer Exemplare der Koala-Liste; das hat denjenigen seiner Mitglieder, die die malaysische Grammatik nicht kannten, erlaubt, sich mit ihr vertraut zu machen, mehr aber auch nicht. Der KGB weiß auch, daß der Schlüssel des Koala-Codes sich in einem Nachrichtenzentrum befindet, das in Newcastle in Neuseeland stationiert ist. Dieses Zentrum ist gleichzeitig der Sitz des CIA für Ozeanien, eine Funksteuerungsbasis der Spionagesatelliten, eine Station zur Rückgewinnung von Raumkapseln und ein Raumfahrtlaboratorium. Dem KGB ist es gelungen, hier eines seiner Mitglieder einzuschmuggeln, einen Informatiker namens Shepherd (mit seinem richtigen Namen Baralchine), aber es ist nicht ausgeschlossen, daß der besagte Shepherd *umgedreht* worden ist; das zumindest hat ein singalesischer Spitzel namens Hang Puah zu verstehen gegeben, bevor er verschwunden ist.

Der KGB möchte diesen Hang Puah gern wiederfinden (falls er noch von dieser Welt sein sollte), den Beweis dafür erlangen, daß Shepherd umgedreht worden ist, und sich zwar nicht den Schlüssel des Koala-Codes, wohl aber eine ausreichend große Anzahl von Botschaften besorgen, damit die Computer des Kremls deren Chiffrierung knacken können.

Ein Physiker namens Blanes mit Vornamen Abraham (Abe für die engeren Freunde) wird demnächst ins Raumfahrtlaboratorium von Newcastle geschickt werden. Er besitzt ausreichende Ähnlichkeit mit Vidornaught, um mit einem Minimum an Gesichtschirurgie aus ihm einen annehmbaren Doppelgänger zu machen (das ist einer der *sehr* schwachen Punkte des Buches: gehen wir darüber hinweg). Die Idee des KGB ist, Blanes bei der Zwischenlandung in Singapur zu kidnappen und ihn durch Vidornaught zu ersetzen.

Aus Gründen, die mehr mit der Existenz des Buches zu tun haben als mit der strikten Wahrscheinlichkeit (denn Vidornaught könnte, selbst wenn er von der Polizei des ganzen Erdballs gehetzt würde, seine Unschuld im Mordfall Legros trotz allem ziemlich leicht beweisen), nimmt Vidornaught diesen Auftrag an. Entsprechend verwandelt und präpariert, wird er an Blanes Stelle gesetzt und kommt nach Newcastle. Aber kaum an Ort und Stelle, enthüllt er schleunigst dem Direktor des Zentrums (der Barrett heißt, wie der »häßliche Amerikaner« aus *Die Krypta*) den Plan des KGB.

Das Dumme ist nur, daß Barrett es nicht glaubt, oder vielmehr so tut, als glaube er es nicht (das ist ein wenig kompliziert, man wird später verstehen, warum); Shepherd hingegen erfährt es. Nun ist aber Shepherd überhaupt nicht *umgedreht*: er ist ein falscher Doppelagent. Damit wird es ganz schön brenzlig für Vidornaught-Blanes, zumal der »richtige« Blanes, den Apraxine auf der Toilette des Transitraums des Flughafens von Singapur mit einem Genickschuß exekutiert hatte, wieder auftaucht (Apraxine *ist* ein Doppelagent). Es folgen nun verschiedene Episoden, belebt von geschmolzenen Plastikwannen, mit Piranhas, Muränen und Kaimanen bevölkerten Schwimmbädern, Messerwerfern, Kopfabschneidern, Typen, die mit bloßen Händen Backsteine zertrümmern, falschen Bettlern, Orientalen mit rätselhaftem Lächeln, im Flug explodierenden Raumschiffen und schönen Eurasierinnen mit bis oben hin geschlitzten Röcken. Wie es Vidornaught gelingt, Hang Puah zu entkommen, Shepherd-Baralchine auszuschalten, Blanes vor einem gräßlichen Tod zu bewahren, Barrett zu entlarven, der diese ganze Operation nur aufgezogen hatte, um sich Soltykoff vom Hals zu schaffen, seine Unschuld zu beweisen und während dieser ganzen Zeit auch noch Miss Charlotte Knabelhuber zu erobern, die schöne Direktorin der NASA-Laboratorien, das erfährt man auf den letzten dreißig Seiten des Buches.

Vorausgesetzt, man schenkt den Einzelheiten keine allzu große Aufmerksamkeit, läßt sich das lesen. Das Ende ist sogar recht vergnüglich. Der Autor hat sich viel Mühe gemacht mit dem Lokalkolorit, den Beschreibungen und den Dialogen, aber seinen Erklärungen, und das ist das mindeste, was man sagen kann, fehlt es an Klarheit, so wie er uns auch Rätsel aufgibt, ohne sich die Mühe zu machen, sie zu lösen: zum Beispiel wird man nie erfahren, warum Vidornaught von Legros kontaktiert worden ist. Warum geht er zu dieser Verabredung? Wer ist dieser »Macklin in London«? Wie hofft er diesen Macklin zu finden, wo er doch weder seinen Vornamen, noch seinen Beruf, noch seine Adresse kennt? Sicher ist, wenn Vidornaught auch nur eine einzige Minute nachgedacht hätte, hätte er sofort aufgehört, sich wie der Mörder zu verhalten, der er nicht ist, und sich umgehend der Polizei gestellt. In diesem Falle hätte es das Buch aber nicht gegeben …

Alles in allem ist es gar nicht so viel stärker an den Haaren herbeigezogen als die zehn oder fünfzehn anderen Spionageromane, die ich jedes Jahr lese.

Mein Problem liegt natürlich ganz woanders: weder das Buch in seiner Gesamtheit noch die zwölf Veränderungen, die Serval in jenem Abschnitt vornahm, den er seinem eigenen Buch einverleibt hat, geben mir irgendeinen Aufschluß. Vielleicht haben in Grianta unerbittliche Abrechnungen zwischen Spionen aller Lager stattgefunden, und es ist sicher, daß der CIA, der KGB und ein gutes halbes Dutzend anderer Geheimdienste hier aktive Spionagenetze unterhalten, sei es auch nur wegen des Uraniums von Bab el-Zghal und von San Casilda oder wegen des Archipels der Crubeliers, dessen strategische Bedeutung ständig wächst. Aber warum sollte Serval in diese Geschichten verwickelt sein? Und überhaupt soll in dem Roman *Die Krypta* ein Geheimnis verborgen sein, und nicht in *K wie Koala* …

Neuntes Kapitel

Die schwarze Hand.

Ich habe große Mühe gehabt einzuschlafen, und mein Schlaf war unruhig von Träumen, Vorboten vielleicht der Zukunft.

Den ganzen Vormittag über hat mich eine unerklärliche Vorahnung umgetrieben: die Wahrheit, die ich suche, liegt nicht *im* Buch, sondern *zwischen* den Büchern. Dieser Satz scheint zwar nichts zu besagen, aber ich verstehe mich schon: man muß die *Unterschiede* lesen, man muß zwischen den Büchern lesen, wie man »zwischen den Zeilen« liest. Denn es gibt nicht nur ein Buch – besser gesagt ein Manuskript –, das *Die Krypta* heißt, es gibt auch die vier Bücher, deren sich Serval mehr oder weniger bedient hat, um *Die Krypta* zu schreiben, und in *Die Krypta* selbst gibt es wiederum *Der Richter ist der Mörder* und sogar, obgleich nicht einmal mit einem ganzen Satz erwähnt, diesen Roman von Henrijk mit dem Titel *Od Rädek*, und von einem Buch zum andern oder sogar innerhalb ein und desselben Buches gibt es Kleinigkeiten, die den Ort wechseln, die einfließen, manchmal ohne Veränderung, manchmal mit winzigen Unterschieden. Das Modell für diese Metamorphosen, die die Aufmerksamkeit auf die anderen lenken und ihre funktionale Bedeutung in der Konstruktion von Servals Buch nahelegen, ist natürlich diese Gruppe von zwölf Wörtern, die in dem aus *K wie Koala* übernommenen (überkommenen) Passus ersetzt worden sind. Doch bei jedem Wiederlesen kann man neue entdecken. So wird zum Beispiel das Restaurant *Mattei* zu *Matteotti*, Henrijk nennt Bjölke Pedersen Björn Petersen, Rousset aus Grianta ist vielleicht das Vorbild für Roussel, und Chapuis aus

Etampes für Chappuis, Vidornaught nimmt in *K wie Koala* die Stelle Blanes' ein und wird in *Die Krypta* zu Blackstone (auf jeden Fall haben sie bis auf zwölf Wörter das gleiche Büro...), die *Monitor* wird zur *Misène*, Barrett aus *K wie Koala* gibt seinen Namen dem Barrett aus *Die Krypta*, Laurence Wargrave, eine Figur aus einem Roman von Agatha Christie, wird zum fiktiven Autor von *Der Richter ist der Mörder*, *Kreuzsieben* wird zu *Die Krypta*, die sich selber hinter dem Namen *La bonne chère* (und ich könnte sogar noch hinzufügen: *La bonne chère* Adjektiv Substantiv wird zu *La bonne chère* Substantiv Adjektiv) verbirgt, usw.

Das Geheimnis des Buches liegt weder in seinen Anekdoten noch in seinen überraschenden Begebenheiten, sondern in diesen onomastischen Verrenkungen, für die ich noch viele Beispiele anführen könnte.

Ich glaube, daß ich eine Spur gefunden habe, als ich diese Idee, die mich nicht losließ, im Kopf hin- und hergewälzt habe. Und diese Spur macht mir Angst.

Diese Modifikationen haben nicht alle dasselbe Gewicht: die Kungeleien eines Pedersen erzählen und ihn dabei Petersen nennen, oder sich vom Namen eines alten Schulkameraden anregen lassen, um eine seiner Romanfiguren zu taufen, hat nicht die gleichen Auswirkungen auf den Verlauf der Geschichte wie zum Beispiel eine wichtige Person von einem Buch ins andere zu befördern. Ich bin zu dem Schluß gekommen, daß drei dieser Modifikationen wirklich signifikant waren, womit ich sagen will, daß sie wissentlich vorgenommen worden sind, um die Aufmerksamkeit auf sich zu ziehen: zuerst diejenigen, die *K wie Koala* mit *Die Krypta* verbinden, das heißt die Romanfigur Vidornaught-Blanes, die zu Blackstone wird, sowie die Romanfigur Barrett, die beiden Büchern gemeinsam ist (und sie somit zusammenhält, wie es eine *barrette*, eine Spange oder Nadel tun würde); und dann diese (vom erzählerischen Standpunkt aus nichtssagende, für Serval aber offensichtlich grundlegende) Metamorphose von *Monitor* in *Misène*.

Wie ich es mit Gleichungen getan hätte, habe ich diese drei Äquivalenzen aufs Papier geworfen, wie man so schön sagt:

VID (BLA)	→	BLA
BAR	→	BAR
MO	→	MI

Das leere (vide) Blablabla, der Barbar und die Mumie (momie), darüber mußte ich lächeln. Aber mein Lächeln ist gefroren, als ich die rechte Kolumne in senkrechter Richtung gelesen habe. Denn wenn es einen Namen gibt, den niemand in Grianta ausspricht, ohne vor Entsetzen zu zittern, dann ist es tatsächlich der von Alphonse Blabami, dem Chef der Schwarzen Hand!

Ich bilde mir ein, daß ich ein Mensch bin, der mit Vernunft begabt ist. Ich weiß nur zu gut, bis zu welchen nebulösen Phantasmagorien eine fixe Idee führen kann; ich weiß auch, daß es einen Schauder, einen Schwindel gibt, der von Anagrammen und Buchstabenrätseln ausgeht, und daß man, wie das Wort schon sagt, die sechsundzwanzig Buchstaben des Alphabets dazu bringen kann, alles zu sagen. Mehrmals, und mehr oder weniger bewußt, habe ich im Zusammenhang mit dem Verschwinden Servals an die SH gedacht, und Crozet selbst hat mir gegenüber darauf angespielt. Zuerst habe ich glauben wollen, ich sei wieder einmal Opfer dieser Kollektivangst geworden, die die Schwarze Hand in allen Köpfen zu verbreiten versteht. Doch die Entdeckung dieses umständlich verschlüsselten Namens hat in mir so deutliche Echos ausgelöst, daß ich beim aufmerksamen Wiederlesen bestimmter Passagen von *Die Krypta* feststellen konnte, daß meine Vorahnung richtig gewesen war und daß Serval tatsächlich an diesen niederträchtigen Folterknecht gedacht hatte, als er sein Buch schrieb.

Warum habe ich das nicht schon früher herausgefunden? Vielleicht, weil ich instinktiv Angst davor hatte, mich auf diese gefährliche Fährte zu begeben? Blabami wird in der Figur Flys genau beschrieben: Fly hat in der Marine gedient und ist Catcher gewesen; er ist so um die fünfzig, sein Schädel ist völlig kahl, und er hat ein gebrochenes Nasenbein.

Blabami hat kein gebrochenes Nasenbein, aber er ist völlig kahl; er ist um die fünfzig; er hat in Indochina als Unteroffizier der Kolonialtruppen gedient; er ist zwar kein Catcher gewesen, aber Gewichtheber. Er fährt wie Fly einen weißen Mercedes.

Er bewohnt bei den »Fischern«, einem kleinen Hafen etwa zwanzig Kilometer nördlich von Grianta, eine riesige Villa, die eher einer Festung gleicht (so wie Vichard und Rouard eine riesige Villa in Flâksund bewohnen, einem kleinen Fischerhafen, etwa zwanzig Kilometer von Gotterdam entfernt). Er hat eine Mätresse mit Vornamen Martine, wie der (wieder einmal!) »modifizierte« Name des Schnellboots Aréthuse 234 F, die unter dem Namen Martine Fontaine (Fontaine d'Aréthuse) der *Star* einer in Grianta sehr beliebten Fernseh-Show ist.

Diese »Ähnlichkeiten« können nicht alle als Zufälle angesehen werden. Ich weiß nichts über die Gründe für diese Anspielungen. Vielleicht ist der Schlüssel hierzu in den zwölf Wörtern zu zwölf Buchstaben verborgen. Aber bis jetzt bin ich immer noch nicht schlau daraus geworden.

Die Schwarze Hand machte zum ersten Mal gegen Ende der fünfziger Jahre von sich reden, als der augenblickliche Präsident-auf-Lebenszeit, der damals noch ein bescheidener Rechtsanwalt war, die VPU (Volkspartei für die Unabhängigkeit) gründete; bei den Wahlen von 1959 bekam die

VPU annähernd 35 % der Sitze in der Versammlung der Einheimischen Abgeordneten, die in der Regel zu mehr als 95 % aus dankbaren Jasagern im Solde der Kolonialherren besteht. In dem Bestreben, diesem Unabhängigkeitsdrang schnellstens Einhalt zu gebieten, verkündete die französische Regierung mit der üblichen Ungeschicklichkeit eine Reihe von Reformen, die von den Nationalisten als zu zaghaft und von den Kolonialherren als zu kühn beurteilt wurden. In Cularo und in Ghita brachen wahrscheinlich von Provokateuren ausgelöste Unruhen aus und bildeten den Vorwand für eine blutige Niederwerfung. Der Präsident-auf-Lebenszeit wurde nach Crubelier deportiert (daher der Titel »Oberster Märtyrer«, den die Rundfunk- und Fernsehsprecher ihm heute noch geben), die VPU und die Gewerkschaften wurden aufgelöst und alle Zeitungen verboten. In den darauffolgenden Monaten ermordete die Schwarze Hand, unter dem Schutz und bisweilen mit Beihilfe der Armee und der Polizei, Dutzende, wenn nicht gar Hunderte von Anhängern und Sympathisanten der VPU und des HVA (Hauptverband der Arbeiter). Die Ankündigung der ersten auf den Komoren geführten Geheimverhandlungen zwischen Frankreich und drei Mitgliedern des Zentralkomitees der verbotenen VPU rief eine neue Welle von Attentaten hervor, von denen einige sich zu ausgesprochenen Blutbädern ausweiteten, wie etwa das vom 10. Juni 1961, als ungefähr vierzig gedungene Mörder der Schwarzen Hand die sechshundertdreiundvierzig Bewohner – Männer, Frauen und Kinder – des Dorfes Ourglane, im Herzen des Kohlengrubengebiets, massakrierten.

Als am 5. Mai 1962 die Unabhängigkeit ausgerufen wurde, haben nur drei der Führer der Schwarzen Hand das Land verlassen: Doktor Allard-Duplantier, Lussinge und der Tiefbauunternehmer Mounier. Denn sobald feststand, daß die französischen Interessen – sowohl die des Mutterlandes als auch die der Siedler – nicht verletzt oder beeinträchtigt würden und daß Grianta im politischen und wirtschaftlichen Einflußbereich Frankreichs bliebe, war die Schwarze Hand bereit, mit dem Präsidenten-auf-Lebenszeit zusammenzuarbeiten, der diese Parallelpolizei brauchte, um sich einerseits innerhalb seiner eigenen Partei durchzusetzen (die Ermordung Dieudonné Affos in Darmstadt) und andererseits die Linksopposition zu bekämpfen, die noch den Fehler beging zu glauben, daß Unabhängigkeit und Demokratie gleichbedeutend sein könnten. Sehr schnell wurde die Schwarze Hand ein Repressionsinstrument im Dienste der an der Macht befindlichen Cliquen, die ihre Helfershelfer nun nicht mehr nur unter den kleinen Weißen, sondern auch unter den Eingeborenen rekrutierten. Blabami trat, wie es heißt, 1963 ein und erklomm eine nach der andern alle Stufen ihrer geheimnisvollen Hierarchie, bis er schließlich 1972 ihr oberster Führer wurde.

Die SH hat ihre Strukturen und ihre Methoden von mehreren Geheimgesellschaften – der sizilianischen Mafia, der Camorra von Neapel, den Doriani von Bari, den montenegrinischen Fiscalrassis – übernommen. Ihre Mitglieder nennen sich *Mortaretti*; das ist ein italienisches Wort (es hat in Grianta zu allen Zeiten eine starke italienische und maltesische Minderheit gegeben), das ursprünglich »kleine Mörser« bedeutete, das aber in Wahrheit die Gewehre mit abgesägtem Lauf bezeichnet, deren sich die meisten von ihnen bedienen. Sie operieren in der Regel in Fünfergruppen: das nennt man eine Hand: vier »Finger« und ein Führer, der »Daumen«; vier »Daumen« werden von einem »ersten Daumen« geführt, vier »erste Daumen« von einem »großen Daumen«; weiter oben schmückt sich diese vertikale Organisation mit großspurigeren Titeln: »Ritter«, »Kommandeure«, »Vormeister«, »Meister«, »Großmeister«. Der entsetzliche Ruf der Grausamkeit, der sie umgibt, entspringt durchaus nicht der Phantasie des Volkes; in Grianta hat fast jeder einmal die traurige Gelegenheit gehabt zu sehen, wozu sie fähig sind; an manchen Vormittagen findet man Männer, die auf die Gitter des Botanischen Gartens gespießt sind, oder andere, die an ihren Gedärmen von den Platanen der Place des Trophées hängen. Wenn sie aus dem einen oder anderen Grunde jemanden zum Tode verurteilen, so wird oft seine ganze Familie mit ihm ausgerottet, und manchmal sogar seine Freunde und seine Nachbarn. Eine barbarische und entsetzliche Symbolik liegt in den schrecklichen Verstümmelungen, die sie ihren Opfern zufügen: dem einen stechen sie die Augen aus, weil er etwas gesehen hat, was er nicht hätte sehen dürfen, und nähen sie in die aufgeschlitzte rechte Innenhand, den anderen zwingen sie, seine eigenen Hoden zu essen, einem dritten hakken sie die Hände und die Füße ab, weil er jemandem zu Hilfe gekommen ist, den sie suchen.

Die Aufgabe der Schwarzen Hand war anfänglich eine ausschließlich politische: eine Prätorianergarde, ein Haufen bezahlter Schergen, die mit jedem abrechneten, der sich dem Aufstieg des Präsidenten-auf-Lebenszeit entgegenzustellen versuchte. Ihre Zielscheibe waren zunächst die anderen Führer der VPU, die man die »historischen Chefs der Nationalen Revolution« nannte und die einer nach dem anderen liquidiert wurden. Als der Präsident-auf-Lebenszeit schließlich allein die gesamte legislative, exekutive und judikative Macht übernahm, bekämpfte die Schwarze Hand alle diejenigen, deren bloße Existenz ein Risiko des Protests in sich barg: die Studenten, die Richter, die Journalisten, die Unternehmensvertreter. Eine unbarmherzige Säuberungswelle schaltete alle führenden Kräfte des Regimes aus, einschließlich jener in Polizei und Armee, deren Haltung nun wirklich nicht liberal zu nennen war. An ihre Stelle traten nur der Mnasteri-Klan und seine Verbündeten Ouazilah, Beldi und Oumboulélé. Bei den Unruhen von 1968 schickte die Schwarze Hand ihre Männer in die Krankenhäuser, um dort den verwundeten Demonstranten den Gnadenstoß zu geben. Über dreißig Ärzte, Krankenschwestern und Krankenpfleger wurden auf bestialische

Weise ermordet, weil sie begonnen hatten, diese »Roten Hunde« zu pflegen.

Doch seitdem ist die Schwarze Hand immer stärker bemüht, ein Staat im Staat zu werden. Sie hat sich vollkommen der Kontrolle derer entzogen, denen sie eigentlich dienen sollte, und damit begonnen, sich in die öffentlichen und privaten Angelegenheiten einzumischen, ohne daß irgendeine Institution oder Jurisdiktion in der Lage wäre, sie daran zu hindern. Nachdem sie der an der Macht befindlichen Clique gestattet hatte, sich munter aus den Kassen des Landes zu bedienen, ist sie offenbar zu der Überzeugung gelangt, daß es ein großer Fehler wäre, wenn sie selbst sich zurückhalten würde, und hat sich gewissermaßen selbständig gemacht. Das hat angefangen mit dem Fischereiamt, dann mit den Prokuristen der zentralen Markthallen; das ging weiter mit der Paßstelle, mit dem Einwanderungsbüro, mit der Notarkammer, usw. Im Augenblick dehnt sie ihre organisierten Erpressungen praktisch auf alle Aktivitäten des Landes aus; sie setzt den Preis für den Weizen, das Öl und den Fisch fest; sie erhebt eine Steuer auf alle Waren, die ins Land kommen oder aus dem Lande gehen, und beschützt gegen ansehnliche Vergütungen die Geschäftsleute vor den Überfällen ihrer eigenen Handlanger. Die Tiefbauunternehmen, der Straßenbau, die Hafenanlagen, die Reisebüros, die Leitung des Katasteramtes, die Sportklubs, die Kinos, das Kommissariat für Tourismus, die Autobusgesellschaften unterliegen ihr ebenso wie die meisten staatlichen Organe; ihr Wohlwollen setzt die Leute in den Verwaltungen, den Banken und den Ministerien ein und ab, und am Ende ist sogar der Präsident-auf-Lebenszeit heute viel eher ihr gelehriges Instrument als ihr wirklicher Herr.

Es sind, wie es heißt, noch ein paar kleine Weiße in der Schwarzen Hand geblieben, sowie, ganz oben in der Hierarchie zwei oder drei ehemalige große Siedler, die in die technische Hilfe übergewechselt sind und die Interessen verwalten, die das Mutterland in seiner ehemaligen Kolonie zu bewahren und sogar ziemlich beachtlich weiterzuentwickeln gewußt hat. Aber im allgemeinen sind die Europäer nicht von der SH betroffen. Fälle, wie der des Korrespondenten des *British Mail*, sind äußerst selten, und auf den ersten Blick scheint es unerklärlich, daß Serval ihren Zorn auf sich gezogen haben könnte. Selbst wenn in dem, was mir Crozet zu verstehen gab, ein Körnchen Wahrheit steckt, nämlich daß Serval ein Abenteuer mit der Frau (oder der Mätresse) eines Würdenträgers des Regimes (oder der SH selbst) gehabt haben soll, ist mir doch nicht ersichtlich – es sei denn, ich hätte *schlecht gelesen*, mich durch und durch geirrt – was für eine »Wahrheit« er diesbezüglich in seinem Manuskript hätte verbergen können.

Und doch ist die Gegenwart der Schwarzen Hand in diesem Buch ganz real. Sie entstammt nicht nur meiner Phantasie oder dem reinen Zufall. Aber, und das, glaube ich, ist *wesentlich*, sie läßt sich nicht einfach nur durch die Lektüre von *Die Krypta* feststellen. Eine Ahnung davon (aber ich habe diese Ahnung nicht überprüfen und in eine Gewißheit verwandeln können) habe ich nur deshalb bekommen, weil ich durch Lise von *K wie Koala* und von dieser Seite erfuhr, die zu dem einzigen Zweck, den unbedeutenden Namen einer Jacht zu ändern, neu getippt werden mußte. Andernfalls hätte ich keinen Anhaltspunkt gehabt, nichts hätte mich darauf hingewiesen, daß das BLA von Blackstone (und von Blanes), das BA von Barrett und das MI von Misène dort eine besondere Bedeutung hatten, und selbst wenn der Name des Schnellboots, der zur Martine modifizierten »Aréthuse 234 F«, mich an die schönsteißige Freundin Blabamis »erinnert« hätte, hätte ich dennoch allen Grund gehabt, darin nur einen dieser »private jokes«* zu sehen, mit denen die Franzosen von Grianta sich gern amüsieren.

* Vertrauliche Späße (auf englisch im Text; Anm. des Hrsg.)

Die »Wahrheit«, die ich suche, ist nicht nur im Buch verschlüsselt, sondern auch in den Umständen seiner Entstehung. Die Indizien finden sich sicherlich in den Fakten, in den Namen, in den psychologischen oder polizeilichen Triebkräften, in den Beschreibungen, in den Porträts, sie liegen auch in der Art und Weise, wie das Manuskript getippt worden ist, in den Büchern, die den Autor von nahem oder weitem inspiriert haben, in den Pastiches, Mischungen und Plagiaten, zu denen er sich hat hinreißen lassen.

Und genau das hätte Serval mir gesagt, wenn er gekonnt hätte, so wie er dem Konsul gesagt hatte, daß er »sich mit mir in Verbindung setzen solle, um mir alle notwendigen Instruktionen zu geben«. Aber er hätte dem Konsul sehr wohl einen Hinweis geben, ihm nicht nur sein Manuskript, sondern auch ein Exemplar von *K wie Koala* übergeben oder ihm sagen können, man solle zu Lise gehen, um sie um zusätzliche Angaben zu bitten. ABER GENAU DAS HATTE ER NICHT GETAN! Bedeutete das, daß er dem Konsul mißtraute?

ZEHNTES KAPITEL

Schwindelzustände.

Ich werde umgebracht werden, wenn ich nicht schleunigst abhaue. Hat Serval dem Konsul nicht irgend etwas in dieser Art gesagt? Die Gefahr sitzt also tatsächlich in Grianta, und mit der SH zu tun zu haben, heißt in Grianta tatsächlich Gefahr.

Ich habe Angst. Ich weiß nicht, warum noch eigentlich, wovor. Natürlich wage ich es nicht, mit Crozet darüber zu reden, noch mit sonst jemandem von der Botschaft. Ich habe den Eindruck, daß unter dieser Oberfläche Dinge liegen, die man vor mir versteckt hält. Vielleicht werde ich manipuliert, ohne daß ich es weiß. Aber wie? Und warum?

Um elf Uhr morgens habe ich schließlich Lise angerufen. Ich glaube, daß sie hier die einzige ist, die mir eventuell helfen könnte.

Sie schickte sich an, nach Chekina zum Schwimmen zu gehen, und hat mir vorgeschlagen, sie dort zu treffen. Da sie in jedem Fall durch Grianta mußte, habe ich ihr nahegelegt, sie sollte doch vorbeikommen und mich mitnehmen. Sie kam eine halbe Stunde später, am Steuer eines Mini-Moke mit einem Baldachin aus orangefarbenem Zeltstoff. Sie selbst trug einen dieser Pareos, das heißt einen kurzen Rock aus bedruckter Baumwolle, den die Hübschen vom Club hier zu einem Muß erklärt haben. Ihre Schultern waren von der Farbe des Honigs.

Unterwegs habe ich sie gefragt, warum sie zum Schwimmen sechzig Kilometer weit nach Chekina fährt, während der Strand von La Crique direkt vor ihrer Haustür liegt.

»Wenn Sie mir eine solche Frage stellen, dann gehen Sie nicht oft an den Strand…«

Ich gab ihr zur Antwort, daß ich tatsächlich nicht allzu versessen darauf sei, im Meer zu schwimmen.

»Alle Strände im Süden sind abscheulich, sogar Cap-Blanc, sogar der Golf-Club. Sie sind gestopft voll mit Laffen mit positiver Tuberkulinprobe, mit Wichtigtuern, Angebern und Bodybuildern. Ich bin vielleicht ein Snob, aber wenn ich schwimmen will, ist es mir lieber, wenn man mich in Ruhe läßt, und je einsamer ich an einem Strand bin, um so besser…«

Wir kamen gegen Mittag in Chekina an. Ich glaube, es herrschten so um die vierzig Grad. Tatsächlich war die Küste völlig menschenleer.

Die Wohnhäuser, die an diesem Teil der Küste stehen, gleichen viel eher Bunkern als Villen. Es sind die im Innern luxuriösen, von außen uneinnehmbaren Luxusvillen der Hautvolee von Grianta. Diese Aristokratie verachtet souverän Sand und Salzwasser; hier gilt es als schick, ein leicht gekühltes Schwimmbad mit Gegenstromanlage zu besitzen; das beliebteste Modell, das allein schon fast soviel wert ist – das heißt, ohne die Installationskosten – wie ein Cadillac, verbindet einen »Effekt von Wogen und Gischt« mit einem »programmierbaren Höhenunterschied von fünfzig Zentimentern bis drei Metern«, und erlaubt somit »Surfen-auf-der-Stelle (SADS-Wavomatic).

Im Prinzip ist der Strand von Chekina niemandem verwehrt. In Wirklichkeit kommen nur die wenigen Europäer hierher, die beschlossen haben, keinen Anstoß daran zu nehmen, wenn die mit Maschinenpistolen bewaffneten und von Schäferhunden begleiteten Wachen sie mit Ferngläsern begaffen.

Ich brauchte nicht lange, um zu verstehen, warum Lise es vorzog, allein am Strand zu sein; kaum hatte sie den Sand berührt, löste sie mit einer Hand ihren Pareo und lief völlig nackt zum Wasser.

Ich bin sicherlich altmodisch, aber ich war zuerst einmal zutiefst schockiert. Ich weiß, daß es sogar in so zurückgebliebenen Ländern wie Spanien oder Tunesien allmählich fast überall gestattet ist oder auf jeden Fall geduldet wird, daß eine Frau ohne Badeanzugoberteil oder sogar ganz ohne Badeanzug ins Wasser geht. Aber das war ein ausschließlich abstraktes Wissen; ich hatte noch nie die visuelle Bestätigung hierfür gehabt; für mich, der ich wohl so Mitte der fünfziger Jahre zum letzten Mal Ferien am Meer (in La Tranche-sur-Mer) gemacht habe, waren die, die man damals »Nudisten« (oder FKK-Anhänger) nannte, ganz seltene Ausnahmen, über die man sich einen ganzen Haufen »gepfefferter« Geschichten erzählte. In Cap-Blanc oder in La Crique wäre Lise sofort von einem guten Dutzend frustrierter Jungs umgeben gewesen, bedrängt und mit Sicherheit auch belästigt worden; hier allerdings war sie nur die Zielscheibe der anzüglichen Blicke der Wachposten, die die Luxusvillen und die Straße überwachten. Und nichts hinderte sie daran, sich einen feuchten Dreck darum zu scheren.

Ich hatte unter meiner Hose eine Badehose angezogen. Ich sage »eine« Badehose, in Wahrheit hätte ich schreiben müssen »meine« Badehose. Es war sogar das erste Mal, daß ich sie anzog. Ich hätte sie gern ausgezogen. Aber ich hatte nicht den Mut dazu.

Nach dem Schwimmen haben wir uns im Schatten eines Baumes mit ungemein krumm gewachsenen Ästen, dessen schwere, malvenfarbene Blüten in dichten Trauben herabhingen, auf eine große Sisalmatte gelegt. Ich wagte Lise nicht anzuschauen, so sehr wühlte mich ihre Schönheit bis ins Innerste auf. Mit zuerst ein wenig zugeschnürter Kehle habe ich ihr schließlich von meiner Entdeckung erzählt.

Ich glaube, daß ihr das Angst gemacht hat, so wie mir. Man ist es hier, selbst wenn man Franzose ist, nicht gewöhnt, mit der SH zu scherzen. Man spricht nur durch die Blume von ihr; man gebraucht Umschreibungen; es ist sogar die Ausnahme, daß man ganz offen »die SH« sagt, man sagt eher »diese Leute«, »die Leute, die ich meine«, »Sie wissen schon, von wem ich rede«, usw.

Wir sind in den *Storchen* essen gegangen. Das ist ein Restaurant, das am Abend völlig überlaufen ist, wo aber tagsüber wenig Betrieb herrscht. Dadurch haben wir einen Tisch am Bassin mit den Riesenschildkröten bekommen, und die Kellner waren sehr viel aufmerksamer als gewöhnlich. Lise schien beunruhigt. Etwa in der Mitte der Mahlzeit hat sie zu mir gesagt:

»Nein, ich kann in meinem Gedächtnis suchen, soviel ich will, mir fällt nur eine einzige Gelegenheit ein, wo Serval mir gegenüber auf sie angespielt hat (seit dem Augenblick, als ich ihr von der SH erzählt hatte, war mehr als eine Stunde vergangen, aber dieses »sie« war unmißverständlich). Seltsamerweise hat sich das genau hier zugetragen. Deshalb habe ich mich auch wieder daran erinnert, sonst hätte ich es wahrscheinlich völlig vergessen. Serval hatte mich zum Abendessen eingeladen. Wir sind sehr spät gekommen, aber Dédé war trotzdem bereit, uns zu bedienen, ich meine, ihn zu bedienen; wenn ich allein gewesen wäre, hätte er mich wahrscheinlich weggeschickt und gesagt, ich solle mir ein Ei kochen. Das Restaurant war noch proppenvoll, aber fast alle waren bereits beim Kaffee. Bald war außer dem unseren nur noch ein Tisch besetzt, aber das war eine ausgesprochene Tischgesellschaft: das ganze Oberkommando der Botschaft! Nicht der Botschafter persönlich, aber der erste Sekretär, der Handelsattaché, der technische Berater, Saint-Aulaire, Delmont, Mirouet, Lavasseur, mit einem Wort, die Crème de la Crème. Sogar Ihr Freund Crozet war dabei.«

»Wie!« rief ich ganz erstaunt, »Sie wissen, daß ich Crozet kenne!«

»Aber sicher, ich habe Sie doch mehrmals zusammen bei Galignani gesehen ... Sie tranken also gerade Champagner ... Ich glaubte zu verstehen, daß sie Saint-Aulaires Ehrenlegion begossen. Nach einer gewissen Zeit begann Dédé, uns immer deutlicher zu verstehen zu geben, daß für ihn der Tag zu Ende war, und daß er uns am liebsten verduften sähe.

Wir haben das Lokal fast gleichzeitig mit den Leuten von der Botschaft verlassen. Sie haben uns im Vorbeigehen mit einem einfachen Kopfnicken begrüßt. Sie wissen sicherlich, daß Serval nie auf die ausgesprochen zudringlichen Annäherungsversuche eingegangen ist, die der Botschafter ihm bei seiner Ankunft gemacht hatte, und daß der Botschafter darüber so gekränkt war, daß er nahe daran war, Anweisung zu geben, den Schriftsteller systematisch zu boykottieren.

Wir waren bereits ins Auto gestiegen und im Begriff abzufahren, als eine Gestalt sich näherte. Es war Mirouet. Er fragte Serval, ob er mit ihm reden könne. Serval zögerte einen Augenblick, dann entschuldigte er sich, daß er mich für ein paar Minuten allein lassen müsse, stieg aus dem Auto und folgte Mirouet. Ihre Unterhaltung dauerte etwas länger als eine halbe Stunde. Während sie miteinander sprachen, gingen sie auf der Terrasse auf und ab, und ich sah wie Mirouet mehrmals plötzlich stehenblieb und anfing, große Gebärden zu machen und dabei fast schrie. Aber ich hörte nichts von dem, was sie sagten.

Serval machte einen merkwürdigen Eindruck, als er zum Wagen zurückkam: spöttisch und ratlos zugleich. Damals hat er mir von der SH erzählt.

›Ich habe den Eindruck, daß sich dieser Dummkopf in ein verdammtes Wespennest gesetzt hat! Natürlich hat ihn die Schwarze Hand bewußt da hineingezogen.‹

›Wohinein?‹ habe ich gefragt.

›Das werden Sie sehr bald erfahren. Das wird ganz schönes Aufsehen erregen! Wenn er hofft, daß er davonkommt, indem er alles dem Großen Bösen Wolf anlastet, dann hat er sich sehr tief in den Finger geschnitten!‹«

»Es war an einem Freitag abend, aber erst am Montag habe ich begriffen, in was er sich da hatte »hineinziehen« lassen, als man nämlich erfuhr, daß die Diokletianstatue gestohlen worden war. Ich nehme an, daß Sie über dieser Geschichte Bescheid wissen?«

Ich gab zur Antwort, daß sich das mehr als sechs Monate vor meiner Ankunft zugetragen habe.

»Ich habe natürlich viel darüber gehört! Aber hat man nicht sehr schnell den Beweis dafür erbracht, daß Mirouet das Ding gedreht hatte?«

»So unwiderlegbare Beweise, daß hier bald jeder jedem gegenüber durchblicken ließ, daß die wirkliche Wahrheit nicht genau die sei, die man offiziell dafür erklärt hatte...«

»Und Sie meinen, *Die Krypta* könnte diese andere Wahrheit enthalten?«

»Ich meine überhaupt nichts. Ich habe in der Sache überhaupt keine Meinung. Ich habe Ihnen nur erzählt, daß Serval anläßlich dieser Affäre in meiner Gegenwart eine Anspielung auf die SH gemacht hatte.«

Wir waren noch nicht beim Kaffee angelangt, als ein Offizier der Miliz das Restaurant betrat, wo außer uns noch fünf oder sechs andere Gäste saßen. Er stellte sich mitten in den Raum und forderte uns, höflich zwar, doch in einem Ton, der keinen Widerspruch duldete, auf, schnellstens nach Grianta zurückzukehren, bevor die Straße gesperrt würde.

»Ich hätte es mir ja denken können«, sagte Lise und stand vom Tisch auf. »Es ist jeden Donnerstag dasselbe. Seine Unschätzbare Gattin wird zu ich weiß nicht welcher ihrer Kusinen oder Nichten zum Tee fahren, und alle Ouazilah-Weiber kreuzen dort auf, um zu schnattern, Komplotte zu schmieden oder ihre Diamanten zur Schau zu stellen. Darum darf niemand von vier bis acht diese Straße befahren.«

Der Offizier der Miliz hatte uns zu spät Bescheid gesagt. Etwa zwanzig Kilometer vor Grianta wurden wir von Straßensperren aufgehalten, von quer über die Straße gestellten, schwarzgelb gestreiften Barrieren. Wir machten lieber kehrt, statt vier Stunden in der glühenden Sonne zu warten, und schlugen den kleinen Strandweg nach Cholotcha ein.

Diesmal faßte ich mir ein Herz und konnte wie Lise und zusammen mit ihr die Freude auskosten, nackt zu schwimmen.

Ich kam am späten Abend nach Hause, den Kopf voller Bilder von dieser jungen Frau. War es möglich, daß ich mich noch einmal verliebte? Würde ich, mit über fünfundvierzig Jahren, Dummheiten machen, die einem Leutnant die Schamröte ins Gesicht treiben würden?

Seit meiner Ankunft in Grianta hatte ich nur mit Beatrix eine einigermaßen dauerhafte Verbindung gehabt, ein unbefriedigendes Verhältnis für sie wie für mich, das sich endlos und schleppend hinzog. Vorher in Frankreich hatte es all das gegeben, vor dem ich hatte entfliehen wollen, indem ich nach Grianta, in die Fremde ging. Ich war noch weit entfernt von Ruhe und Vergessen; aber meine Wunden taten wenigstens nicht mehr so weh. Daß Lise in mein Leben getreten war, selbst wenn sie nur ein Trugbild war, gab ihnen etwas Verschwommenes und Ungewisses, als ob im selben Augenblick Bilder der Verzweiflung und der Hoffnung, der Agonie und der Erneuerung miteinander verschmelzen würden. Zum ersten Mal seit den düsteren Jahren, die auf Mathildes Weggang gefolgt waren, hatte ich den Eindruck, daß ich aufhörte, der vollkommen begierdelose Mensch zu sein, der ich geworden zu sein glaubte.

Ich hätte sie anrufen oder sofort zu ihr eilen sollen. Ich hätte die Kühnheit dazu haben sollen. Und wenn sie mir ins Gesicht gelacht hätte? Ich hatte Angst vor der Lächerlichkeit, vor meinem Alter, vor meiner Häßlichkeit, vor allem, was in mir an Unbedeutendem, an Bedürftigem, an Unbedarftem war, vor allem, weswegen ich mich haßte und mich verachtete.

Gegen Mitternacht wurde ich ans Telefon gerufen. Ich stürzte mich auf den Hörer, überzeugt davon, es sei Lise, als ob sie auf telepathische oder magische Weise gezwungen wäre, auf die Verführungsphantasie zu antworten, die in die Tat umzusetzen ich zu feige war.

Eine Männerstimme, kalt und präzise, war am andern Ende der Leitung. Man wollte mich sehen. Man hatte mir Enthüllungen zu machen. Ein Auto würde mich in einer Viertelstunde abholen. Ich hätte nichts zu befürchten, aber ich sollte tun, was mir gesagt würde.

Es wurde wieder aufgelegt. Wer war mein Gesprächspartner? Wer wollte mir was enthüllen? Wer wußte über meine Ermittlungen Bescheid, über meine sogenannten Ermittlungen? Die verrücktesten Ideen gingen mir durch den Kopf: Serval, der Konsul, ein Liebhaber Lises, die SH, Mirouet. Jede dieser Hypothesen löste immer irrsinnigere Szenarien aus, über die ich am Ende nur die Achseln zukken konnte.

Ich wartete vierzehn Minuten, dann ging ich hinunter auf die Straße. Ein schwarzer Wagen stand bereits vor meiner Tür, eine große Limousine ohne Nummernschild. Die Armee, die Polizei, die Miliz und die Schwarze Hand sind oft mit solchen Wagen ausgerüstet; es war zu spät, um den Rückzug anzutreten, und lächerlich, einen Fluchtversuch zu unternehmen. Ich spürte, wie meine Hände und meine Stirn feucht wurden. Ein Mann, dessen Gesicht ich nicht erkennen konnte, stand neben dem Auto und hielt den hinteren Wagenschlag auf.

Ich stieg in das Auto ein. Ich hatte kaum die Zeit, zwei dunkle Gestalten zu erblicken, bevor man mir eine Kapuze über den Kopf stülpte.

»Entspannen Sie sich. Sie riskieren nichts. Solange Sie den Weg nicht kennen, den wir einschlagen werden, laufen Sie überhaupt keine Gefahr.«

»What you don't know can't hurt you«, sagte eine andere Stimme zu meiner Linken.

»Mach etwas mehr Luft, du Armleuchter, er wird erstikken«, sagte eine dritte Stimme, etwas weiter entfernt, sicherlich die des Mannes, der neben dem Fahrer saß.

Sie fragten mich, ob ich rauchen wolle. Ich verneinte. Sie haben sich Virginia-Zigaretten angezündet. Die Fahrt dauerte lange, doch ich wäre einfach außerstande zu sagen, wie lange dieses Lange dauerte, ob es ein Lange von zwanzig Minuten oder von dreiviertel Stunden war; ich weiß nur, daß wir zu einem bestimmten Zeitpunkt am Meer entlanggefahren sind und dann einen holprigen Weg eingeschlagen haben (aber welche Straße ist nicht holprig, sobald man einmal aus Grianta heraus ist, außer den hochtrabend »Autobahnen« genannten Teilstücken mit Makadamdecke, die die Paläste des Präsidenten-auf-Lebenszeit miteinander verbinden?)

Das Auto hielt schließlich an einem Ort, den ich als ein unterirdisches Parkhaus zu identifizieren glaubte. Die vier Türen des Autos gingen fast gleichzeitig auf. Hände schnappten nach meinen Armen, zogen mich heraus, schleppten mich in einen Korridor, in dem unsere Schritte laut hallten. Man hieß mich vier Stufen emporsteigen. Eine Tür ging auf. Man befahl mir, einige Schritte zu machen, dann zwang man mich, mich in einen dieser sogenannten »Safarisessel« aus Gurttuch zu setzen, mit denen alle Häuser von Grianta reichlich versehen sind. Ich spürte, daß man mir meine Kapuzenmütze rasch abnahm. Gleich darauf ging die Tür wieder zu.

Der Raum, in dem ich mich befand, war völlig dunkel. Ich riß vergeblich die Augen auf, um mich an die Dunkelheit zu gewöhnen. Dann war eine Stimme zu vernehmen, die aus einem Lautsprecher kam. Es war die Stimme des Mannes, der mich angerufen hatte:

»Entschuldigen Sie bitte, daß ich Sie einen Augenblick lang warten lassen muß. Sie finden auf dem Tisch alles, um sich die Zeit zu vertreiben...«

Aus einer Deckenlampe blitzte Licht auf. Ich stellte fest, daß ich in einem winzigen, fensterlosen Raum war, ein wenig in der Art eines Krankenhauswartesaals. Rings an den Wänden standen Bänke und Stühle, in der Mitte der Sessel, in dem ich saß, und ein niedriger Tisch mit einem Stapel Zeitschriften darauf, einem Aschenbecher aus Preßglas, einem Wegwerffeuerzeug, einem Päckchen *John Bull* (meiner Lieblingsmarke), einem Ballonglas und einer Flasche Grappa in einem Eiskübel. Es stand jedenfalls fest, daß mein geheimnisvoller Gastgeber über meine Vorlieben Bescheid wußte...

Ich zündete mir eine Zigarette an und goß mir ein volles Glas Grappa ein. Vielleicht um meine Angst zu besänftigen, fing ich an, in der Zeitschrift zu blättern, die zuoberst auf dem Stapel lag. Es war eine schon ziemlich alte Nummer von *Cinéma dans le Monde*; ich las beinahe gewissenhaft einen Artikel über *Raiders of the Lost Ark* von S. Spielberg, ein Interview mit Emmanuèle Riva und eine umfangreiche Biofilmographie über Nadine Alari, aus der ich unter anderem erfahren habe, daß sie 1945 in dem Film *Jéricho* vom Henri Calef debütiert hatte, die Partnerin von Noël-Noël in *Le Père tranquille*, von Madeleine Robinson in *L'invité de mardi*, von Martine Carol in *Caroline chérie* und von Simone Renant in *L'homme de joie* gewesen war, während sie auf der Bühne die sehr schöne Rolle des *Fräulein Julie* gespielt hatte.

Der Raum wurde unerwartet wieder ins Dunkel getaucht. Ich hörte hinter mir eine Art langes, dumpfes Pfeifen. Ich drehte mich um: es war ein Teil der Trennwand, die verschoben wurde und dabei einen anderen Raum preisgab, der so schwach beleuchtet war, daß ich mehrere Sekunden brauchte, bis ich allmählich die massige Gestalt eines Mannes erkennen konnte, der hinter einem Tisch saß. Sicherlich wurde er von einer dicken Glasscheibe geschützt (hatte Serval die Idee für das Sprechzimmer des Gotterdamer Gefängnisses von hier???), denn seine Stimme kam über einen Lautsprecher zu mir. Vielleicht war es aber auch gar nicht seine Stimme? Auf jeden Fall war es die, die ich an diesem Abend zweimal gehört hatte:

»Guten Abend, Monsieur Veyraud. Gestatten Sie, daß ich mich nicht vorstelle. Sie haben sich in den letzten Tagen allem Anschein nach hinreichend für uns interessiert, um zu verstehen, daß es keineswegs in Ihrem Interesse wäre, wenn Sie meinen Namen, meine Gesichtszüge oder den Klang meiner Stimme kennen würden. Wir haben nichts gegen Sie, wir wollen Ihnen nichts Böses, davon dürfen Sie überzeugt sein. Sie haben hier einen guten Posten, ein gutes Gehalt und Freizeit, um die Sie, allein nach dem heutigen

Tag zu urteilen, viele ihrer Landsleute im Mutterland beneiden würden. Spielen Sie also nicht mit dem Feuer. Und suchen Sie nicht unter unseren Felsen nach Aalen, die Ihnen doch nur durch die Finger schlüpfen würden. Wenn Sie Ihre Nase unbedingt in Angelegenheiten stecken wollen, die Sie etwas angehen, versuchen Sie doch lieber etwas mehr über die Vorliebe Ihres Konsuls für die Steine in der Wüste in Erfahrung zu bringen. Glauben Sie wirklich, daß er zwei- bis dreihundert Kilometer in der Kolorno-Wüste zurückgelegt hat, nur um Sandrosen zu finden? Sollte er nicht auch ein bißchen Ruinenräuber und Statuendieb gewesen sein?«

Noch jetzt, drei Stunden nachdem sie mich wieder nach Hause gebracht haben, kann ich keinen Schlaf finden und bemühe mich vergeblich, die Teile dieses Puzzles zusammenzufügen. Was hat der Konsul plötzlich in dieser Geschichte zu suchen? Warum spielt ausgerechnet an dem Tag, an dem mir Lise von dem Fall der Diokletianstatue und von der Abberufung Mirouets erzählt, auch die SH darauf an? Und vor allem, woher weiß die SH, es sei denn, es wäre ihr gelungen, sich bei mir einzuschleichen, um dieses Heft zu lesen – und warum, mein Gott, hätte sie es tun sollen – woher weiß die SH, daß »ich mich in den letzten Tagen für sie interessiert habe«?

Elftes Kapitel

Ausgrabungen.

Antiqua omnia quae
effoderant investigatores
in arcis disponebant.
Lukas

War das alles ein Traum angesichts der prosaischen Wirklichkeit? Ich habe im Geschichtslehrbuch für die Abschlußklassen das Wesentliche darüber gefunden, was man über die römische Periode Griantas und ihre archäologischen Spuren weiß; ich habe an Hand von Artikeln, die in der Lokalpresse erschienen sind – voll diplomatischer Vorsicht, aber auch perfider Andeutungen – den furchtbaren Skandal rekonstruiert, dessen einzige sichtbare Konsequenz die diskrete Abberufung Mirouets gewesen ist; ich habe es erreicht, daß Crozet mir gewisse Dinge verraten hat; und ich habe aufgrund dieser neuen Hinweise Servals Buch noch einmal gelesen. Ich muß feststellen, daß mein seltsamer Gesprächspartner recht hat, daß die Schwarze Hand nichts mit dieser Affäre zu tun hat, sondern daß Serval in seinem Buch tatsächlich ein Geheimnis aufdeckt, und man versteht mühelos, daß der *wahre* Schuldige ihn um dieses Geheimnisses willen hat töten können und sogar hat töten müssen.

Im dritten Viertel des 3. Jahrhunderts, während der Regierungszeit Valerians, Gallienus' und Claudius' II., maßte sich die Mehrzahl der Generäle, die in den römischen Provinzen herrschten, widerrechtlich den kaiserlichen Purpur an. Man nannte sie die dreißig Tyrannen, nicht, weil es dreißig waren – denn man kennt in Wahrheit nur achtzehn – sondern in Erinnerung an die dreißig Tyrannen von Athen.

263 ließ sich der Gouverneur von Ägypten, Emilian, selbst zum Imperator ausrufen und Alexander nennen. Doch seine Regierungszeit war von kurzer Dauer, wie die meisten Regierungszeiten damals, wo die Soldaten ihre Führer nur deshalb zu Kaisern zu proklamieren schienen, um sie einige Monate später besser ermorden zu können: Emilian Alexander wurde im darauffolgenden Jahr von einem von Gallienus' Generälen, Theodotus, niedergestreckt.

Sicherlich hätte Theodotus nicht gezögert, sich selber zu krönen, doch Gallienus, der vollauf mit dem Perserkönig Sapor zu tun hatte, kaufte dessen ehemaligen Verbündeten Odaenathus, den Fürsten von Palmyra, und gab ihm den Orient. Odaenathus wurde selbstverständlich bald darauf ermordet. Seine Witwe, Zenobia, von der er allen Anlaß hatte zu glauben, daß sie den Arm bewaffnet hatte, der ihren Gatten tötete, befreite sich vollends von der Vormundschaft Roms, und sechs Jahre lang, bis Aurelius sie zur Unterwerfung zwang, übte sie ihre Herrschaft über Syrien und Ägypten aus.

Unterdessen war es einem von Emilians Unterführern, Marcellus Claudius Burnachus, gelungen, Theodotus zu entkommen und die Überreste der XI. Legion um sich zu sammeln. Dann war er losgezogen, sich ein Königreich aus einer Gegend zu schneidern, der sich die Römer praktisch nie genähert hatten und die sich von der Thebais bis nach Eritrea erstreckte. Es war eine riesige und fruchtbare Gegend, in die bald schon Kaufleute und Siedler strömten. Baumwolle, Hirse und Sesam wuchsen reichlich, und aus dem geheimnisvollen Süden kamen Karawanen zurück, reich beladen mit Zimtbaum und Myrrhe, mit Elfenbein, Goldstaub, Straußenfedern, Sennesblättern, Tierfellen, und bisweilen gefangenen Nashörnern mit zwei Hörnern, über die sich die blasiertesten Zirkusbesucher begeisterten.

In den Hochebenen des Kolorno, die sich über den Südwesten dieses Landes erstreckten, lebten feindliche Stämme, Nubier, Negriten und Sembriten, und um sich vor ihren blutigen Raubzügen zu schützen, gründete Burnachus am Fuße des Passes ein befestigtes Lager, das den Zugang zur gesamten Küstenzone beherrschte, und den Namen Castellum Acridium erhielt.

Burnachus, gerade durch seine Entfernung geschützt, hielt sich ohne allzu große Schwierigkeiten an der Macht, selbst nachdem Probus, Carus und Numerius die kaiserliche Autorität wiederhergestellt und diejenigen unter den Usurpatoren, die sich nicht gegenseitig umgebracht hatten, abgesetzt hatten. Doch mit der Regierungszeit Diokletians änderten sich die Dinge. Mit der Bildung der Tetrarchie zeichnete sich die Herrschaft der Zentralmacht über ihre fernsten Ländereien wieder klar ab. Die Unruhen, die in Tripolitanien und in der Cyrenaica um das Jahr 290 ausbrachen, führten dazu, daß Maximian höchst persönlich eingriff, und in dem Bemühen, sich nicht in einen Krieg zu stürzen, den er mit großer Sicherheit verloren hätte, zog Burnachus es vor, sich zu unterwerfen: gegenüber Maximian machte er geltend, daß es ihm gelungen war, die Konfinien des römischen »Limes« zu erhalten, und daß unter seiner Ägide Castellum Acridium und Gradus Antiqua blühende Stadtstaaten geworden waren, die durchaus mit Hippo-regius, Leptis oder Hadrumetum rivalisieren konnten.

Maximian hatte Importanteres zu facere, vor allem in Mauretanien und in Spanien, und er war hochzufrieden, einen Pakt mit Burnachus zu schließen, den er zum König von *Aethiopia supra Aegyptum* ernannte und für den er den alten Titel »Freund des Römischen Volkes« (*Amicus Populi Romani*) wiedereinführte. Darauf ließ Burnachus, um dieser Allianz konkrete Gestalt zu geben, in Castellum Acridium ein weitläufiges Nymphäum bauen, dessen zentraler Brunnen mit den vier Kolossalstatuen der Kaiser der Tetrarchie geschmückt war: Diokletian und Maximian, die beiden Erhabenen, Constantius Chlorus und Galerius, die beiden Cäsaren. Übrigens hinderte das Burnachus nicht daran, einige Monate später umgebracht zu werden.*

Im Verlaufe der nun folgenden Jahrhunderte machten sich die Perser, die Vandalen, die Schwarzen Foundjis und die Araber abwechselnd diese Gegend streitig. Gegen Ende des 18. Jahrhunderts war Grianta die Hauptstadt und praktisch die einzige Ortschaft eines schmalen Küstenemirats, in das Karawanenführer und Seefahrer kamen, um Tauschgeschäfte zu machen. Dann, einige Jahrzehnte später, begannen die Westmächte sich stärker für diese Landstriche zu interessieren, die nur scheinbar trocken und dürr waren und deren Boden unter anderem Phosphate, Pottasche, Manganerze und Kobalt im Überfluß besaß.

Die ersten, um 1860 von den Italienern Manzi und Bucci durchgeführten archäologischen Erhebungen betrafen nicht die römischen Ruinen, sondern sollten die genaue Stelle und eventuell die Überreste der *Kaabat-al-Maa* ausfindig machen (ihr genauer Name ist *Kaabat-Min-Kabl-al-Bahr*, das heißt, »die Kaaba, die vor [auf dieser Seite von] dem Meer« ist, aber alle haben sie immer *Kaa-bat-al-Maa* genannt, »die Kaaba des Wassers«, im Gegensatz zur Kaaba »der Wüste«, der Kaaba Mekkas). Die Kaaba ist be-

* Maximian soll ihm den Auftrag erteilt haben, Diokletian, der damals in Nikomedia residierte, eine geheime Botschaft zu überbringen. Diokletian empfing die Botschaft, öffnete sie und las: »Bringe den Überbringer dieser Botschaft auf der Stelle zu Tode.« Was auch geschah.

Diese Anekdote, von Ammianus Marcellinus überliefert, scheint allzu frei von Sueton übernommen zu sein (der diese Kriegslist Caligula zuschreibt), als daß sie vorbehaltslos übernommen werden dürfte. Man findet sie übrigens in verschiedenen Formen bei einem Dutzend Autoren, die sowohl Marius und Bocchus wie Theoderich und Merovech, die Guelfen und die Ghibellinen oder die Farnese und die Sforzas betreffen.

kanntlich jenes fast kubische Gebäude, das im Zentrum der großen Moschee von Mekka steht und in dessen Südostecke der berühmte Schwarze Stein eingelassen ist, den alle *Hadjis* küssen kommen. Die Kaaba ist für einen Moslem der Mittelpunkt der Welt, und in dieser Richtung wirft er sich auch nieder, wenn er sein Gebet verrichtet.

Im vierten und fünften Jahrhundert der Hedschra setzte sich in Grianta eine schismatische Sekte durch, die der Hunaiten (von *Huna*, hier). Die Hunaiten behaupteten, Allah sei überall, und daher sei es nicht nur sinnlos, sondern auch *gottlos*, an einen anderen Ort zu reisen, um ihn zu ehren. Folglich errichteten sie im Hof der Moschee von Grianta eine naturgetreue Nachbildung der Kaaba von Mekka, wie diese mit einem schwarzen Stoffbehang (*Kiswa*) geschmückt, versehen mit einer einzigen, über eine bewegliche Leiter zugänglichen Tür und einem Schwarzen Stein, eingelassen in ihren östlichen Winkel.

Die Hunaiten waren gemäßigte Schismatiker. Sie versuchten in keiner Weise, einen Heiligen Krieg zu entfachen, um ihre Glaubensrichtung zu verbreiten. In einer seiner Makamen macht sich Hariri eher liebenswürdig über sie lustig, indem er Abu Zayd sagen läßt, daß sie ebenso gute Moslems seien wie die anderen, daß ihr Glaube aber keinen Seefuß habe.* Sehr wenige Theologen haben wirklich gegen sie gewettert. Und doch erlitten die Hunaiten schließlich ein trauriges Ende. Vasallen der Fatimiden von Kairo, die ihre Häresie duldeten, wurden sie ausgerottet, als Salah al-Din (Saladin) in Ägypten die Lehnsherrlichkeit der Abbasiden und die Ehrfurcht vor der *Sunna* (Tradition) vorschrieb. Die Frevel-Kaaba wurde dem Erdboden gleichgemacht. An ihrer Stelle erbaute man eine Karawanserei, die für die Ruhe der Pilger auf dem Weg zur Heiligen Stadt bestimmt war.

* Ein sowohl im Französischen als auch im Deutschen unübersetzbares Wortspiel (Anm. d. Übers.)

Ein Teil dieser Karawanserei existierte noch im 19. Jahrhundert, und unter ihren Fundamenten hofften Manzi und Bucci einige Reste der Kaabat-al-Maa (und vielleicht den Schwarzen Stein selber) zu finden. Aber ihre Suche war nicht von Erfolg gekrönt.

Zu Anfang der französischen Kolonisierung begannen Militärs und Missionare, die sich für römische Archäologie begeisterten, mit Ausgrabungen in Gradus Antiqui, dessen Überreste einige Kilometer nordwestlich von Grianta standen. Und sehr rasch stellte man fest, daß Gradus Antiqui eine der am besten erhaltenen Städte des römischen Afrika war, und obgleich deutlich jünger als Ptolemais oder Kyrene, doch unendlich reiner hinsichtlich Architektur, städtebaulicher Entwicklung und Kunst. Noch heute ist mehr als ein Drittel der Stadt zu entdecken, und es vergeht kein Jahr, ohne daß nicht unschätzbare Stücke ausgegraben werden, die aus dem archäologischen Museum von Grianta, obwohl es so klein ist, eines der ersten der Welt machen.

Lange Zeit wurde Gradus Antiqui als die südlichste der von den Römern erbauten Städte angesehen. Erst 1954 hat Warmington die Vermutung geäußert, wobei er sich auf umstrittene Fragmente von Eutropius und Paulus Orosius stützte, daß die Römer, gerade um ihre Stadt zu schützen, viel weiter im Süden, in der Nähe der Hochebenen, wo Stämme wohnten, die in dem Rufe standen, der römischen Zivilisation eindeutig feindlich gegenüberzustehen, ein Oppidum hatten gründen müssen. Diese Hypothese wurde ausgiebig von der Mehrzahl der Spezialisten kritisiert, die die Ansicht vertraten, daß die Aktivität von Gradus Antiqui einzig und allein mit der Seefahrt zu tun hatte und daß das Hinterland nie hinreichend zur Geltung gekommen war, um die aggressive Begehrlichkeit jener Stämme herauszufordern, die in einer Entfernung von über achtzig Kilometern wohnten. Doch einige Jahre später, als das National-Geographische

Institut zur Erstellung einer Karte im Maßstab 1:80000 Aufklärungsflüge innerhalb des Landes durchführte, bewies die Entdeckung eines *decumanus maximus* am Fuße des Passes von Sakka unzweideutig, daß etwa hundert Kilometer südlich von Grianta tatsächlich eine permanente Militäreinrichtung existiert hatte.

Die Unruhen, die der Unabhängigkeit vorausgingen, verzögerten den Beginn der Ausgrabungen. Doch eine kleine französische Archäologendelegation hatte das Glück, eine Inschrift zu entdecken, deren Deutung durch Pflaum erlauben sollte, die ganze Geschichte von Castellum Acridium und Gradus Antiqui, so, wie man sie heute kennt, neu zu rekonstruieren:

PRO SALUTE IMP(ERATORIS)
M(ARCI) AURELI VALERII MAXIMIAMI
HERCULII
OB AETHIOPES ET NUBIOS VICTOS
....
MARCELLUS CLAUD(IUS) BURN...
REX AMI(CUS) P(OPULI) R(OMANI)
....

Die Ausgrabungen in Castellum Acridum begannen tatsächlich 1979 (ein Jahr vor meiner Ankunft). Sie wurden von einer Gruppe amerikanischer Forscher der Universität Fitchwinder in Swetham (Mass.) unter der Leitung von Professor Shetland durchgeführt. Dank einer aufs äußerste perfektionierten Ausrüstung, vor allem dank zum ersten Mal benutzter Lasersonden, ließen die Archäologen in wenigen Wochen die prächtigen, wenn auch vom Sand einigermaßen angenagten Spuren eines bedeutenden Römerlagers ans Tageslicht kommen. Die Entdeckung des Nymphäums war Entzücken und Enttäuschung zugleich; denn wenn auch die großartige Konzeption des Ganzen deutlich zutage trat, waren fast alle Elemente, aus denen es bestand, so gut wie nicht mehr verwendbar. Eine einzige der vier Kolossalstatuen der Kaiser war wie durch ein Wunder intakt geblieben, die des Diokletian.

Die endlosen Verhandlungen, die dem Beginn der Arbeiten vorausgegangen waren, hatten vor allem die Aufteilungsmodalitäten der »Kunstwerke und anderer Überreste von Wert« zwischen den drei mitverantwortlichen Institutionen des Unternehmens zum Gegenstand: die Kulturdirektion, von der das Archäologische Institut von Grianta abhing, das französische Außenministerium, das das CENA (Centre d'Epigraphie et de Numismatique Antiques von Sophia Antipolis) vertrat, und die UNESCO, die die amerikanischen Gelder verwaltete, die Professor Shetland bewilligt worden waren. Hunderteinundsiebzig Arbeitssitzungen, eine anstrengender als die andere, waren notwendig gewesen, um über das Schicksal zu entscheiden, das den verschiedenen Arten von Funden vorbehalten sein würde: Münzen und Medaillen, Schmuckstücken, Waffen, Töpferwaren, Keramiken, Graburnen usw., die je nachdem diesem oder jenem Spezialinstitut zugesprochen werden oder für das Nationalmuseum von Grianta bestimmt sein sollten, bevor ein besonderes Museum bei Castellum Acridium gebaut oder aber die sogenannte Direktion des nationalen Kulturerbes dadurch bereichert werden würde, deren wahrscheinlichste Adresse wohl die eines Schweizer Tresors des Präsidenten-auf-Lebenszeit sein dürfte.

Die Monumentalstatuen, sollten solche gefunden werden, würden rechtmäßig der UNESCO zufallen mit der Auflage, sie für längere oder kürzere Zeiträume (zwei bis sechs Jahre) in den wichtigsten Antikenmuseen der Welt (Neapel, das Thermenmuseum in Rom, der Louvre, Athen, Kairo, Smithsonian Institution, München, Istanbul, Syrakus, die Universität von Philadelphia usw.) zu lagern, wobei die Zuweisung in diese Museen jeweils durch Los erfolgen sollte.

Der Zufall sprach die Statue des Diokletian zu einem Zeitpunkt, wie er besser nicht sein konnte, dem Louvre zu, so daß es möglich wurde, ihre Aufstellung genau mit dem offiziellen Staatsbesuch zu koordinieren, den der Präsident-auf-Lebenszeit Frankreich Mitte März 1980 abstatten sollte.

Mit den technischen Einzelheiten des Unternehmens wurde das Französische Kulturinstitut von Grianta betraut, das die Statue in einem Schuppen am Hafen zwischenlagerte und sodann ein Gestell anfertigen ließ, das dazu dienen sollte, sie ins Innere eines Containers zu schaffen.

Als die Konservatoren des Louvre am 3. März 1980 die Kiste aufmachten, mußten sie leider feststellen, daß sie nur einen Posten glasiertes Tongeschirr enthielt, das für die Burchell Foundation bestimmt war.

Einen Augenblick lang konnte man befürchten, daß die Festigung der traditionellen Bindungen zwischen Grianta und Paris nun für immer beeinträchtigt sein würde. Aber in letzter Minute fand man in Gradus Antiqui eine chryselephantine Juno, die, obgleich winzig neben dem erwarteten Diokletian, und obgleich der Louvre bereits ein halbes Dutzend davon besaß, alle Welt zufriedenstellte, außer vielleicht den besonderen Berater beim Kabinettschef des Privatsekretariats des Präsidenten-auf-Lebenszeit, der die Einweihungsrede völlig neu schreiben und dabei alle Bezüge auf Rom und sein Imperium durch Anspielungen auf die Juno Coelestis ersetzen mußte, ein zwar ebenso unerschöpfliches Thema, das sich jedoch sehr viel weniger für die historisch-politischen Höhenflüge eignete, die es dem Präsidenten-auf-Lebenszeit erlaubt hätten, fröhlich die Jahrhunderte zu überspringen, um auf die Themen zu kommen, die ihn beschäftigten: die Verstärkung der Militärhilfe und die Erneuerung der Verträge für technische Unterstützung.

Der Louvre hatte Tongeschirr anstelle des Diokletian erhalten, doch die Burchell Foundation hatte anstelle des Tongeschirrs keinen Diokletian erhalten. Es hatte nicht nur eine Vertauschung stattgefunden, sondern eine Entwendung. Man erfuhr bald durch eine Enthüllung Professor Shetlands, allerdings mit sehr wenigen Einzelheiten, daß ein amerikanischer Milliardär noch vor Beginn der Ausgrabungen gewissermaßen eine »Bestellung aufgegeben« hatte für die Statue eines Gottes oder eines römischen Kaisers, die dazu bestimmt sein sollte, die Prunktreppe seiner Eingangshalle zu schmücken. Natürlich kannte man seinen Namen nicht, aber er hatte Shetland wissen lassen, daß er bereit sei, bis zu einer Million Dollar anzulegen, wenn seinem Ersuchen stattgegeben werden könnte. »Natürlich muß es eine Statue sein, für die es sich lohnt«, hatte der Mittelsmann, der den Kontakt zu Shetland aufgenommen hatte, noch hinzugefügt, »kein Tineff, ein wirklich tolles Ding, so in der Art der Victoria vom Trasimenischen See oder der Venus von Milo«.

Shetland hatte dieses Angebot, das seinen Aufgaben wenig entsprach, abgelehnt und hatte sogar, gleich nach seiner Ankunft, die Behörden Griantas davon in Kenntnis gesetzt, daß es auf dem Ausgrabungsgelände wahrscheinlich Korruptionsversuche geben würde. Infolgedessen begannen die Ausgrabungen unter der Aufsicht eines kleinen bewaffneten Kommandos, das darauf achtete – oder so tat –, daß die Arbeiter die Schmuckstücke oder Münzen, die unter ihrer Hacke auftauchten, nicht verschwinden ließen. In Wirklichkeit waren Arbeiter, Soldaten und Aufseher nur allzu gern bereit, sich bestechen zu lassen, und handelten mit allem, dessen sie habhaft werden konnten, aber von da bis zur Unterschlagung einer mehrere Tonnen schweren Statue war es doch ein verdammt weiter Schritt!

Die Ermittlungen haben nicht einmal erlaubt, mit Sicherheit festzustellen, ob der Diebstahl sich schon auf dem Gelände, während des Transports der Statue nach Grianta, im Hafen von Grianta, an Bord des Containerschiffs, das sie nach Marseille gebracht hatte, in den Docks von Marseille oder zwischen Marseille und der Antikenabteilung des Louvre ereignet hatte.

Das einzige, was man vernünftigerweise annehmen konnte, war, daß der amerikanische Kunstliebhaber nicht auf seinen Plan verzichtet hatte, sondern daß er sich mit jemand anderem geeinigt hatte. Dieser andere konnte selbstverständlich nur eine sehr hochgestellte Persönlichkeit sein.

Haussuchungen bei den französischen Verantwortlichen förderten bei Mirouet ein äußerst kompromittierendes Schriftstück zutage: die Kopie eines Briefes mit Datum vom 26. Dezember 1979 an einen gewissen Fabian D. Donaldson, »Curator of the AAA« (American Association of Antiquarians), in dem die Diokletianstatue mit äußerster Genauigkeit beschrieben wird. Mirouet hatte überhaupt keine Schwierigkeiten gemacht und eingeräumt, daß er der Schreiber dieses Briefes war: Donaldson hatte ihm geschrieben, daß er für die Zeitschrift *Annual Review of Archeological Research* einen Gesamtüberblick über die in diesem Jahr in der römischen Welt in Angriff genommenen Ausgrabungen vorbereite. Nachforschungen hatten jedoch sehr schnell ergeben, daß diese wissenschaftliche Zeitschrift zwar wirklich existierte und tatsächlich jedes Jahr einen »allgemeinen Überblick« über den jeweiligen Stand der Forschungen auf dem Gebiet der sumerischen, aramäischen, hebräischen, minoischen, griechischen, etruskischen, keltischen und anderer Kulturen veröffentlichte, daß aber in diesem Jahr niemals ein gewisser Donaldson mit der römischen Periode beauftragt worden war.

Es gab noch Schlimmeres. Eine Rekonstruktion von Mirouets Terminkalender zwischen Oktober 1979 und März 1980 hatte ergeben, daß er zwei Reisen nach Europa unternommen hatte. Nach Paris, behauptete er, aber mit Abstechern nach Zürich und Genf, erwiderte man ihm. Und nach einem (geheimen) Gutachten der Abteilung zur Bekämpfung der Steuerhinterziehung soll er beim Crédit Genevois und bei der Appenzeller Bankgesellschaft zwei Konten eröffnet und einmal 125 271 und das andere Mal 241 200 Dollar darauf eingezahlt haben. Mirouet leugnete diese Abstecher und diese Einzahlungen aufs entschiedenste; er war ganz ordnungsgemäß nach Frankreich gereist, das erste Mal als Jurymitglied einer Doktorarbeit über Louise Labé, ein Thema, für das er als Autorität galt, das zweite Mal während der Ferien Mitte Februar.

Doch die gegen ihn erhobenen Beschuldigungen waren zu schwerwiegend, und so wurde er am 7. März 1980 nach Paris zurückberufen.

Tatsächlich ist er vor der Kommission, die den Auftrag hatte, seinen Fall zu untersuchen, nicht erschienen. Es kam zu einem Prozeß, in dessen Verlauf er in Abwesenheit verurteilt wurde, und seine Abwesenheit erlaubte es, die offizielle Hypothese von seiner Schuld glaubwürdig erscheinen zu lassen. Das hinderte die meisten Beobachter jedoch nicht daran – das Gegenteil wäre in Grianta auch verwunderlich gewesen – zu unterstellen, daß man ihn gezwungen hatte, die Schuld auf sich zu nehmen.

Zwölftes Kapitel

Schreckliche Hypothesen.

Durch Crozet habe ich Kenntnis von mehreren Polizeiberichten bekommen. Ich habe dabei die Namen von zweien der Mittelsmänner zwischen dem amerikanischen Reeder und dem »Lieferanten« des Diokletian erfahren; der eine heißt Bulow, er lebt gewöhnlich in Lissabon und ist ein Handlanger, der in verschiedenen Geschichten und sogar in Verbrechen verwickelt gewesen ist. Der andere heißt Joseph Boss und ist Antiquar in London; er ist auf Stöcke mit Goldknauf spezialisiert (in *Der Richter ist der Mörder* stützen sich die Machenschaften gegen Fly auf eine Geschichte von Stöckesammlern. Ist das ein Zufall?).

In einem anderen dieser Berichte ist nachdrücklich die Rede vom Sturz des Kulturministers in Grianta. Der Minister, den hier alle Pépé nennen, ist der Onkel des Präsidenten-auf-Lebenszeit, und er soll eine Wahnsinnsmühe gehabt haben, seinen Neffen davon zu überzeugen, daß er mit dieser Sache nichts zu tun hatte. Der Präsident-auf-Lebenszeit war fuchsteufelswild, weil mehrere hohe französische Beamte ihm zu verstehen gegeben hatten, daß eine Geste dieser Art ihn für den Friedensnobelpreis ins Gespräch bringen könnte.

Der Botschafter Frankreichs wäre beinahe gefeuert worden; doch der Quai d'Orsay hatte es für wünschenswert gehalten, die Lage nicht noch zu verschlimmern, und schließlich war die Rückberufung Mirouets die einzige Geste der Regierung in dieser ganzen Angelegenheit.

Ich glaubte, daß es mir aufgrund all dieser neuen Elemente nicht schwer fallen würde, in *Die Krypta* die Wahrheit über diesen Fall zu entdecken. In Wirklichkeit spielt Serval nur sehr kurz darauf an, auf Seite 32, und keine dieser Anspielungen weist in aller Deutlichkeit auf einen eventuellen »wahren« Schuldigen hin.

Aus der Veruntreuung der Diokletianstatue wird in *Die Krypta* die Geschichte der Verhandlungen um die Aréthuse-Schnellboote. Der Verkauf des französischen Schnellboots nach Gotterdam wird ebenso durch einen Amerikaner aufs Spiel gesetzt, wie das Geschenk einer Statue, das Grianta Frankreich machen will, durch einen Amerikaner aufs Spiel gesetzt wird. Arethusa ist eine in eine Quelle verwandelte Nymphe, eine Anspielung auf die »Quelle des Nymphäums«, wie sie deutlicher nicht sein kann. Die Namen der vier Kaiser der Tetrarchie, deren Statuen den besagten Brunnen schmückten, werden im Namen einer sehr zweitrangigen Nebenperson als Akronyme angegeben: der argentinische Architekt, der mit Anne Pedersen tanzt: Di Magalco.

DI okletian
MA ximian
GAL erius
CO nstantius Chlorus

Was die Ausrüstung der Aréthuse angeht, so bezieht sie sich auf Burnachus:

MCB 1000 S = Marcellus Claudius Burnachus Miles (Soldat)

RAPR = Rex Amicus Populi Romani

Hier bricht der maschinengeschriebene Text ab

Identifikation der Manuskripte

Rh.	: Block Rhodia
Bl.	: Blaues Heft
NT.	: Block auf dem Nachttisch
Weiß	: Weißes Heft auf dem Schreibtisch
Ord. 53 T	: Ordner »53 Tage«
ZgS.	: Zusammengefaltete Seiten im Ordner »53 Tage«

Zwölftes Kapitel
[*Fortsetzung*]

Ord.53T 8

Ich fasse die Lage in wenigen Zeilen zusammen: auf Grund dunkler Machenschaften hat sich ein größenwahnsinniger Amerikaner eine Diokletianstatue angeeignet, die auf dem Gelände des Castellum Acridium in der Nähe des Sakka-Passes in der Region von Kolorno gefunden worden ist.

Der französische Kulturattaché, Mirouet, wird als der Komplize dieses Amerikaners angesehen. Er wird nach Paris zurückberufen, wo sich seine Spur verliert, doch vor seiner Abreise spricht er lange mit Serval. Nach dem, was Serval Lise von dieser Unterhaltung berichtet, scheint Mirouet zu behaupten, er sei das Opfer eines von der Schwarzen Hand ausgeheckten Coups. Serval stellt Ermittlungen an und entdeckt die Wahrheit, die er auf seine Weise in einem Buch mit dem Titel *Die Krypta* erzählt. Da er sich bedroht fühlt, vertraut er das Manuskript dem Konsul an, der mich bittet, es eingehend zu lesen.

Unterdessen »lädt« mich die SH vor, versichert mir, daß sie nichts mit dieser Geschichte zu tun hat, gibt mir jedoch zu verstehen, daß der Konsul sehr wohl darin verwickelt sein könnte.

Ord.53T 2

Mirouet hatte sich total manipulieren lassen, aber nicht von der SH (wie er es sicherlich auch Serval erzählt hat), sondern vom Konsul selber (und mein geheimnisvoller Gesprächspartner hatte mich also nicht belogen).

Als Serval seine Gegenermittlungen anstellt, erlangt er den Beweis für die Schuld des Konsuls. Und hier nun kommt der Machiavellismus der Situation voll ans Licht: er verschlüsselt diese außerordentlich kompromittierende Wahrheit in einem *unvollendeten* Kriminalroman, den er dem Konsul persönlich zu lesen gibt.

Der Konsul begreift sehr schnell, daß es sich ganz einfach um eine Erpressung handelt: oder aber der Schluß des Buches wird so umgeschrieben, daß Rouard-Mirouet, der allzu schöne Schuldige, entlastet wird.

Ord.53T 6

Auf den ersten Blick ist nicht erkennbar, was für ein Zusammenhang zwischen der Unterschlagung einer mehrere Tonnen schweren Statue und den Expeditionen in die Wüste besteht.

Nichtsdestoweniger ist es ganz offenkundig, daß der Konsul eine der Personen ist, deren Position wichtig genug ist, um ungestraft ein solches Delikt ins Auge fassen und ausführen zu können.

Doch wenn dem so ist, warum zum Teufel sollte Serval, als er die Wahrheit entdeckt, sie ausgerechnet dem Schuldigen zu lesen geben?

Das ist reiner Wahnsinn!

Oder ist es der Gipfel des Machiavellismus oder genauer eines Erpressungsmanövers?

Ich meine damit: Serval gibt sein Buch dem Konsul zu lesen. Das bedeutet: Wenn dieses Buch erscheint, wird jedermann wissen, daß Sie, der Konsul, die Statue unterschlagen haben.

also: zahlen Sie: halb part: 500000 $

Schreckliche Hypothesen:

Die Sache mit der Diokletianstatue hat in *Die Krypta* nur winzige Spuren hinterlassen, die praktisch unmöglich zu deuten sind

– Arethusa = in eine Quelle verwandelte Nymphe = Nymphenbrunnen

– DiMagalco = Akronym der Tetrachie

– MCB 1000 S =

– RAPR

Man kann noch hinzufügen ROUARD = MIROUET, vor allem, wenn man den (ein einziges Mal angegeben) Vornamen von R in Betracht zieht

REMIROU ARD
AND REMIROU ET

Das ist alles. Das ist nicht ausreichend, um irgend jemandes Schuld zu beweisen.

Ich bin früh zu Bett gegangen. Ich konnte einfach nicht einschlafen. Gegen 10 Uhr ist mir die Wahrheit, klar und entsetzlich, zu Bewußtsein gekommen.

Mirouet hat sich manipulieren lassen, nicht von der SH, wie er zu Serval gesagt hat, sondern vom Konsul (wie die SH mir gesagt hat). Serval hat den Beweis für die Schuld des Konsuls. Er gibt es ihm zu verstehen, indem er ihm sein *unvollendetes* Buch zeigt: der Schluß des Buches beweist die Schuld des Konsuls.

Warum? Weil er viel Geld braucht (Spielschulden)

Mit keinem dieser Elemente komme ich weiter, mit keinem kann ich auch nur den Versuch wagen, mir vorzustellen, wer sonst das Ding hätte drehen können. Denn genau genommen hätte es jeder tun können, ich meine damit, jeder x-beliebige kleine Abteilungsleiter der Docks von Grianta, oder des Zolls, oder der Direktor der Hafenpolizei, sogar 2 oder 3 Kranführer, die sich mit dem Laderaumchef des Containerschiffs verständigt haben (wegen der Hitze findet das Beladen der Schiffe nachts statt). Und dabei spreche ich hier nur von den paar Tagen, in denen die Statue im Hafen von Grianta zwischengelagert war. Nichts hätte zum Beispiel den Botschafter daran hindern können, den Lastwagen (der Botschaft), der sie von Castellum Acridium nach Grianta brachte, einen Umweg machen zu lassen. usw. usw. usw.

Kurzum, zwischen dem 17. Dezember 1979, dem Datum ihrer Ausgrabung, und dem 3. März 1980, dem Datum, an dem der Betrug entdeckt wurde, hatten gut sechzig Personen die Möglichkeit, sich ihrer (der Diokletianstatue) zu bemächtigen. Und das war für sie mit Sicherheit leichter, als den Verdacht auf Mirouet zu lenken.

Ich bin furchtbar enttäuscht. Ich hatte erwartet, in Servals Buch ein klares Zeichen zu finden, etwas, das mir ganz klar und deutlich den *wahren* Schuldigen gezeigt hätte, jenen, der, als er sich entdeckt wußte, gezwungen war zu töten!

Ich weiß nicht genau, wie spät es war, als ich aus dem Schlaf hochgefahren bin. Mein Bett war schweißgetränkt: die Wahrheit, eine einleuchtende und entsetzliche, eine sonnenklare, schreckliche Wahrheit war mir gerade zu Bewußtsein gekommen.

Ord. 53T 12

Dann kam mir die Wahrheit zu Bewußtsein, einleuchtend, furchtbar: der Konsul hatte Servals Erpressung genau verstanden und hatte auf die wirksamste Weise darauf geantwortet: indem er ihn tötete.

Dann hatte er es so einzurichten gewußt, daß ich, auf eine Weise, die mir noch nicht ganz klar war, als der Schuldige dieses Mordes dastand!

Ord.53T 5

furchtbare Hypothesen

Servals Inszenierung, um den Konsul zu erpressen

ODER

vom Konsul erfundenes Szenario, um Serval zu ermorden, ihm sein Manuskript zu stehlen, das beweist, daß er das Ding gedreht hat.

Er zerstört den Schluß, den »wahren Beweis«
also Lise Komplizin!

Ord.53T 16

Der Konsul tut so (mir gegenüber), als verstünde er diesen Text nicht.

In Wirklichkeit hat er ihn ganz genau verstanden und er *tötet* Serval.

Warum beauftragt er mich mit den Ermittlungen über dieses Buch? Weil er sich diese Ermittlungen zunutze machen will, um mir *den Mord an Serval anzuhängen*.

Bl.31 Vorderseite

Der Erzähler verliebt sich immer mehr in Lise.

Gleichzeitig bildet sich in ihm die »entsetzliche Hypothese«: der Konsul hat Serval getötet und ist nun dabei, ihm das Verbrechen anzuhängen

Das ist eine Intuition. Das Buch enthält keine verborgene Wahrheit, es war nur ein Köder, ein Vorwand

kein wirkliches Indiz oder etwa der Revolver?

Er bekommt einen aufgeregten Anruf von Lise, eilt im Taxi zu ihr, klingelt. Die Tür steht offen. Er hört einen Schuß, stürzt ins Schlafzimmer, entdeckt die Leiche des Konsuls!

Ord.53T 33

Der Erzähler entdeckt eine Leiche, aber es ist nicht die Servals, es ist der Konsul. Serval hat den Konsul getötet: bei seinen Ermittlungen tut der Erzähler nichts anderes, als die Indizien vorzubereiten, die ihn als den Schuldigen ausweisen werden (Motiv, Tatwaffen, Gelegenheit, Zeuge usw...).

Dreizehntes Kapitel

Bl. 32

Die Polizei hat mich am nächsten Tag um fünf Uhr morgens verhaftet

Ich war darauf gefaßt und habe nicht einmal zu fliehen versucht

Ich weiß nicht genau, wie sie es angestellt haben, aber ich weiß, daß ich keine Chance habe, »Sie«, das sind, vermute ich, Lise und Serval, der falsche Vermißte, der im voraus schon das Verbrechen eingefädelt hat, das begangen zu haben ich unweigerlich den Anschein erwecken würde.

Ich bin sicher, daß meine Fingerabdrücke auf dem Revolver sind und daß mich jemand hat herauskommen sehen, völlig kopflos, benommen

Die ganze Nacht über habe ich wieder an diesen Fall gedacht Warum hat man ausgerechnet mich ausgesucht usw...

Rekonstruktion des Falls, wie das Buch (*Die Krypta*) die Ermittlungen des Erzählers geleitet hat

Selbstverständlich werde ich der Polizei von Grianta dieses Tagebuch zeigen, aber ich brauche mir keine Illusionen zu machen

Ord.53T 37

Ich weiß nicht, wann sie beschlossen haben, den armen kleinen Provinzlehrer in diese Geschichte hineinzuziehen und ihn die Suppe auslöffeln zu lassen. Wahrscheinlich, nachdem der Konsul mich mit dem Stand des französischen Buches beauftragt hatte.

Sie wußten, daß der Konsul nach Frankreich reisen sollte und daß es für Serval ein Leichtes sein würde, ihn zu bitten, mir das Manuskript zu geben.

Zuerst habe ich geglaubt, die Ereignisse, die Grianta vor sechs Wochen erschüttert haben, hätten sie bei ihrem Plan gestört. Aber es war (bei all den Provokationen, die die Clique des Innenministers seit über einem Jahr verstärkte) nicht schwer vorauszusehen, daß der 25. Jahrestag der Unabhängigkeit der Vorwand für Unruhen und Blutbäder sein würde. Im Gegenteil, das kam ihnen sogar zupaß...

Wie haben sie es angestellt, damit ich Lise kennenlerne, und, ohne mir dessen bewußt zu werden, den Spuren folge oder besser den Fallen, die sie mir stellte? Und wenn ich nicht auf den Gedanken gekommen wäre, diese falsche Schreibkraft zu suchen? Ich nehme an, sie hätten sich etwas anderes ausgedacht, aber sie sind wohl überzeugt gewesen, daß mich dieses fehlende Kapitel reizen würde.

Bl.30 Vorderseite

Die vier Indizien, die den Erzähler belasten werden
A – Er wird in Gesellschaft von Lise gesehen (Motiv)
B – Seine Fingerabdrücke sind auf der Pistole
C – Ein Zeuge sieht zum Zeitpunkt des Mordes, wie er beim Konsul hineingeht und wie ein Irrer wieder herauskommt!
D

Ord.53T 34

Ich vermute, daß sogar die Wahl der Schreibmaschine von der Tatsache bestimmt war, daß ich den Wiederverkäufer gut kannte

Die Fliege, die nicht geklappt sein will, setzt sich am sichersten auf die Klappe selbst.

Lichtenberg

Ord.53T 38

Ja, selbstverständlich werde ich dem Untersuchungsrichter dieses Tagebuch zu lesen geben. Aber wie könnte ich mich der Illusion hingeben, daß es mir nützlich sein wird.

Inwiefern haben diese unendlich biegsamen Dinge, die Wörter, je etwas anderes bewiesen als die nutzlose Subtilität ihrer Rhetorik?

II

Ein R ist ein S der die L E L

Motto: der Schnee als Beweismittel

Vierzehntes Kapitel

[*Robert Serval, Industrieller, ehemaliger Widerstandskämpfer, verschwindet. Man findet in seinem in Grenoble verlassen aufgefundenen Wagen ein Manuskript mit dem Titel* 53 Tage.]

Ord.53T 39

Verschwinden Robert Servals

Elemente der Ermittlung
der Wagen
der Revolver
der Aktenkoffer
»53 Tage« Identifizierung der Schreibmaschine? und des Anschlags

Leben Robert Servals

AUF-DER-STELLE-TRETEN

53 Tage von einem Kritiker unter die Lupe genommen

Schließlich ruft man Salini zu Hilfe

Ord.53T 40

Während Madame Serval usw.

Salini inspiziert
es ist ein bürgerliches Wohnzimmer usw.

Das Verschwinden Robert Servals hatte in der Presse großes Aufsehen erregt:

Robert Serval, ehemaliger Abgeordneter, ehemaliger Minister, ausgezeichnet mit der Medaille der Widerstandsbewegung, war mit etwa sechzig Jahren einer dieser beispielhaften Geschäftsleute, deren Energie und Dynamik es Frankreich heute erlauben, den Platz einzunehmen, den es einnimmt.

Das jedenfalls hatte eine Wochenzeitschrift mit hoher Auflage geschrieben

Ord.53T 42

Robert Serval, alias Louviers

Geboren 1918 in Rouen

Studium
Hobbys
Reisen
Ferien

tritt in die Widerstandsbewegung ein im Jahre?

zuerst in Grenoble, wo er sich um eine Buchhandlung kümmert, die als Briefkasten dient. Der Briefkasten wird entdeckt, er flieht in die Chartreuse

43 Führer einer Partisanengruppe (FFI) (Force française de l'intérieur) in der Grande Chartreuse (nach dem Tod seines Chefs, des Hauptmanns X, Berufssoldat)

Affäre um das englische Kommando???

Nimmt bei der Befreiung Grenobles an den Straßenschlachten teil

Meldet sich freiwillig zur Armee: Colmar usw.

Kriegskreuz, Medaille der Widerstandsbewegung, Tapferkeitsmedaille

45 aus der Armee entlassen

Abschluß seines Studiums in Handelsrecht?

Beginnt 48 eine politische Karriere als Bürgermeister von? Mitglied des »conseil général« (einer Departementsvertretung)

59 Abgeordneter

1964 Witwer (46 Jahre alt) 66 Wiederverheiratung mit einer jungen, fünfundzwanzigjährigen Amerikanerin

1972 Staatssekretär im Außenhandelsministerium

Die kurze Zeit in diesem Ministerium erweist sich als sehr fruchtbar für die Unternehmen, für die er tätig ist

Kein Skandal, doch Verdachtsmomente

Zieht sich 74 aus der Politik zurück

Tätigkeiten: Spinnereien, Konfektion, Pflanzenfasern (Kokos, Raphia, Bast, usw.)

Zahlreiche Reisen nach Afrika, in den Mittleren Osten, den Fernen Osten, nach Amerika

Lebt seit 1981 in Scheidung. Getrennt von seiner Frau, Patricia, geborene Humphrey (1941)

Ord.53T 41

Angaben zum Problem
die Ermittlungen treten auf der Stelle
die Ermittlungen treten auf der Stelle
Unsere einzige Chance sagt man zu Salini ist daß dieses geheimnisvolle Manuskript in der einen oder anderen Form den Schlüssel zu unserem Problem enthält
Im Augenblick wissen wir nicht einmal ob Serval tot oder lebendig ist.
Wenn er tot ist, wo ist dann sein Leichnam?
Alles fordert uns dazu auf zu glauben daß dieses Dokument etwas mit dem Verschwinden Servals zu tun hat.
Wir haben es einem Verleger zu lesen gegeben. Er meint, als »Geheimnis« sei es ziemlich oberflächlich, aber trotzdem voller Einzelheiten, die neugierig machen
Sie werden das alles in den Akten finden.

Fünfzehntes Kapitel

Ord.53T 43

Salini:

In einem Buch findet der angebliche Serval die Lösung des Falls Rouard.

In einem Buch soll der unglückliche Erzähler von *53 Tage* den Schlüssel zu dem Rätsel finden, welches das vorgetäuschte Verschwinden Servals bedeutet

In einem Buch hat nun auch er, Salini, die Gründe für den höchst realen Tod Servals gesucht.

NT 2. Blatt

Salini liest *53 Tage*, liest es noch einmal, 2 mal 3 mal 4 mal.
Er weiß nicht, was er mit Madame Serval anfangen soll. Er zählt die Anspielungen auf Serval in *53 Tage*.

Ord.53T 44

Der Autor von *53 Tage* legt viele falsche Spuren; so dient Robert Serval nicht nur als Vorbild für die Romanfigur Robert Serval, sondern auch für den Konsul und für den Erzähler: Serval ist wie der Konsul in Rouen geboren, ohne normannischer Abstammung zu sein; wie der Erzähler hat er mehrere Male in Veulles-les-Roses Ferien gemacht; es gab zu viele Einzelheiten dieser Art, als daß es Zufälle hätten sein können; selbst Nebenfiguren ohne direkten Bezug zur Kriminalerzählung hatten manche ihrer charakteristischen Eigenschaften von Robert Serval; so gehörte zum Beispiel die wappengeschmückte Krawatte, mit der Grace Hillof erdrosselt worden war, ihm (hat jedoch nichts zu tun mit der völlig fiktiven Militärakademie von Blackbells, Ariz.; es waren die Phantasiewappen der Weberzunft von Florida, zu deren »Ehrenspindel« Serval anläßlich der französisch-amerikanischen Handelswoche von Miami, deren erleuchteter Initiator er gewesen war, ernannt worden war)

Sechzehntes Kapitel

NT 2. Blatt

Grianta? Etampes? die Namen der Leute, der Orte usw.?

Ord.53T 45

wie interpretiert Salini in »53 Tage« Etampes? Stellt er Nachforschungen an oder beschließt er, daß Etampes = Bordeaux (zum Beispiel), wo Serval studiert hat?

ER MUSS etwas damit anfangen (es muß eine ganz andere Bedeutung bekommen)

Siebzehntes Kapitel

Ord.53T 46

Salini hat also nur in »53 Tage« eine Chance, irgend etwas Nützliches zu entdecken, um seine Ermittlungen anlaufen zu lassen

Rh. 13

Zwischen den letzten Seiten des maschinengeschriebenen Manuskripts fand sich ein schmaler Papierstreifen, auf dem diese geheimnisvolle Formel stand:

Ein R ist ein S der die L E L.

Ord. 53T 47

»Ein R ist ein S der die L E L.« Er kommt unaufhörlich auf diese kryptische Aussage zurück. Er hat schon ganze Seiten damit gefüllt. Sobald er jemanden trifft, den er kennt, stellt er ihm die Frage

[*Lösung: »Ein Roman ist ein Spiegel, der die Landstraße entlang läuft.« Eine Variante der berühmten Definition Stendhals.*]

Achtzehntes Kapitel

Ord.53T 64

Was die Anspielungen betraf, die auf Stendhal verwiesen, so schienen sie so zahlreich, daß Salini bald darauf verzichtete, sie alle zahlenmäßig zu erfassen: in *53 Tage* hat Robert Serval einen *roten* Jaguar, im echten Leben hatte er einen *schwarzen* Jaguar; der Konsul bestellte im Hilton wie zufällig ein Kalbskotelett mit Spinat, und man weiß, daß es das Lieblingsgericht Stendhals war; Cularo ist der Name des Dorfes, das Jahrhunderte später Grenoble wurde; Grianta der Name des Schlosses am Comer See, in dem der junge Fabrice seine Jugendjahre verbringt, usw.

In *Der Richter ist der Mörder* wird Angèle (Angelina) tot in ihrer Wohnung in der Rue Saint-Séverin (Sanseverina) aufgefunden, während in *The Koala Case Mystery* die vier Todesfälle sich in einer Villa in der Nasturtium Street ereignen, der »Rue des Capucines« (gemeint sind die Blumen, und nicht Nonnen oder Tänze), wo Stendhal nach einem Schlaganfall zusammenbrach; eine Adresse Stendhals, *8, rue Caumartin*, eben die, wo er *Die Kartause* schrieb, wird als die des Erzählers von »53 Tage« angegeben, als er Student in Paris war; was Servals richtige Adresse angeht, 71, rue Murillo, am Parc Monceau, so taucht sie sehr merkwürdig verändert in *Die Krypta* auf: 71, Calle del Moreau, in Muncillo.

NT 2. Blatt

Die Häufigkeit des Wortes Spiegel und seiner Ableitungen

Ord.53T 65

Salini liest *53 Tage*, entdeckt schließlich Stendhal Aber was von Stendhal? Das Motto: der Schnee, St. Réal: Chambéry
Spekulation über Wirklichkeit und Spiegel
Anspielung auf die Kartause, die Chartreuse
ALSO auf die Partisanengruppe in der Chartreuse verwiesen

ZgS. 10

Hinweise aus der Kartause von Parma
(oder aus *Rot und Schwarz*)

Es geht darum, Salini herausfinden zu lassen, daß dieser Fall zwischen Grenoble und Chambéry stattgefunden hat (an der Landstraße) in der Chartreuse
daher Hinweise, die sich auf Namen beziehen

Das einzige, was man zu Anfang weiß, ist, daß die Romane *nichts* miteinander gemein haben, höchstens die Tatsache, daß Serval *auch* der Name einer zentralen Romanfigur aus *53 Tage* ist.

Selbst wenn Serval das Buch in Händen hätte, würde ihm das *nichts* sagen Er hat nichts mit einem heißen oder kalten Land zu tun, er hat nie einen Konsul getötet

Neunzehntes Kapitel (& Zwanzigstes Kapitel, Einundzwanzigstes Kapitel)

Ord.53T 76

Die ganze Karriere Servals alias Louviers (das Pseudonym ist nicht der Held) als Widerstandskämpfer wird rekonstruiert

- Eintritt in die Widerstandsbewegung
- Briefkasten
- Falsche Papiere
- Entzieht sich der Zwangsarbeit
- Den Engländern helfen
- die Chartreuse
- das KOMMANDO

- der Fall der Grotte von...
- seine Folgen
- die Überlebenden

- der Fall Hardy?

– unüberwindliche Schwierigkeiten bei der Rekonstruktion

Ord.53T 77

Der Codename Servals war Louviers.

Bei einem Bankett ehemaliger Widerstandskämpfer, dessen Vorsitz er auf allgemeinen Wunsch zu einem Zeitpunkt übernommen hatte, als er noch Unterstaatssekretär war, hatte er erzählt, wie er auf sein Pseudonym gekommen war. Er hatte zuerst an Rouen gedacht, weil er in Rouen geboren war. Aber sein Chef hatte ihm klargemacht, daß er damit ein unnötiges Risiko einginge, da die Gestapo und die Milizionäre Spezialisten beschäftigten, um die Pseudonyme zu identifizieren. Manche wären darin sogar sehr findig. Man erzählte sich, daß einer von ihnen den richtigen Namen eines der Partisanenführer des Departements Creuse gefunden hatte, ausgehend von zwei Kriegsnamen, die dieser sich nacheinander zugelegt hatte, da er den ersten nach der Verhaftung eines seiner Verbindungsleute aufgeben mußte. Er hatte sich zuerst Persée und dann Fleury genannt.

Was kann wohl der richtige Name eines Menschen sein, der sich zuerst Persée (Perseus) und dann Fleury (fleuri = blühend, blumengeschmückt) nennen läßt?

Der Spezialist hatte es fast sofort gefunden: Panier (Korb), und er hatte recht: der Mann hieß Pannier.

Tatsächlich, denkt Salini, ist Louviers nur die konsonantische Umkehrung von SERVAL

SRVL – LOUViERS

Ord.53T 79

Liste des Fallschirmkommandos in der Chartreuse (Operation »   «)

von Serval zuerst in der Grotte von ... versteckt, dann in der Grotte in der Chartreuse, alle verhaftet man faßte eine Ladung vom Innern her ins Auge (Vercors, Massif Central, Chartreuse) dieser Fallschirmabsprung war eine Vorbereitungsexpedition

Ord.53T 83

Das englische Kommando (oss?), bestehend aus 5 Engländern, Sutherland, Oatley, Mortdale, Penshurst, Sydenham; 3 Kanadiern, Redfern, Rockdale, Hurstville; 1 Neuseeländer, Kogarah; zwei Franzosen, Tempe, Como; 1 Libanesen, Jannali, wird 48 Stunden lang in einem Gebäude in der Chartreuse versteckt, dann in eine Grotte geführt

Anschließend?

Die Milizionäre umzingeln die Grotte, massakrieren alle bis auf den Chef des Kommandos und Serval, alias Bérot, die der Gestapo ausgeliefert werden

Ermittlungen nach dem Krieg

Wer hat Verrat begangen? (falls es Verrat war)

Bérot davongekommen und dekoriert?

Sutherland?

PROBLEM: die Initiatoren von 53 Tage müssen Franzosen sein

Nehmen wir an, daß Tempe, Como Franzosen sind (FFL = Forces Françaises Libres)

Forêt des Meuniers [?] (Wald der Müller) Gorges de Malessard (Schluchten von Malessard)

Ord.53T 81

Was Serval-Louviers während des Widerstands wirklich getan hat

A – Verantwortlich für die Briefkasten-Buchhandlung

B – In die Chartreuse geflohen

C – Führt das englische Kommando in die Grotte. Am

übernächsten Tag gerät das Kommando, von einer anderen Partisanengruppe übernommen, in einen Hinterhalt. Alle an Ort und Stelle getötet, außer Sébastien Tempe (französisches Mitglied der OSS) und ... alias Chabert, Chef der anderen Partisanengruppe. Tempe wird nach Verhör und Folter ins Gefängnis von ... gesteckt, von wo ihm die Flucht gelingt ... alias Chabert verschwindet.

Nach dem Krieg werden Ermittlungen angestellt, die sich auf die von Tempe hinterlassenen Zeugenaussagen stützen. Der Name Louviers wird mehrmals zitiert, aber eher um ihn zu beglückwünschen. Man sucht Chabert. Aber vergebens (Nehmen wir an, daß Chabert tot ist)

D – Nimmt an den Kämpfen zur Befreiung Grenobles teil

E – Kämpft im Elsaß

UND DAS IST ALLES

Patricia: Serval hatte nichts von einem Helden und nichts von einem Verräter. Wäre dazu völlig unfähig gewesen. Ließ sich von den Ereignissen tragen.

Als »der Konsul« und Patricia ihren Coup beschließen, kommen sie überein, daß »der Konsul« die Rolle »Chaberts« spielen wird, der den Beweis für Louviers' Schuld besitzt, Tempe aufspürt und Louviers ermordet. Sehr gut. Aber was sagt Tempe dazu?

ZgS. 11

Was weiß man, wenn man diesen Roman zu Ende gelesen hat? Nichts,höchstens, daß Serval aus völlig unbekannten Gründen das Manuskript eines Kriminalromans bekommen hat, von dem eine der Hauptpersonen – die, von der man glaubt, sie sei das Opfer, und die sich am Ende als der Schuldige erweist – den gleichen Namen trägt wie er. Man denkt sofort, daß dieser einzige Hinweis eine moralische Bedeutung hat: Serval, den man für unschuldig hält, ist in Wirklichkeit schuldig, und derjenige, oder diejenigen, die ihn getötet haben, haben es aus Gründen und mit Methoden getan, die irgendwo im Buch erzählt werden. Die Wahrheit findet sich im Buch, sie ist in ihm verschlüsselt, genau auf die gleiche Weise wie die Ermittlungen, die mit Elementen geführt werden, die das Manuskript mit dem Titel *Die Krypta* liefert und die den Erzähler ohne sein Wissen verurteilen.

Doch wenn man das weiß, weiß man absolut nichts. Das kann auch eine Weibergeschichte sein, die mit Madame Serval zu tun hat oder mit einer Mätresse Servals, es kann aber auch etwas sein, das mit den Geschäften Servals, seiner politischen Stellung, seiner Vergangenheit als Widerstandskämpfer zu tun hat

kurzum nichts.

Ord.53T 88

Entweder der Mann, der sich R. Serval nennt und der im Ruf steht, ein Held der Widerstandsbewegung namens Bérot, genannt Louviers zu sein, ist in Wirklichkeit Barbinet, Chef der Miliz von (der RS verhaftet, gefoltert und getötet und am xx 1944 seinen Platz eingenommen hat)

Oder aber er ist tatsächlich nach seiner Verhaftung durch die Gestapo »umgedreht« worden und für die Verhaftung seiner ganzen Partisanengruppe verantwortlich

Im Fall 1:2 Ehemalige der Partisanengruppe von RS erkennen ihn wieder

Im Fall 2:2 Überlebende der Partisanengruppe von RS (der »Konsul« und X) erlangen den Beweis für seine Schuld und bringen ihn um

Ord.53T 85

Salini sagt zu Kommissar H folgendes:

Es ist für mich inzwischen klar, daß das Verschwinden Servals, und zweifellos auch seine Ermordung, mit dem zusammenhängen, was sich zwischen Grenoble und Chambéry im Massiv der Grande Chartreuse einige Wochen vor der Befreiung Grenobles (Sept. 44?) ereignet hat. Darauf weist das Buch ganz eindeutig hin, und es legt keine andere Spur nahe.

Der Rapport des Geheimdienstes ist nicht sehr aufschlußreich. Man erfährt darin, daß Serval 42 in Lyon in die Widerstandsbewegung eingetreten ist; einer seiner ehemaligen Klassenkameraden vom Gymnasium arbeitete in einer Widerstandsgruppe des Nachrichtendienstes, die sich der über Frankreich abgesprungenen alliierten Flieger annahm und ihnen half, wieder nach England zu kommen. Er bat Serval, sich um eine kleine Buchhandlung zu kümmern, die den Mitgliedern der Gruppe als Briefkasten diente. Einige Wochen später ist der Briefkasten aufgeflogen.

Ord.53T 82

Genau in dieser Grotte im Walde von … empfehle ich Ihnen, nach dem Leichnam Robert Servals zu suchen

Zweiundzwanzigstes Kapitel

Ord.53T 90

Nachdem Salini das rätselhafte »ein R ist ein S der die L E L« entschlüsselt hat, zieht er daraus folgende Schlüsse: wenn es in diesem Buch eine verborgene Botschaft gibt, gehört sie sicherlich zu der Art: »die Dinge sind nicht so, wie sie nach außen hin aussehen oder ausgesehen haben«; in *Die Krypta* ermittelt der Erzähler-Detektiv über den Tod Rouards und entdeckt, daß der Mörder Vichard ist; aber besagter Rouard ist überhaupt nicht tot: sein falscher Tod ist Werkzeug und Mittel zu einem perfekten Verbrechen, dessen Opfer Vichard geworden wäre, wenn Serval nicht die »wahre Wahrheit« entdeckt hätte; in *53 Tage* glaubt der anonyme Erzähler, daß der Konsul Serval getötet hat und ihm die Sache in die Schuhe zu schieben versucht; tatsächlich ist aber das Gegenteil wahr: Serval hat (mit Lises Hilfe) den Konsul getötet und es dabei so einzurichten gewußt, daß der Ermittler-Erzähler unweigerlich beschuldigt wird. Die »Wirklichkeit« ist also das Gegenteil dessen, was man zunächst glaubt; das Problem ist natürlich, unter allen möglichen Gegenteilen zu wählen; es kann sehr gut sein, daß Serval nicht tot ist; es kann sehr gut sein, daß er tot ist, daß aber sein Mörder nicht X ist, wie wir zu glauben Anlaß haben, sondern Y; es kann sehr gut sein, daß Serval Selbstmord begangen hat und seinen Tod X oder Y in die Schuhe schieben will...

In *53 Tage* sagt uns der Erzähler, als er von *Die Krypta* spricht: »In allen Romanen Servals werden, wie bei Ellery Queen und einigen andern, das Pseudonym und der Held eins«; wenn wir in diesem Satz einen Hinweis suchen, der das Verschwinden Servals betrifft, wie müssen wir ihn dann interpretieren: in den Romanen Ellery Queens werden das Pseudonym und der Held eins, das stimmt, wir können es nachprüfen; in seinem »wirklichen« Leben war Serval »Pseudonym«, das heißt Serval alias Béreot während der Widerstandszeit ebenfalls ein Held; ist es das, was falsch ist? ist es das, was uns der unbekannte Autor von *53 Tage* bedeuten will: das Pseudonym ist NICHT der Held; Serval alias Bérot ist KEIN Held: ER IST EIN VERRÄTER.

Oder mehr noch: Ellery Queen sind zwei, doch Serval ist allein, soll heißen »Serval ist zwei«: es gibt 2 Servals, den wahren und den falschen

Das hat etwas fast Alptraumhaftes: Salini findet sich in der gleichen Lage wieder wie der Erzähler von *53 Tage*, und in gewissen Momenten versetzt ihn die Anonymität des besagten Erzählers (und die des Konsuls) in einen merkwürdigen Zustand der Angst; das geht so weit, daß er sich fast schon fragt, ob er nicht ausdrücklich vom Autor für diese so unüblichen Ermittlungen *bestimmt* worden ist; das ist natürlich absurd: er kannte weder Robert Serval noch seine Frau, bevor er mit diesem Fall beauftragt wurde; aber trotzdem kann er nicht umhin, sich mit diesem so leicht hinters Licht geführten Amateur-Detektiv zu identifizieren; manchmal muß er sich sogar selber beruhigen, indem er sich alle Züge aufzählt, die ihn von diesem Menschen unterscheiden: er ist zwanzig Jahre älter, er ist niemals Französischlehrer in der Hauptstadt einer Diktatur in den Tropen gewesen, er spielt weder Tennis noch Bridge; allerdings liest er gern Krimis und löst gern Kreuzworträtsel...

und dann vor allem die Art, eine dieser allem Anschein nach banalen Informationen nach allen Seiten hin zu drehen und zu wenden, um einen verborgenen Sinn aus ihr herauszuholen, diese ermüdende und endlose *Texterklärung*, die vorgibt, die Dunkelheit aus der Geschichte zu vertreiben, während damit doch gerade deren geheimer Mechanismus in Gang gesetzt wird ... was erwartet man eigentlich von ihm? wie kann er glauben, daß es ihm gelingen wird, sich in diesem Netz täuschender Spiegelungen zurechtzufinden?

Mit den ersten Zeilen ist bereits alles gesagt: die Stadt mit einem Kontrollnetz überzogen, Ausnahmezustand: gewiß, die traurig banale Beschreibung eines Polizeistaats; aber auch Frankreich unter der Besatzung, die Bereitschaftspolizei, der (passive) »Widerstand« (der Kellner), und sogar diese merkwürdige Anspielung auf die »patriotische Wahl der Guten Franzosen(weine)«; noch kein allzu kompromittierendes Wort, wie zum Beispiel »Partisan«, aber las man unter der Appellation »Hermitage« nicht schon »Chartreuse«?

Dreiundzwanzigstes Kapitel

Ord.53T 91

Mitten im Monat Januar nimmt Salini wieder Kontakt auf mit Patricia. Sie empfängt ihn zu Hause, in der Rue Murillo. Er fragt sie

»Hat er Ihnen von diesem Chabert erzählt?«

»Ich kann mich nicht erinnern.«

»Hat er Ihnen erzählt, was er während des Krieges gemacht hat?«

»Selbstverständlich ... aber eher vage ... von der Chartreuse gesprochen ... aber nichts wirklich Genaues«

Salini seufzt:

»Das ist unsere einzige Spur ... niemand weiß, wie er heißt.«

Salini geht wieder nach Hause

Er sucht eine Ausgabe von *Oberst Chabert*

liest

Chabert hat zwei Freunde, zwei ehemalige Kriegskameraden, einen gewissen Boutin, der mit 2 gut dressierten weißen Bären zusammenlebt, und einen »Ägypter« (ehemaliger Teilnehmer des Ägyptenfeldzugs) namens Louis Vergnaud. Sie sind die einzigen, die ihn wiedererkennen und ihm helfen, zusammen mit (später) Rechtsanwalt Derville

NUN, diese drei Namen, versehen mit einigen Details, tauchen in

VIERUNDZWANZIGSTES UND FÜNFUNDZWANZIGSTES KAPITEL

NT 3. Blatt

24 Chabert die Hypothese
Chabert und ... haben den Beweis für Louviers' Verrat gefunden

25 Chabert: Der Oberst Chabert
muß noch gefunden werden in einer kalten Stadt oder in einer heißen Stadt

Ord.53T 92

24/25

Wie soll man Chabert finden
Salini liest nochmal Balzac
findet Derville
X
und Y
also Chabert

der Film im Dezember 43 gestartet

Datum von »Chaberts« Eintritt in die Widerstandsbewegung

es gab zahlreiche Chaberts in der Widerstandsbewegung, und ganz besonders nach der Aufführung des Films von René de Hénaff. Er ist derjenige, der im Buch *ich* sagt; der Erzähler. Sein Name, Veyraud, wird nur ein einziges Mal ausgesprochen

Veyraud... aber es gab in »Oberst Chabert« keine Figur namens Veyraud

nein, aber es gab mehrere, darunter vor allem die Ex-Comtesse Chabert, die Ferraud hießen

se non é vero...

Sechsundzwanzigstes Kapitel

NT 3. Blatt

Die heiße Stadt

Bl. 3 Vorderseite

Darauf bricht er in ein anderes tropisches Land auf, wo sich Chabert vielleicht befindet nicht Konsul (der Konsul war nur wegen Stendhal da)

aber was?

Weiß 1

Salini sitzt im Flugzeug. Schaut durch das kleine runde Fenster. Wenn man bedenkt, daß er nach so vielen Reisen immer noch fähig ist, in Entzücken auszubrechen, wenn er von so hoch oben herab Felder sieht oder Städte oder Wüsten. Die anderen Fluggäste schauen fast nie.

Salini kommt auf sein Thema zurück. Was soll das alles bedeuten

Siebenundzwanzigstes Kapitel

Rh. 5

Hinweise, die es Salini erlauben werden, die »wahre« Wahrheit zu entdecken?

> – Das Warum des Romans: warum hätten Widerstandskämpfer, wenn sie Serval wirklich ausfindig gemacht hätten und seine Schuld erwiesen gewesen wäre, vor seiner Aburteilung und anschließenden Liquidierung den Roman A schreiben sollen? Um ihn anzulocken? Das wird behauptet. Aber wenn das alles wahr gewesen wäre, hätte Serval, als er sich erkannt wußte, Selbstmord begangen.

Alles das kann *auch* wahr sein!!

Serval hat tatsächlich den Platz von … in der Widerstandsbewegung eingenommen, sich für einen Helden ausgegeben, usw. Madame Serval wußte das. Aber er wird keineswegs deshalb getötet.

B1 4 Vorderseite

»Geständnis« von »Chabert«

dieses Geständnis
»löst das *Rätsel*«
der Fall wird zu den Akten gelegt

Rh 5

Madame Serval und ihr Liebhaber möchten sich Servals entledigen, bevor der sich scheiden läßt. Sie organisieren ein Szenario, dessen entscheidende Wendepunkte und Motive von Salini anhand des »Spiegel-Buchs« entschlüsselt werden.

Wenn man den Leichnam nicht finden würde, könnte Madame Serval die Erbschaft nicht antreten.

Wenn die Polizei ihn findet, wird sie nicht auf das angebliche Motiv von der »Rache eines Widerstandskämpfers« hereinfallen.

Erst recht nicht, wenn Madame Serval selber auf diese Spur hinweist.

Ord.53T 96–97

Als wir angefangen haben, uns vorzustellen, wie wir es anstellen würden, Serval zu töten, war ich gerade dabei, *Die Kartause von Parma* zu lesen.

Sie wissen, wie das so ist. Wenn einem etwas ständig durch den Kopf geht, dann setzt sich das überall fest. Man braucht nur Hunger zu haben, um überall Restaurants zu sehen, oder gerade in ärztlicher Behandlung zu sein, um alle 15 Meter eine Apotheke auszumachen. Kurzum, ich habe angefangen, auf fast jeder Seite Zusammenhänge zu sehen, die Chartreuse zuerst, und dann die Tatsache, daß Fabrice falsche Papiere braucht, um nach Waterloo zu fahren, während Serval tatsächlich falsche Pässe herstellte und so fort

Ord.53T 102

Der Name Chabert hat uns dazu angeregt, uns eines Buchs als Schlüssel für diesen ganzen Fall zu bedienen ... Oberst Chabert, der vierzig Jahre danach von den Toten zurückkehrt ... Aber das hätte zu schnell eine direkte Spur ergeben. Es war besser, etwas anderes zu finden – einen bekannteren Roman. Die Chartreuse (Kartause) hat uns auf Stendhal gebracht, von da ist alles ausgegangen (Patricia: Schlußerklärung)

Wir haben in der *Kartause* und in den anderen Werken Stendhals Elemente gesucht, die geeignet waren – nach einer gewissen Zeit – eine Spur zu liefern. St Réal usw.
dann haben wir nach einem Schriftsteller gesucht

Achtundzwanzigstes Kapitel

Ord.53T 103

Die Wahrheit (»die bittere Wahrheit«, wie Stendhal oder Danton gesagt hätten) wird in diesem geheimnisvollen Manuskript ausdrücklich erzählt: so wie Serval unter Mithilfe seiner Mätresse Lise den Konsul ermordet und sich dabei Straflosigkeit sichert, so ermordet »Der Konsul« unter Mithilfe seiner Mätresse Patricia Robert Serval. Doch diese Wahrheit wird nur deshalb so deutlich gezeigt, damit man sie nicht bemerkt. Ihre lächerliche Evidenz wird von der Fiktion, die sie umhüllt, aufgezehrt

Ord.53T 99

In Zagora im südlichen Marokko sind wir Perec begegnet. Wir haben eines Tages zusammen einen kleinen Ausflug in die Wüste unternommen. Natürlich nicht auf dem Kamelrücken, nicht einmal im Land-Rover, sondern in einem Cadillac mit Klimaanlage. Als wir an diesem kleinen Schild vorbeigekommen sind, usw.

Ist das ein Zufall?

Ord.53T 100

DAS ENDE

Salini (zu Patricia): wer hat dieses Buch geschrieben?

P: Ein Romancier, den wir in ... kennengelernt haben er heißt GP er scheint diese Art von Schwierigkeiten über alles zu lieben; wir haben ihm eine gewisse Anzahl von Schlüsselwörtern, Themen, Eigennamen geliefert. Er konnte damit machen, was er wollte.

S: Sie sind vom Ergebnis nicht allzu enttäuscht gewesen.

P: Ich habe das Buch nicht richtig gelesen, nur nachgeprüft, ob alle Anspielungen drin waren. Es gefiel mir gar nicht schlecht, daß es darin falsche Spuren gab

S: Aber warum dieser Titel »53 Tage«

P: Das ist die Zeit, die Stendhal gebraucht hat, um *Die Kartause von Parma* zu schreiben. Wußten Sie das nicht? Wir hatten bei unserer ersten Begegnung lange darüber gesprochen. Auch er hatte große Lust, in 53 Tagen einen Roman zu schreiben. Das hat uns sogar auf die Idee gebracht, ihn herauszufordern: in 53 Tagen einen Roman zu schreiben, zu dem wir ihm diese und jene Elemente liefern würden.

In Wirklichkeit hat er viel länger gebraucht ... Wir hatten reichlich Zeit vorgesehen, aber am Ende haben wir ihn wirklich drängen müssen...

Paris Brisbane Bressuire
1981–1982

III
Das Dossier

Das Dossier »53 Tage«, von dem wir hier eine ungefähre Vorstellung geben, enthält zwei verschiedene Teile:

– eine erste, maschinengeschriebene Fassung der ersten 11 von 28 Kapiteln (es sollte 13 Kapitel im ersten Teil geben: 53 TAGE, und 15 im zweiten: EIN R IST EIN S DER DIE L E L).

– einen Komplex von Notizen, Plänen, Fragmenten, die sich entweder auf die bereits geschriebenen Kapitel oder auf die anderen Kapitel des Buches beziehen, ohne daß es immer möglich ist, sie eindeutig diesem oder jenem Kapitel zuzuordnen; sie spiegeln tatsächlich die Chronologie der Komposition des Romans wider, ihre Unschlüssigkeiten, ihre Veränderungen.

Wir haben zunächst die gesamte maschinengeschriebene Fassung wiedergegeben – mit minimalen Veränderungen, die Korrektur eindeutiger Fehler betreffend.

Im folgenden drucken wir wichtige Auszüge aus dem Dossier mit den Notizen ab. Diese Notizen (meistens handgeschrieben) verteilen sich gemäß ihrer äußeren Gestalt auf mehrere Hefte oder Notizblöcke; wir haben diese Verteilung beibehalten, da sie den Zustand widerspiegelt, in dem die Dokumente uns anvertraut worden sind; wir haben jeder Gruppe von Notizen eine Bezeichnung gegeben: Orangefarbenes Heft, Block Rhodia ... Was die Orthographie und die Syntax angeht, so haben wir die Freiheiten respektiert, die sich der Autor genommen hat.

Es schien uns bei dieser nicht wissenschaftlichen Präsentation des unvollendeten Buches zweckmäßig, zwischen dem fertig geschriebenen Teil und dem Dossier mit den Aufzeichnungen eine hypothetische Fassung einzuschieben, die den verschiedenen Aufzeichnungen entnommen ist und es dem Leser erlauben wird, wenn er will, dem wahrscheinlichen Inhalt der unvollendeten Seiten des Romans kapitelweise zu folgen (den Kapiteln 12 und 13, die den ersten Teil abschließen sollten; den Kapiteln 14 bis 18, die den zweiten Teil bilden sollten).

Die Elemente, die wir benutzt haben, finden sich jeden-

falls alle in dem Dossier mit den Aufzeichnungen (wir weisen in jedem Fall auf die Herkunft hin). Die vorgenommenen Veränderungen sind zweitrangig; sie betreffen die hypothetische Lösung der Abkürzungen oder die Anordnung auf der Seite, um ein kontinuierliches Lesen zu ermöglichen.

H.M., J.R.

Orangefarbenes Heft

Or. 1 Vorderseite

Reihen	lager	régal (Leckerbissen)
Metasprache	cab	bac (Fähre, Kübel)
Funktionieren des Buchs im Buch	noël (Weihnachten)	Léon (Leo)
Stendhal	émir (Emir)	rime (Reim]
a) die K[artause] von P[arma]	as (As)	sa (seine)
b) Reisen in Frankreich	amuser (amüsieren)	résuma (resümierte)
c) Bio[graphie]	aval (talab, Aval)	lava (Lava)
Wirkungen von TLO	sac (Tasche, Sack)	cas (Fall)
Krimi[nalroman]	élime (wetzt [sich] ab)	Emile (Emil)
Tagebuch (täglich)	Eton	note (Note, Rechnung)
Schedule	Erie	Eire
Das Buch ist ein Spiegel usw.	état (Staat, Zustand)	taté (abgetastet)
Natürliche Palindrome	Eric (Erich)	cire (Wachs)
Anagramme	trace (Spur)	écart (Abstand)

läßt die Zeitungen sich stapeln
Zeitungsausschnitte über alle möglichen Themen

Or. 1 Rückseite

»53 Tage« ist der Titel des Berichts (1. Teil)
den der Erzähler des 2. Teils bekommt
und dessen Exegese er in Angriff nimmt

2. Teil in der 3. Person
Serval bekam das Ms. am 16. Mai
Man hatte es unter seine Fußmatte geschoben
der Umschlag usw.

Namen des Ewigen Juden
Buttadeo (Historiae de Buon compagno da Signa et Guido Bonatti)
Isaac Lakedem (Flandern)
Juan de Espera en Dios (Spanien)
Ahasuerus

Or. 2 Vorderseite

Eingliederung
Musik
Malerei
Gastronomie
Lektüre
Zitate
Anspielungen
L[eben] G[ebrauchsanweisung]

François Léon Salini

Für Oulipo: Stendhal identifiziert
Für R[aymond] Q[ueneau] A. H. ge(tötet – den Tod auf den Versen)

Der 2. Bericht ist die falsche Exegese des 1.
der Schwindel der endlosen Erklärungen
am Ende denkt sich der Erzähler einen 3. Bericht aus
der die den 2 ersten widersprechende Exegese wäre?

Isabelle von André Gide lesen

Or. 2 Rückseite

Bridge spielen

»In der Fruchtbarkeit seiner Phantasie die Mittel
gegen die Sterilität der Geschichte finden«

(Anonymes) Vorwort der
Verschwörung gegen Venedig
Menard et Desenne, Paris,
Bibliothèq. Fran. 1821

Or. 3 Vorderseite

Personen
Mr. Fly (Mosca)
William Vidornaught
Lise
Robert Serval

Saint Réal = César
Vichard Abbé von St. R[éal]
Chambéry
Streit mit Varillas
Historiograph des Gaston von Orléans

Or. 4 Vorderseite

Organisation
Widerstandsgruppe
Motiv

Or. 5 Vorderseite

24. November bis 26. Dezember: 53 Tage (S. 1370)

Or. 5 Rückseite

die Abnutzung
das Gedächtnis
Nostalgie
schreiben

HINWEISE

Niedergeschlagenheit

Familien
Postkarten

Or. 6 Vorderseite

Abendessen im Café anglais (David Beckett)
Rachel im Theater Beifall klatschen
Memoiren eines Touristen

Flucht

Or. 8 Vorderseite

Im Auto sprachen sie nicht v[ie]l
Sehr schnell, das Leben verläuft im Rhythmus der Alltagsverrichtungen
die Ankunft des Bäckers, des Briefträgers mit *Le Monde* vom Vortag und *La N[ou]velle Rép[ublique]*
vom Tage, der 7-Uhr-Bus. Die übrige Zeit: Geräusche von Vögeln, von Hunden,
Kühen, Schafen, sehr ferne Geräusche von den Nationalstraßen, Hintergrundgeräusche

---

Le Reclus (Der Klausner), Titel einer seiner Erzählungen
(nun ist Reclus aber <u>auch</u> der Name eines Geographen)

Or. 8 Rückseite

Das ruhige Leben
Die Frau
ihre Beziehung zu Serval
zu X?

1. Teil: er
   (erzählt vom St[and]punkt des X)
2. Teil: ich
   (a) als ob ich es sei. G P
   (b) als ob Serval es sei!) I don't think so

Or. 9 Rückseite

Gattungen
   Erzählungen mit zahlreichen Einschüben
   Briefe
   Tagebuch

Person
   Valserre (Serval) Fam[ilien]name der Del Dongos (138 St)

(Fabrique de dong: Glockengießerei?)

Or. 10 Vorderseite

28 Kapitel
1. Teil von 1 bis XIII (die K[apitel] in Buchstaben angeben: erstes, zweites, usw.)
2. Teil von XIV bis XXVIII

Proust: Auf der Suche nach der verlorenen Maid
Stendhal: Die Krause von Parma
Queneau: Stillübungen
Verne: in achtzig Wagen um die Welt
Carroll: Alice in Flunderhand

Or. 10 Rückseite

eine chiffrierte Botschaft (S. 36)
auf einem Boot über den See laufen

Bürgerkriegsklima (Panzerfahrzeuge
parkten in der unmittelbaren Umgebung des französischen Gymnasiums

eines Tages erzählt er, seine Mutter
habe am Tag seiner Geburt unweit
eines gr[oßen] Brunnens einen
Kastanienbaum gepflanzt (50)

Or. 11 Rückseite

die Astrologie

ein grenzenloses Vertrauen in die Zeichen, die die Zukunft voraussagen können (S. 40)

Anmerkung über die Glocken, Seite 1386!
die Glocken S. 46
das dicke fahle Gesicht seines Bruders (Ascagne) S. 46
(Ascagne) ist sechs Jahre älter als er

Vasi Verkäufer von Barometern 48
S. 53 man hält ihn für einen Barometerverkäufer
23 Mordpläne gegen Napoleon 48–49

die furchtbare Nachricht 49

Or. 12 Rückseite

Der Roman ist ein Spiegel
usw.

das Motto überprüfen
seine Bezüge und Verweise

das Rote Ka.
(St Réal → St al
en
→ Rénal
ST [RE] AL
STE[N AL
(D)]

Themen des Spiegels
Alice
Through a glass darkly (Bibel?)
Daily Mirror → (englische oder ehemals englische Kolonie)
(in der Art der Seychellen, Mahé?)

4 Versionen ein und des[selben] Ereignisses
»ein K[riminal]r[oman] des[sen] Mittelp[unkt] der K[riminal]r[oman] ist«
2. Teil Serval bekommt das Ms.
stellt sich diesbezüglich Fragen
stirbt 53 Tage später
(ja, aber woran?)

Or. 14 Rückseite

Hefte
willig der Idee des Spiegels folgen

den Kapiteln Titel geben
(manchmal rätselhafte)
(vgl. Tlooth)

Kindheitserinnerungen 12–18
Marolles im Departement Hurepois
Bouray
Lardy
Chamarande
Etréchy
Etampes

Lebensmittelkarten

Namen der Schulkameraden

(Das wahre Leben des Sébastien Knight)

Or. 15 Vorderseite

von Zeit zu Zeit Mottos zu den Kapiteln

Or. 16 Vorderseite

2. Teil

Der Tod Servals wurde am ... der Presse mitgeteilt
der berühmte Schriftsteller war am Tag zuvor von X
in seinem Büro gefunden worden
die Autopsie?
unter den Papieren und Dok[umenten], die man auf seinem
Schreibtisch fand, war auch ein Ms. von X Seiten
mit dem T[itel] »53 Tage«
die Ermittlungen ergaben, daß dieses Ms. nicht von
S[erval] geschrieben worden war
und daß er es nicht ganz 2 Monate zuvor bekommen hatte

Und alles beginnt von vorn (in Paris)
bloß, daß jetzt a[lles] eine neue Bedeutung erl[angt]

Verleger
Freunde
Freundinnen
der Ermittler?

Or. 16 Rückseite 17 Vorderseite

1. Teil	2. Teil
	28
	27
1	26
2	25
3	24
4	23
5	22
6	21
7	20
8	19
9	18
10	17
11	16
12	15
13	14

↑ ein R[oman] ist ein S[piegel] mit dem
man den W[eg] e[ntlang] l[äuft]

S[tendhal]

Or. 17 Rückseite

ein R[oman] ist ein S[piegel] mit dem man einen W[eg] e[ntlang] l[äuft]
den

Or. 18 Vorderseite

Band 2 von Evelyn Innes, von George Moore, in der E[dition] Tauchnitz.
Das Menschengeschlecht, von A de Quatrefages, Bibliothèque Scientifique Internationale.
Bd. XXIII, Paris librair[i]e Germer Baillière et Cie, 1877

Die Geschichte 1 wird erzählt
von j[emande]m, der sie aus großer Ferne sieht

Aber die Geschichte 2

Or. 18 Rückseite

Wenn S[erval] nur allzu genau begreift,
daß er entdeckt ist
wird er Selbstmord begehen
Also darf man nicht

Notwendig ist, daß die Entschlüsselungen
des Berichts I die Ermittlungen von II bilden
und Salini auf den Weg der Entdeckung
führen
S[erval] stirbt mit seinem Geheimnis
Salini kommt dahinter findet die Schuldigen (X und »den Konsul«)

das Ganze bestätigt im letzten Kapitel (das Geständnis des »Konsuls«?)

Or. 19 Vorderseite

der Bericht Nr. 1 erzählt eine Geschichte
der Bericht Nr. 2 erzählt eine g[anz] andere Geschichte
Rolle der 2. Geschichte in der 1.

Or. 19 Rückseite

Michel Henri: Geschichte der W[iderstandsbewegung]
(1950)
European Resistance M[o]v[emen]ts
Lüttich 1960 Pergamo
Mailand 64
Aron G[eschichte] der Bef[reiung] F[rankreichs] Fayard 59
Amouroux das L[eben] der F[ranzosen] u[nter] der Be[satzung]
Michel D 802 . A2
(??) D 802 . E915
Lüttich
Mailand

Chambard D 802
Die Partisanengruppen F 8C 4413
Dauk D 802 F 8028
Bird The secret Batallion (H[au]te Savoie)
D 762
Ency PN 543

6 Auf der S[uche] nach einer Schreibkraft

Als ich das Ms. noch einmal las, bin ich zu der Gew[ißheit] gekommen, daß es von einer professionellen Schreibkraft getippt worden war.

14 Das Verschwinden
15 Ermittlungen
16 Rückkehr zum Buch: ein R ist ein S
17 Stendhal
18 Die Kartause
19 das Kommando
20 Die Grotte
21 wer was wie wo
22 Chabert und Balzac
23 die kalte Spur
24 Die heiße Spur
25 Ein gewisser Derville
26 das Geständnis
27
28 Epil[og] die bittere Wahrheit

28 chapitres

1re partie de I à XIII (mettre les ch. en lettres : premier, deuxième, etc...)

2e partie de XIV à XXVIII

Proust : à la recherche de l'étang perdu

Stendhal : l'acheteuse de Parme

Queneau : exercices de style

Verne : le tour du monde en quatre vingt meurtres

About : l'homme à l'oreille cachée

Orangefarbenes Heft, 10 Vorderseite

"53 Jours"

52,6,32°

A le roman policier
B sert d'indices pour expliquer
C faussement

Partie de C :
Mme Serval et son amant souhaitent se débarasser de Serval avant que celui-ci n'ait divorcé
Ils organisent un scénario dont les péripéties et les mobiles sont décalqués sur Salini
à partir du "livre-miroir"
Si l'on ne retrouvait pas le cadavre, Mme S ne pouvait pas hériter
Si la police le retrouve elle ne mordra pas à l'hameçon "vengeance de résistant"
A Parkson si Mme Serval indique elle-même la piste

—

Indice qui permettront à Serval de découvrir la "vraie" vérité ?
. le pourquoi du roman : pourquoi des résistants, s'ils avaient réellement
repéré Serval et établi sa culpabilité avant de le juger et de l'abattre
auraient-ils eu besoin d'écrire le roman A
Pour l'attirer ? c'est ce qu'on prétend
Mais si tt cela avait été vrai, Serval, se sachant découvert, se serait suicidé
Tout cela peut être AUSSI vrai !!
Serval a réellement pris la place de ? ds la Résistance
s'est fait passer pour un héros etc ...
Mme Serval le savait
Mais ce n'est pas du tt pour cela qu'il est tué

En fait C peut être très court : seulement une chûte
un renversement final

Serval a-t-il lu A ? Evidemment non
Il y a un revolver ds la boîte à gants : celui de Serval. Pas d'empreintes

32
61
178
256
.12

KO	IL	Cr	53	"53"
2	34	36	70	126
1ere partie				2e partie
	72			142
		142		268

Block Rhodia

Rh. 4

woher wußten Servals Kameraden
daß er sie verraten hat
daß er umgedreht worden ist

Wie lassen sie es Serval wissen
(angenommen, sie lassen es ihn wissen)

Die Ankunft des Mskr. muß erklärt
und das Verhal[ten] Servals
am Tag vor seinem Vers[chwinden] beschrieben werden

Wo kam er her
wo ging er hin
welche Spuren hat er hinterlassen

Eine der Personen wird BAUTZEN heißen (die einzige Schlacht, an der Stendhal wirklich teilgenommen hat)

»sein Pferd seinem Vater geben« (Fabrice um sein Pferd gebracht
für den Ex-Oberleutnant Robert)

Literatur zu Stendhal	Brombert	
	Mc Watters	S[tendhal] and England Liverpool U[niversity] P[ress] 1976 (Inaug[ural] Lecture Series)

Rh. 5

»53 Tage«

A der Kriminalroman
B wartet mit Hinweisen auf um
C falsche Erklärungen zu geben

Von C sprechen:
Madame Serval und ihr Liebhaber möchten sich Servals entledigen, bevor der sich scheiden läßt

Sie organisieren ein Szenario, dessen entscheidende Wendepunkte und Motive von Salini
anhand des »Spiegelbuchs« entschlüsselt werden
Wenn man den Leichnam nicht finden würde, könnte Madame S. die Erbschaft nicht antreten
Wenn die Polizei ihn findet, wird sie nicht auf das angebliche Motiv von der »Rache eines
Widerstandskämpfers« hereinfallen
Erst recht nicht, wenn Madame Serval s[elber] auf die Spur hinweist

Hinweise, die es Serval [Salini] erlauben werden, die »wahre« Wahrheit zu entdecken?
- Das Warum des Romans: warum hätten Widerstandskämpfer, wenn sie Serval wirklich
ausfindig gemacht hätten,
und seine Schuld erwiesen gewesen wäre, vor seiner Aburteilung und anschließenden
Liquidierung
den Roman A schreiben sollen?
Um ihn anzulocken? Das wird behauptet
Aber wenn das a[lles] wahr gewesen wäre, hätte Serval, als er sich erkannt wußte,
Selbstmord begangen

Alles das kann auch wahr sein!!
Serval hat tatsächlich den Platz von   in der Widerstandsbewegung eingenommen
hat sich für einen Helden ausgegeben usw...

Madame Serval wußte das
Doch er wird keines[wegs] deswegen getötet
32
Tatsächlich kann C sehr kurz sein: nur ein vorläufiger Ruhepunkt 64
eine Umkehrung zum Schluß 128
256
Hat Serval den Bericht A gelesen? Natürlich nicht + 12
Im Handschuhfach liegt ein Revolver: der von Serval. Keine Fingerabdrücke

KC	JL	Cr	53	»53«
2	34	36	70	126
	1. Teil			2. Teil
	72			142
			142	268

Rh. 7

53 Tage: Programm

\+ Name Lise

\+ usw. sichtbar

Außer dem Namen »Serval« gibt es abs[olut] keine Verbindung zwischen dem in A erzählten Bericht und dem Verschwinden des Geschäftsmannes Serval

Salini nimmt an, daß der Bericht »53 Tage« Serval nur deshalb zugeschickt worden ist, um den Prozeß in Gang zu setzen
der zu seinem Tod (auf jeden Fall aber zu seinem Verschwinden) führt

Was man von Serval weiß: Held der Widerstandsbewegung
Politiker (der Mitte)
sehr reicher Geschäftsmann
Sein Privatleben
In Scheidung lebend — nicht sicher
Ermittlung über seine Frau — oft zur Kur
Nirgends ein Bruch — labile Gesundheit
vielleicht ein kleiner in der Geschichte des Widerstands?

ALSO kann man nichts anderes tun als zum Bericht zurückzukehren

Die 1. cue: Ein R ist ein S der einen W e l
nach tastendem Suchen
entdeckt Salini Stendhal → Chartreuse → Grenoble
St Réal → Chambéry
Die Chartreuse
Nun haben sich Servals Heldentaten als Widerstandskämpfer zum Teil eben in der Chartreuse abgespielt

daher Idee eines verschlüsselten Berichts
eines gespiegelten Berichts
d[essen] Entschlüsselung den Schlüssel zum Geheimnis liefern könnte

Rh. 8

Bericht A

Serval verschwindet
Die Polizei und sein Konsul ermitteln: nichts
Der Konsul beauftragt X, sich den im Kofferraum des von Serval verl[assenen] Wagens entd[eckten] Koffer näher anzusehen
Dann zu ermitteln
Ermittlungen von X: tatsächlich folgt er den von Serval
(und seiner Mätresse, der Ex-Freundin des Konsuls) gelegten Spuren

falsche politische Spur

Serval und Lise (?) müssen sowohl den Konsul als auch X hereinlegen

Bericht B

in gewisser Weise, sagt Salini, gleicht dieser Fall haargenau dem in dem Roman »53 Tage« beschriebenen. Ein gewisser Serval ist verschwunden, man hat seinen Wagen gefunden und in seinem Wagen einen Koffer, der Papiere enthält. Die Ermittlungen haben nichts ergeben, und gen[au] wie im Roman bittet der Konsul X, sich die Notizen, die Serval für sein Buch gemacht hat, näher anzuschauen, Sie bitten mich, vom Roman ausgehend zu ermitteln. Wenn man diese Analogie weiter verfolgt, kann man davon ausgehen, daß Serval a[lle]s eingefädelt hat, so daß Sie das nächste Opfer sein werden und ich der falsche Schuldige...

Rh. 9

BENSABIR	ABBEINRS	BRASBIEN
SBARINEB	RABBEINS	BRABESIN
	BIRABENS	BARNEBIS
		BIRNABES

Beispiele

alles muß auf den Kopf gestellt werden

Bericht A	Serval verschwunden; in Wahrheit richtet er es so ein, daß X des Mordes am Konsul beschuldigt wird
»tatsächlich«	Serval ist verschwunden; in Wahrheit haben der Konsul und X ihn ermordet

daraus folgt: wer ist der Konsul BABIRENS
wer ist X BRIBESNA
SERBABIN

Bericht A Serval ist ein Pseudonym SERBBIAN
tatsächlich Serval hatte ein Pseudonym während des Widerstands NIBARBES
ERABBINS

Frage: wer hat den Bericht A geschrieben? ABBERINS
SABBERIN

Warum die heiße Stadt BERISBAN
und die kalte Stadt (Gotterdam) → Der Trauerflor der Götter

Im Bericht A entdeckt X (ich muß rasch einen Namen für ihn finden)
eine (falsche) Wahrheit, als er Servals Manuskripte
unter die Lupe nimmt. In Wirklichkeit wird er durch
Serval dazu »gezwungen« (er kann gar nicht anders)

in »der Wirklichkeit« B entdeckt Salini »die« (falsche?) Wahrheit
anhand des Berichts A

Beispiel: der darunter liegende Roman heißt die Krypta
dieser Name suggeriert
eine versteckte Bedeutung
eine Grotte
Und in einer Grotte des Massivs der Chartreuse
wird man Servals Leichnam entdecken (z. B.)

Rh. 11

Bericht A: X arbeitet an Dokumenten
die in einem Koffer in dem
(verlassenen?) Wagen Servals gefunden wurden

tatsächlich: Koffer (mit Ms. von »53 T«) in Servals Wagen

Bericht A: Geschichte im Zusammenhang mit der Roten Hand, politische Erklärung,
schnell von X <u>dementiert</u>

»tatsächlich«: Geschichte im Zusammenhang mit der Widerstandsbewegung,
von Salini <u>bestätigt</u>

Semantische oder logische ANTONYME

Große Fragen

Eine Reihe von Fallen, in die X hineingeht

vorletztes Kapitel, Ende: X entdeckt an einer seit dem

Quasi-Anfang gesuchten präzisen Stelle nicht den Leichnam Servals, sondern den des Konsuls

letztes Ka[pitel] beginnt mit:

die Polizei hat mich soeben, am Tag danach, im Morgengrauen verhaftet
da der Konsul tot ist, konnte er nat[ürlich] meine Aussagen nicht mehr bestätigen
Hingegen VIER HINWEISE FINDEN DIE MITEINANDER ZUSAMMENHÄNGEN

a) indem sie ein Motiv liefern
b) je[des] mögliche Alibi zerstören
c) das Verbrechen bezeichnen (Waffen, Fingerabdrücke)
d) einen Zeugen beibringen

Jedem dieser Hinweise
soll unter anderem ein Element
des »tatsächlichen« Berichts entsprechen

Rh. 13

Bericht A
Titel 53 Tage
als Salini davon spricht, schreibt er »53 Tage«

Die »tatsächlichen« Ermittlungen
führen Salini dazu, die Schuldigen
zu identifizieren, 2 ehemalige
Widerstandskämpfer aus der Gruppe Serval (Béraud)
»der Konsul« (?)
und »X« (?)
(»der Konsul« ist Madame Servals Liebhaber)
Aber hier beginnt die Irref[ührung]
1980 gibt es keine Überlebenden der Affäre mehr

20 Jahre alt im Jahre 1944
zum Beispiel
kann sich die
»tatsächliche« Affäre
70
abspielen
also 46 Jahre (82)
46 + 24 = 70
geboren 24 = 46 Jahre alt 1970
(wie alt ist Salini 70?)
(nicht w[irklich] wichtig)
geboren 1924
58 im Jahre
82

Frage von Salini an Lise: Und wenn ich es nicht herausgefunden hätte?
Antwort: Unmöglich
das Buch ist wirklich der einzige »cue«
und der Spiegel, den man entlangführt
mußte Ihnen zwangsläufig in den Sinn kommen

wegen all der Spiegel-Fälle
im Bericht
Spiegel, glace, Mirror, Miroir, 1 pro Seite (oder alle 2 Seiten!)

Spiegelung
Bild

Vogel: kookaburra (Lachtaube)

TITEL DES 2. TEILS

Ein R. ist ein S. der die L E L

zwischen den letzten Seiten des maschinengeschriebenen
Manuskripts fand sich ein schmaler Papierstreifen,
auf dem diese geheimnisvolle Formel stand

Ein R ist ein S der die L E L

Rh. 15

was für ein Ding hat Béraud (Serval) w[ährend] des Widerstands drehen können
Beispiel: Chef der Gestapo von Chambéry (Lenoir)
hat 44 die Identität Lenoirs angenommen,
den er verhaftet und ermordet hatte

Milizionär
infiltriert in eine G[ruppe] von Widerstandskämpfern
verrät sie alle
richtet es »wie durch ein Wunder« ein, daß er der einzige Überlebende ist
(aber 4 kommen aus den Lagern zurück)

BITTE keine Gesichtsoperation!

Rh. 19

P[ro]b[lem] der Verdächtigen

in Bericht A
muß es Verdachtsmomente gegen diesen oder jenen geben

Rh. 20

Salini sucht die »wahren«
Klassenkameraden von Serval
dann die, mit denen er seinen Militärdienst abgeleistet hat
(es gibt keine mehr???)
Doch, es gibt noch einige
aber aus der 2. Partisanengruppe
ACHTUNG: GRÜNDLICH NACHHAKEN!

Überlegung Salinis vgl. 17 September 1

»53 Tage« ist der auf den Kopf gestellte Spiegel der Wirklichkeit
in »Die Krypta« werden Pseudonym und Held miteinander verschmolzen
daher ist in der »Wirklichkeit«
das Pseudonym k(ein). Held (ein Mann mit heldenhaften Taten)
sondern das Gegenteil: ein Verräter

Rh.22

»53 Tage«
Den Bericht A in der 1. Person schreiben

Lise tut, als X sie das 2. oder 3. Mal sieht,
so, als erinnere sie sich an einen gewissen Y
den Mann, der v[iel]leicht et[was] »weiß«
(in Wirklichkeit ist es Serval höchstp[ersönlich]
der sich kaum zu schminken braucht)

Ganz schnell
die Personen und die Intrige
der »Krypta«
sowie den Titel, den Ort, die Personen
und die Intrige des Romans finden,
die darin enthalten ist
ebenfalls ganz schnell eine Entscheidung treffen
1 über a[lles], was es sonst noch in dem Koffer gibt
2 über das, was man sonst noch über Serval weiß
3 X soll zu Serval gehen
in Wirklichkeit geht er zum Konsul?

er findet Lises
Adresse in
S[ervals] Notizbuch

Der K[onsul] beauftragt X mit den Ermittlungen
er s[elbst] reist für 2 Monate nach Paris

X sieht ihn nur tot wieder
in dem Glauben, zu S[erval] zu gehen, ist er zum K[onsul] gegangen und hat
Fingerabdrücke hinterlassen

er ist mit der »Krause von Parma« ausgegangen
o[hne] zu wissen, daß sie die Mätresse des K[onsuls] war
(und erst recht nicht die Mätr[esse] Servals, die
mit ihm den Mord am K[onsul] ausgeheckt hat!)

Er geht zu Lise. Sie ist da
Kap[itel]anfang: ich weiß nicht mehr gen[au], in welchem Augenblick ich mir
darüber klar w[urde], daß ich tatsächlich in Lise verliebt war
Auch nicht, warum (das, was mich in erster Linie bezaubert hatte,
das, worauf ich »fixiert« war)
Er lädt sie zum Abendessen ein
sie schl[afen] nicht miteinander
sie bezaubernd, aber distanziert

Eines Tages ruft er sie an, um es ihr zu sagen. Nicht da. Eilt zu ihr.
Fin[det] den K[onsul] tot. Wird am andern Tag verhaftet

Rh. 26

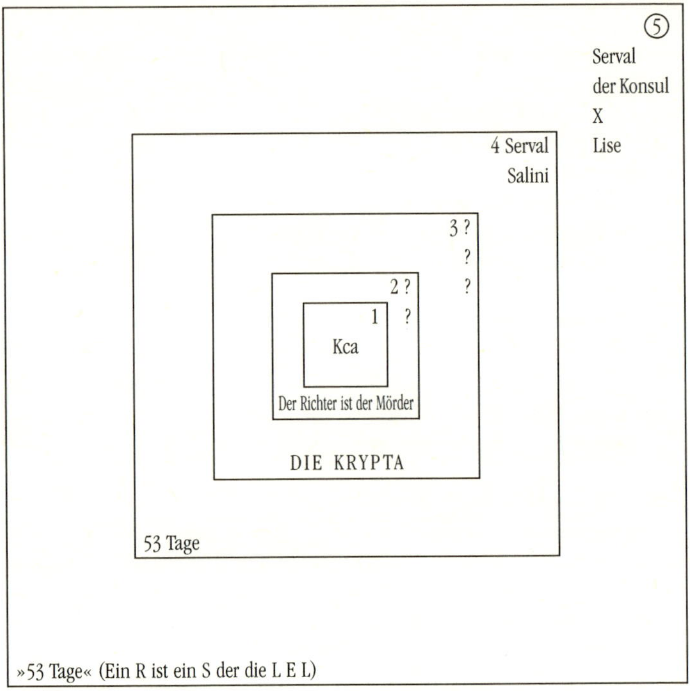

Rh. 27

der Richter ist der Mörder
A weiß daß B C völ[lig] ungestraft getötet hat
er tötet D so, daß B
unweigerlich beschuldigt wird

im Roman, auf wen[igen] Seiten erzählt,
ist die Rede von einem Roman, in dem

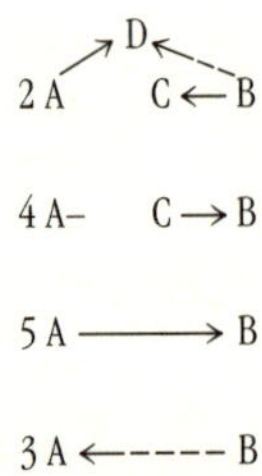

»Spionage«

1 The Koala Case Mystery »GERECHTIGKEIT«

2 A tötet D so, daß B, der C getötet hat, beschuldigt wird (Der Richter ist der Mörder)

3 A verschwindet (Die Krypta) RA[CHE]

4 A tötet B so, daß C beschuldigt wird (53 Tage) LEIDENSCHAFT

5 A wird getötet (die Anführungszeichen oder »53 Tage«) INTERESSE

Mutmaßungen zu 3: A macht glauben, er sei von B getötet worden
(hegt einen Groll gegen ihn) (Bill Ballinger)
(Rache, Erbschaft?

Mutmaßungen zu 1

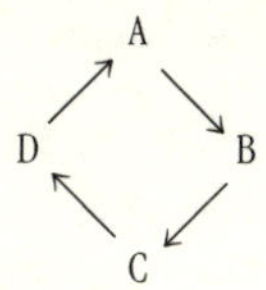

A tötet B, der C tötet, der D tötet, der A tötet!!

8 Uhr	D	vergiftet	A
8 Uhr 15	C	tötet	D
9 Uhr	B	tötet	C
9 Uhr 15	A	tötet	B
9 Uhr 30	A	stirbt ver[giftet] von D	

Rh. 34

1. Bericht Jedesmal schien, wie bei dem Fall, mit dem ich befaßt war, ein wesentlicher Hinweis durch die Lektüre eines Kriminalromans geliefert zu werden

2. Bericht Sätze wie »jedesmal schien, wie bei dem Fall, mit dem ich befaßt war, ein wesentlicher Hinweis durch die Lek[türe] eines Krimi[nalromans] geliefert zu werden«
bekamen für Salini natürlich eine ganz eigene Bedeutung
Es war, als wolle man ihn zwingen, die Wahrheit in »53 Tage« zu f[in]den

Rh. 47

Verfahren
Ein Hinweis in Koala Case gibt
eine Vorstellung von dem Mord
in Der R[ichter] ist der M[örder]
diese Vorstellung oder Hinweis
nutzt Serval für Die Krypta

DRINGENDE FRAGE:
Reaktionen S[alini]s als er das Buch bekam?

Mechanismen des Mordes
und vor allem
(nicht nur fiktionale) NOTWENDIGKEIT
einer solchen Inszenierung
sie ist bei den anderen

Als X Die Krypta liest, findet er in
Servals Schlußfolgerung
anhand der besagten Vorstellung
einen Hinweis zur Erklärung von
S[ervals] »Verschwinden«
(aber er irrt sich)

Berichten ohne Bedeutung,
da sie sich als Fiktionen erweisen
aber der 5. soll den Anschein
der Wahrscheinlichkeit
haben

Als Salini 53 Tage liest, deutet er
die Gesamtheit dieser Elemente
neu

also: man muß Servals Leichnam finden,
den Mord an S[erval] rechtfertigen,
den Verdacht von Madame S[erval]
ablenken
also eine einigermaßen zufriedenstellende
Erklärung liefern, damit niemanden
mehr danach verlangt
anderswo herumzuschnüffeln
ger[ade] die Vorstellung von der alten
Rache eines Widerstandskämpfers

In der Praxis
jedesmal, wenn ich auf einer der
Ebenen ein Detail oder einen
Hinweis einsetze
die Folgen in Betracht ziehen
im Mechanismus von Die Krypta

» « von 53 T[age]
» « von »53 T[age]«

réel A : X travaille sur des documents   52,662°
trouvés dans une valise
dans la voiture (abandonnée ?) de Serval

réel : valise (avec MS de "53 J") dans la voiture de Serval

réel A : histoire de Main Rouge, explication politique
vite démentie par X

"réel" : histoire de résistance
confirmée par Salini

ANTONYMES sémantiques ou logiques

Grosses questions
Série des pièges dans lesquels tombe X
avant dernier chapitre, fin : X découvre, en un endroit précis cherché depuis
le grand début le cadavre non de Serval mais du Consul
dernier chap commence par :
la police vient m'arrêter le lendemain à l'aube
le Consul, étant mort, ne peut évid plus corroborer mes dires
Par contre TROUVER QUATRE INDICES FORMANT CHAINE
a) fondant un mobile
b) détruisant l'alibi possible
c) signant le crime (armes, empreintes)
d) donnant témoin

A chacun de ces indices
doit en outre correspondre
un élément du récit "réel"

B R I S B A N E
R E N O U V I N
I N
S O
B U
A V
N I
E N

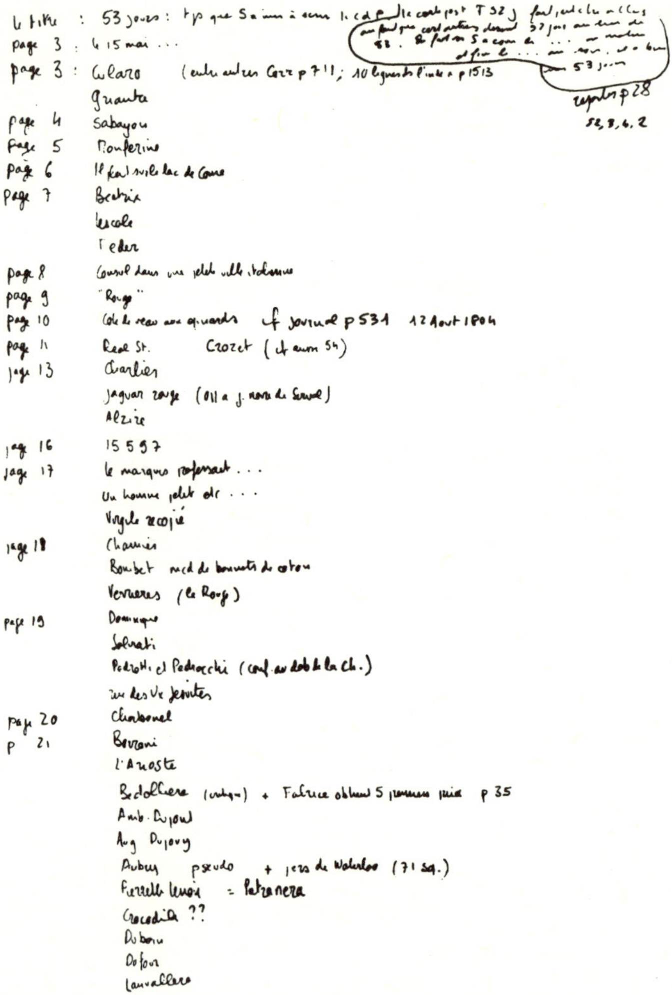

le titre : 53 jours : [illegible] 53 jours
page 3 : le 15 mai ...
page 3 : Colaro (entre autres Corr p 711 ; 10 [illegible] p 1513
Quanta
page 4 Sabayon
page 5 Monferino
page 6 Il faut voir le lac de Come
page 7 Beatrix
[illegible]
Teder
page 8 [illegible] dans une petite ville italienne
page 9 "Rouge"
page 10 [illegible] cf Journal p 531 12 Aout 1804
page 11 Real St. Crozet (cf [illegible] 54)
page 13 Charlier
Jaguar rouge ([illegible])
Alzire
page 16 15597
page 17 le marquis [illegible] ...
Un homme petit etc ...
Virgule recopié
page 18 Chamier
Boubet [illegible] de bonnets de coton
Verrieres (le Rouge)
page 19 Dominique
Salviati
Pedrotti et Pedrocchi (conf. [illegible])
rue des V[x] Jesuites
page 20 Chabonel
p 21 Bozzoni
l'Arioste
Bedollière ([illegible]) + Fabrice [illegible] p 35
Amb. Dupont
Aug Dupouy
Aubry pseudo + [illegible] de Waterloo (71 sq.)
Ferrette [illegible] = Petranera
Crocodile ??
Dubois
Dufour
Lauvallere

Notizen, die auf die ausgearbeiteten Seiten verweisen, 2

Blaues Heft

Bl. 1 Rückseite

was hat
in dieser g[anzen] Geschichte
wirklich
et[was] »bedeutet«
ausgenommen diese
absurde Situation
in der das Buch
die Ermittlungen
vorwegzunehmen schien
ein M[anu]s[kript] in einem Auto gefunden
ein Serval verschwunden...

Wo anfangen

Bl. 2 Vorderseite

Wichtigste zu lösende P[ro]b[leme]

in »53 Tage« (Ein R ist ein S...)
wie die Lektüre von »53 Tage« Salini
auf den »Weg der Wahrheit« führt

1. er macht mit Hilfe Patricias und der offiziellen
 Ermittler alle Serval betreffenden Anspielungen ausfindig
 es gibt gar nicht so viele
 aber tr[otz]d[em] einige
 präzise und manchmal seltsame
 zum Beispiel die Krawatte

Wo anfangen?

2 Er glaubt eine Spur »heißes Land« zu haben, die zu
 nichts wirklich Genauem führt. Er schließt sie aus, ohne sich näher darauf einzulassen

3 ebenso mit der Spur »kaltes Land«

4 er befaßt sich gründlich mit »ein R usw.
 zuerst empfänglich für die Vielzahl von »Spiegeln«

also: ein R ist ein Spiegel der
er findet

5 damit ist er schon bei Stendhal, St Réal
a[lles] paßt zueinander
a[lles] scheint eine Bedeutung zu bekommen
aber welchen?
es wird auf die Chartreuse (Kartause) hingewiesen

6 also wird der Fall der Chartreuse nochmal vorgenommen

Bl. 3 Vorderseite

7 Aufzuspürende Zeugen

8 Aufzuspürende Örtlichkeiten

9 Auch hier kommt ihm das Buch wieder zu Hilfe
der Ort ist eine Krypta, id. ist eine Grotte

10 Man findet den Leichnam

11 Das ist es also

12 JA, aber wie, wer, warum

13 Hypothese wird geliefert durch das »Spiegel-Buch«
Serval ist im Buch »Held und Pseudonym«
Das heißt, Serval Pseudonym (Louviers) ist kein Held!
sondern ein Verräter

14 Wer kann das wissen
»der Konsul«?
»der Pauker-Erzähler«?

15 Darauf bricht er in ein anderes tropisches Land auf
wo sich Chabert viell[eicht] be[findet]
nicht Konsul (der Konsul war nur wegen Stendhal da)
aber was?
Industrieller? Professor?
Künstler (warum?)
?

Bl. 4 Vorderseite

16 Er findet nun Chabert wieder
und wiederum dank der Hinweise
die er im Buch gefunden hat
zum Beispiel eine Person namens Catours (Katze-Bär)
oder
ein Charakterzug, entdeckt beim Studium der Biogr[aphie] des
Widerstandskämpfers alias Chabert
und im Buch wiedergefunden
(zuvor nicht vermutet)

eine Person namens
Boutin, die wegen des Films
das Pseudo[nym] Chabert gewählt hat
(Boutin ist eine andere
Roman[figur] von Balzac)
im Ob[erst] Ch[abert]

17 »Geständnis« von »Chabert«

18 Dieses Geständnis
»löst das Rätsel«
der Fall wird zu den Akten gelegt

19 Epilog
»die wahre Wahrheit«
die Wahrheit, die bittere Wahrheit

Bl. 10 Rückseite

Hinweise

die 1. Eigenschaft eines Hinweises
ist sein Vorhandensein

die zweite ist sein Nichtvorhandensein

der Hinweis funktioniert wie eine
Def[inition] von K[reuzwort]r[ätseln]
dunkel, solange sein Wert als Hinweis nicht erkannt ist
klar, wenn er endlich seinen Platz
in der von hinten aufgezäumten Beweisführung des Krimiautors findet

Verallgemeinerung des Hinweises
die Verführung
die Herausforderung
die Wahrscheinlichkeit

Bl. 23 Rückseite

Der Erzähler muß
im Buch
Hinweise finden
damit diese Hinweise
ihn dazu verleiten, bestimmte
Handlungen zu begehen, die für
ihn verhängnisvoll sein werden
erst hinterher
wird er das verstehen

Bsp.: die italienische Metzgerei → Begegnung mit Lise
Lise wählt ein Restaurant mit Hinweisen (z. B. ist in die Krypta
die Rede von einem Bild, das der Er[zähler]
in diesem Restaurant sieht)

»53 Tage« Bl. 24 Vorderseite

53 Tage

6 Suche nach einer Schreibkraft
7
8
9
10
11 der verliebte Erz[ähler]
12 »die schreckliche Hypothese«
Es gab tatsächlich eine Leiche im Z[immer]
...den Konsul!!
13 die Polizei verhaftet mich am nächsten Tag

Ein R ist ein S der die L E L
14
15 »53 Tage Ms. voller Streichungen,
Hinzufügungen, Wiederholungen,
Korrekturen usw.
16
17
18
19
20
21
22
23
24
25
26
27
28 »die Wahrheit, die bittere Wahrheit«

Bl. 30 Vorderseite

Die 4 Indizien, die den Erzähler belasten werden

A – Er wird in Ges[ellschaft] von Lise gesehen
(Motiv)

B – Seine Fingerabdrücke sind
auf der Pistole

C – Ein Zeuge sieht zum Zeitpunkt
des Mordes, wie er beim Konsul hineingeht
und wie ein Irrer wieder herauskommt!

D

Bl. 31 Vorderseite

Zwölftes Kapitel

Der Erz[ähler] ver[liebt] sich immer mehr in Lise

gleichz[eitig]
bildet sich in ihm
»die entsetzliche Hypothese«: der Konsul
hat Serval getötet und ist nun dabei, ihm
das Verbrechen anzuhängen
Das ist eine Intuition
kein wirkliches Indiz
oder etwa der Revolver?

das Buch enthält keine
verborgene Wahrheit, es
war nur ein Köder, ein
Vorwand

Er bekommt einen aufgeregten Anruf von Lise
eilt im Taxi zu ihr
klingelt.
Die Tür steht offen
er hört einen Schuß
stürzt ins Schlafzimmer
ent[deckt] die L[eiche] des Konsuls!

Bl. 32 Vorderseite

Dreizehntes Kapitel

die Polizei hat mich am nächsten Tag
um fünf Uhr morgens verhaftet

Ich war darauf gefaßt
und ich habe nicht einmal zu fliehen versucht
Ich weiß nicht gen[au], wie
sie es angestellt haben, aber ich weiß,
daß ich keine Chance habe
»Sie«, das sind, vermute ich, Lise und
Serval, der falsche Vermißte, der
im voraus schon das Verbrechen eingefädelt hat,
das begangen zu haben ich unweigerlich den
Anschein erwecken würde.

Ich bin sicher, daß meine Fingerabdrücke
auf dem Revolver sind
und daß mich jemand hat herauskommen sehen,
völlig kopflos, benommen

die ganze Nacht über habe ich wieder an
diesen Fall gedacht
Warum hat man ausgerechnet mich
ausgesucht usw.

Rekonstruktion des Falls
wie das Buch (die Krypta)
die Ermittlungen des Erzählers geleitet hat

selbstverständlich werde ich der Polizei
von Grianta dieses Tagebuch zei[gen]
aber ich brauche mir keine Illusionen zu machen

Bl. 36 Rückseite

1 2 3 4 5 6 7 8 9 10 11 12 13 14 15 16 17 18

U N R O M A N E S T U N M I R O I R
N E L E L O N G D E L A R O U T E

19 20 21 22 23 24 25 26 27 28

Q U I S E P R O M E = 45
(Ein Roman ist ein Spiegel, der die Landstraße entlang läuft)

Bl. 45 Rückseite

– Ort
– Namen
– Tatsachen
Allegorie der Wahrheit
das fehlende Glied der Kette
Hellige-Louise

die Schlußfrage (sic)
ist: von welchem Roman
ist »53 Tage« der 1. Teil

Zusammengefaltete Seiten im blauen Heft, 1 Vorderseite

Pseudo[nyme]

	Foulques	Korr[espondenz] 558				
	Firmin (Alex. de)	Korr[espondenz]	826			
	Firmin (L. de)	–	833			
	Florise	–	767			
	Alex. Clapier		789	1019		
	General Cok		678			
X	Collière R		633			
	Chalet Ch.		793			
X	~~Chamier~~		802			
	Charbonel (Charles)		795			
	Chapart		619			
	Chapelain		691			
	Cappuis (Alex.)		786			
	Champel		777	779		
X	Chapuis		711			
	Carré		964			
	Chevallet JA		584			
	Chomette Ch		686			
X	~~der Chinese~~		65	804	1087	1438
	Aubertin		890 usw.			
	Aubier		808			
X	~~Aubry~~		1041			
	Auguste		1065			
X	~~Cl. Turpin~~		341		BITTE WENDEN	

1 Rückseite

Fr	Robert	937	Romorantin	618
	Serin	688		
X	~~Smith and Co~~	1055		
	Sorbon	568		
X	Souchevort	667		
X	Tavistock	918	1401	
	Terré	766		
X	Thermin Victor	799		
	Thine	574		
	Roux	694		
	O Lani	850 usw.		
X	Lanvallère	548		
	Larridon	345		
X	Lauzanne	806		
	Mingrot (?)	781		
	Lecœur			
	Gelé			
	Giuseppe			
	Des Chapons			

Tourte 1011
Toricelli 925
Courzay, Marquis de 872
Curiosité 927
Desu (César) 690

Block auf dem Nachttisch

NT 2. Blatt

Motto: Der Schnee als Beweisseite

14: das Versch[winden] Servals: Elemente der Ermittlungen

der Auftrag Salinis

15: Salini liest 53 T[age] liest es noch einmal 2 mal 3 mal 4 mal

er weiß nicht, was er tun soll

Mit Madame Serval zählt er die Anspielungen auf Serval in 53 T[age]

usw...

16: Grianta? Etampes? die Namen der Leute, der Orte usw.?

17: Wo anfangen: ein R ist ein S

Versuche; Kommentare über diese Versuche;

18: Die Häufigkeit des Wortes Spiegel und seiner Ableitungen

Man findet

19: Saint Réal

20: das Buch wird einem Stendhal-Spezialisten anvertraut

Aufzählung der Anspielungen auf K[artause] V[on] P[arma]

21: Also KVP = die C[hartreuse]

die Vergangenheit als Widerstandskämpfer: Paris.Lyon.Grenoble

Entspr[echungen] im Roman (Briefkasten, chiffrierte Botschaften)

22: »der Fall der Chartreuse«. das Kommando

Erklärung der 11 veränderten Wörter

23: Die Grotte: Entdeckung des Leichnams!

NT 3. Blatt

24: Chabert die Hypothese
: Chabert und haben den Beweis für
Louviers' Verrat gefunden

25: Chabert: Der Oberst Chabert
muß noch gefunden werden in einer kalten Stadt oder in einer heißen Stadt
ein gewisser , ... oder Ferrand (der E[rzähler]!)

26: die heiße Stadt

27: das Geständnis Ferrands. der Mord wird öffentlich gemacht usw

28: Die Wahrheit die bittere Wahrheit
Perec Und jetzt ist er am Werk usw. (Roussel)

Weisses Heft auf dem Schreibtisch

Weiß 1

Vorbild für Salini

In der Gegenwart

Sehr direkt

Salini sitzt im Flugzeug. schaut durch das kleine runde Fenster.
Wenn man bedenkt, daß er nach sovielen Reisen immer noch
fähig ist, in Entzücken auszubrechen, wenn er von so hoch oben
herab Felder sieht oder Städte oder
Wüsten. Die anderen Fluggäste schauen
fast nie.
S[alini] kommt auf sein Thema zurück. Was soll das a[lles] bedeuten

Notizen, die auf die ausgearbeiteten Seiten verweisen

AAS 1

Anspielungen auf Serval-Louviers in 53 Tage

- Geboren in Rouen, ohne normannischer Abstammung zu sein
- Jaguar (rot für Serval-Réal, schwarz für S[erval]-L[ouviers])
- Veulle-les-Roses
-
-
- verabscheut Champagner (wie Bjolke Pedersen)
- Hat eine Villa in Pecq (wie Fly) S. 45
  Liebhaber von Stöcken
- M[ädchen]name seiner Frau: Carpenter

AAS 2

der Titel: 53 Tage: Z[eit], die S[tendhal] benötigt hat, um die K[artause] von P[arma] zu schreiben
(die Postk[arte] T[imbuktu] 52 T spielt vielleicht darauf an
man[che] Autoren sagen nämlich 52
Tage statt 53.

Seite 3 (*des Ms*) : der 15. Mai   Tatsächlich hat S[tendhal], wenn er am … morgens angefangen
und am … abends aufgehört hat,
53 Tage gebraucht
auf S. 28 übertragen

Seite 3 : Cularo   (unter anderem Brief[wechsel] S. 711 [Pléiade]; 10 Zeilen im Namensregister S. 1513
Grianta
Seite 4 Sabayon
Seite 5 Monférine
Seite 6 Es regnet auf den Comersee
Seite 7 Béatrix
Lescale
Feder
Seite 8 Konsul in einer kleinen italienischen Stadt
Seite 9 »Rot«

Seite 10	Kalbskotelett mit Spinat vergl. Tagebuch S. 531 12. August 1804
Seite 11	Réal St. Crozet (vgl. auch 54)
Seite 13	Charlier
	roter Jaguar (im Geg[ensatz] zu Servals schwarzem J[aguar])
	Alzire
Seite 16	15 5 9 7
Seite 17	der Marquis unterrichtete...
	ein kleiner Mann, usw.
	Vergil abgeschrieben
Seite 18	Chamier
	Bombet Verk[äufer] von Baumwollmützen
	Verrières (Rot)
Seite 19	Dominique
	Salviati
	Pedrotti und Pedrocchi (Verw[echslung] am Anf[ang] der K[artause])
	rue des V[ieu]x Jésuites
Seite 20	Charbonel
Seite 21	Borroni
	Ariost
	Bédollière (Kritiker) + Fabrice bekommt 5 erste Preise S. 35
[22]	Amb[roise] Dupont
	Aug[uste] Dupouy
	Aubry Pseudo[nyme] + Per[son] aus Waterloo (71 sq.)
	Pierrette Lenoir = Pietranera
	Crocodile??
	Duboin
	Dufour
	Lanvallère

AAS 3

Seite 23	: Sohlen und Schnürsenkel vgl. Lt Robert
24	: Turpin
	Collière
	Levasseur
	Chapuis
	Jay Zeichenlehrer
	»dickes, bleiches Gesicht« Ascagne S. 46
	»der Lärm der Stille« vgl. F[abrice] in Waterloo S. 1389

S. 25: verschlüsselte Botschaft: vgl. der Marquis und sein ältester Sohn im 1. Kapitel

26 »As de sa Khagne« (As seiner Klasse) = Ascagne
geben und nehmen … Zitat S. 34
Art und Weise, lesen zu lernen S. 34

27 Fabrice fand bald Marketenderinnen ⟶ Serval fand bald die Marktendörin
(Marketenderin = vivandière
Gestriglebend: vivant d'hier (!)

28 Der Fall Giletti: F[abrice] D[el] D[ongo] wird ins Gefängnis geworfen, weil er Giletti, den Schauspieler, getötet hat
Der Leichnam hatte ein Auge geöffnet: vgl. 1. Toter den F[abrice] D[el] D[ongo] in Waterloo gesehen hat + Vichard
52 Tage vgl. den Titel

29

30

31 Blackstone = pietranera
!!! Derville fiktiver Name Sophie Boulons, Freundin von Pauline Beyle (Ehefrau von Casimir Gauthier)

32 Barrett Name u[nter] dem Stendhal seine Briefe über Haydn veröffentlicht hat
<u>Sigisbée</u> vgl. Anf[ang] Kartause

33 der Chinese, eines der ge[bräuchlichsten] (?) Pseudonyme Stendhals
Jacobson Bankier
Van Proet
Stan(ley) Dahl(ström)
Tiefbauverwaltung vgl. Crozet
Hazzlitt: Characters of Shak[espeare]'s plays

34 César Vichard, richtiger Name des Abbés von St Réal, geboren in Moutiers
Devaux, Name des Konsuls, den H[enri] B[eyle] in Civitavecchia vertritt

35 Smolensk, Braunschweig, Wien: H[enri] B[eyle] hat sich einige Zeit in diesen drei Städten aufgehalten

36 Périer-Lagrange Name der Schwester H[enri] B[eyles] (eine seiner wichtigsten Briefpartnerinnen)

37 KVP 411.38 KVP: Kartause von Parma 4.11.38: Datum, an dem Stendhal sein Buch angefangen hat

39 Hôtel de Nantes: letzter Wohnsitz H[enri] B[eyles] in Paris
Boulot: Name des toten Husaren, dessen Kleider Fabrice in Waterloo an sich nimmt
223: 22. März 19 Uhr Datum und Stunde des für H[enri] B[eyle] folgenschweren Schlaganfalls

42 b… für bougre, (zum Teufel), häufig bei Stendhal

43 Smith and Co: von S[tendhal] gebrauchtes Pseudonym, um (auf englisch) an Adolphe de Mareste zu schreiben (31. XII. 1820)

44 in der Beschreibung des Zimmers: Rot und Schwarz, Rosa und Grün
Angèle, St Severin, Taxi = Angelina Sanseverina-Taxis
Fly: Mosca (die Fliege)
Hôtel de Bourgogne: erster Wohnsitz H[enri] B[eyles] in Paris

48 Marhenbey zu lesen als MARie HENriBEYle
Polizei von Triest

49 Lauzanne Pseu[donym] S[tendhals]
Tavistock »
Thermin
Souchevort
16. 1. (1782) Geburt H[enri] B[eyles], der nur 4 Tage alt wird (ein Jahr vor H[enri] B[eyle] / S[tendhal]

50 Chappuis ein anderes Ps[eudonym] S[tendhals]
Gelé »
Julien Labbé Julien Sorel? Oder Der Abbé von St Réal

51 23 4 184259 S[tendhal] ist am 23. 3. 1842 im Alter von 59 Jahren gestorben
Hartz statt Hertz: vgl. 369, 481 (Einfahrt in die Grube Dorothea, über[prüfen] »Über die Liebe«

55 rue Ste Marguerite Chartreuse S. 94
Bender [Binder] Polizeichef von Mailand S. 101 sq

56 Groenjäger: der grüne Jäger
Bayard: Fabrice sucht Zuflucht in Romagnano, wo Bayard getötet wurde
Gagliani, Galignani: andere Verwechslung S[tendhals] Brief Nr. 646 Anmerkung S. 1201 Korresp[ondenz]

58 English Mail: »die Englische Post«

62 Disinvoltura S. 112
St. Férant vgl. Ferrante S. 124
Sfondrata S. 119
Landriani S. 128 (Erzbischof von Parma)
Sorezana S. 111
Scagliola S. 125
Bentivoglio S. 130 (einer der Freunde der Raversi)
Contarini S. 127

63 Voi mi avete lasciatto S. 1241 Brief von Angela P[ietragrua]

65 Marginalia

67 Schlemm S. 119
Colomb Freund und Testamentsvollstrecker H[enri] B[eyles]

68 Chekina Kartause S. 157 eine der Kam[mer]z[ofen] der Sanseverina

72 Monitor vgl. le Moniteur, eine von Stendhal h[äufig] gelesene Zeitung

Misène am 12. Januar 1832 kauft H[enri] B[eyle] einen Tiberiuskopf, den ein Bauer in Misène gefunden hat

+ Kartause S. 144

Antoine Berthet: Vorbild für Julien Sorel

Don Carlos + Zitat: St Réal Vorwort

74 Tiberiusbüste K[artause] S. 144

T r e c u z r a h Anagr[amm] von Chartreuz

76 Nicht einmal einen Monat nach seiner Ankunft Beginn des achten K[apitels] K[artause] 160

Brighella: Schauspieler, der Giletti, den Liebhaber von Marietta, mit dem Stock verprügelt, S. 162

78–79 K[artause] S. 26 in einem großen Kaffeehaus in Mailand verfertigt der Maler Gros eine Karikatur, die den Erzherzog von Österreich darstellt: »ein Soldat...
man findet in 53 Tage »Legros« wieder, »Mailand« »die Kohle«, den Messerstich
Henri Legros kann auch H[enri] B[eyle] bedeuten (dessen Korpulenz bekannt ist)

79 Macklin vgl. Tagebuch S. 1415, 1416, 1417

Ein Optiker aus Menaggio namens Alesi: F[abrice] D[el] D[ongo] nimmt den Paß seines Freundes Vasi

Ver[käufer] von Barometern in Menagio K[artause] S. 50

Waterloo wurde natür[lich] wegen der Epi[sode] des F[abrice] D[el] D[ongo] in W[aterloo] gewählt

Soltykoff Korr[espondenz] 662, 675

Apraxine (Palast) 600 Korr[espondenz]

80 A grammar of the Malayan language de W. M[ardsen] Korr[espondenz] Anmerkung S. 1386

81 Shepherd Name mit dem B[eyle] die Schäferei meint Korr[espondenz] S. 518, 822 usw.

Abe Blanes: der Abbé Blanès, begeisterter Anhänger der Astronomie, Pfarrer von Grianta den F[abrice] D[el] D[ongo]

am Schluß des 8. Kap[itels] (S. 170 sq.) wiedersieht

82 Charlotte Knabelhuber: Mätresse H[enri] B[eyles] in Braunschweig T[agebücher] 875 usw.

84 vgl. 2. Satz des 9. Kap[itels] der K[artause] von P[arma]: Ich bin sehr schlecht eingeschlafen

88 Ghita: Name der alten Dienerin des Abbé Blanès K[artause] von P[arma] S. 178
Allard-Duplantier Vettern Stendhals
Lusinge, Name, den St[endhal] seinem Freund Mareste in »Bekenntnisse eines Egoisten« gibt
Mounier Jugendf[reund] Stendhals, 1816 Polizeidirektor,
Affó, Name eines Biblio[thekars] in Parma, Autor eines Buchs über das Leben der Bewohner von Parma S. 645
(und nicht 646 as said Pléiade)

89 Fiscal Rassi vgl. Kartause S. 113 und jede Menge andere, ein Feind Moscas, g[roßer] Richter in Parma
Mortaretti kleine Mörser (eigentlich Petarden) die man knallen läßt,
wenn das Heilige Sakrament vorbeikommt S. 177

93 Ich werde getötet werden etc. Pleiade S. 182 (gleich nach Beginn des zehnten K[apitels].)

97 Sainte Aulaire Fr[anzösischer] Bot[schafter] in Rom zur Zeit H[enri] B[eyles]
Delmont: del Monte: Vizekonsul in Ancona
Levasseur: löst H[enri] B[eyle] in Triest ab

99 gelbe Barrieren mit schwarzen Streifen (österreichische Grenze): S. 198

100 Würde ich mit über fünfundvierzig Jahren noch Torheiten begehen, die einem Leutnant die Schamröte ins Gesicht treiben würden
(vgl. Mosca verliebt: Pleiade S. 115)
Mathilde: Anspielung auf Mathilde de la Môle (oder auch Metilde)

102 John Bull: Mosca gebraucht diesen Ausdruck zweimal im 10. Kapitel (S. 186)

103 Spielberg: vgl. das Gefängnis (z. B. S. 184 oder 9. K[apitel] S. 181
Riva: die vier Gebrüder Riva sind mir auf den Fersen S. 182
Alari: mein Vetter der brave Graf Alari S. 182

104 Kolorno vgl. 11. K[apitel] S. 193 Colorno: das Versailles der Fürsten von Parma

105 1. Satz vgl. »das alles war ein Traum und verschwindet vor der strengen Wirklichkeit S. 189

108 die gl[eiche] Anekdote wird von F[abrice] D[el] D[ongo] über die Farneses (ihn) und die Sforzas (den Herzog von Mailand) erzählt

109 Manzi und Bucci 2 Freunde H[enri] B[eyle]s in Civitavecchia, mit denen er Ausgrabungen machte (P[leiade] S. 1417 h.
die g[anze] Gesch[ichte] mit der falschen Kaaba hat nur den Zweck, den Begriff Pierre Noire = Schwarzer Stein (Pietranera = La Sanseverina) einzuführen

111 Sakka vgl. Sacca S. 203 (Landhaus, in das Ludovic die Sanseverina bringt)

112 SHETLAND: Anag[ramm] Stendhals (man hat die Wahl des Pseudo[nyms] »Stendhal« mit der Liebe H[enri] B[eyle]s zu Schottland erklärt)

114 Episode mit den beiseite geschafften Münzen Pléiade S. 193 (!!! der Autor regt es an (?) !!)

115 Fabian D. Donaldson FAB.D.DON[GO] vgl. S. 199 seine g[anze] Wäsche FD gezeichnet (RICE)(el)

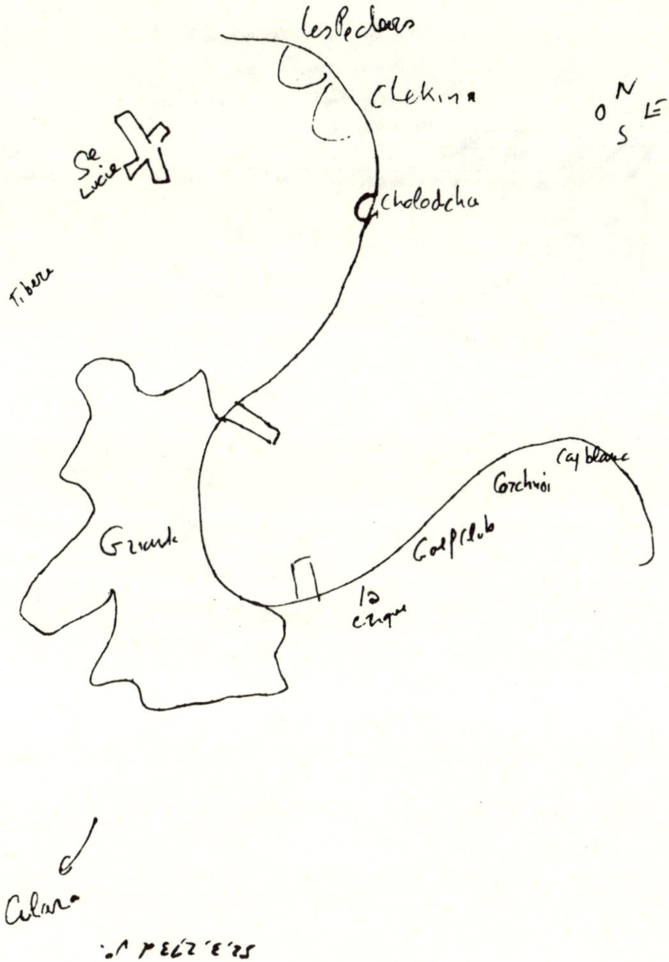

Schwarzer Ordner »53 Tage«, 15

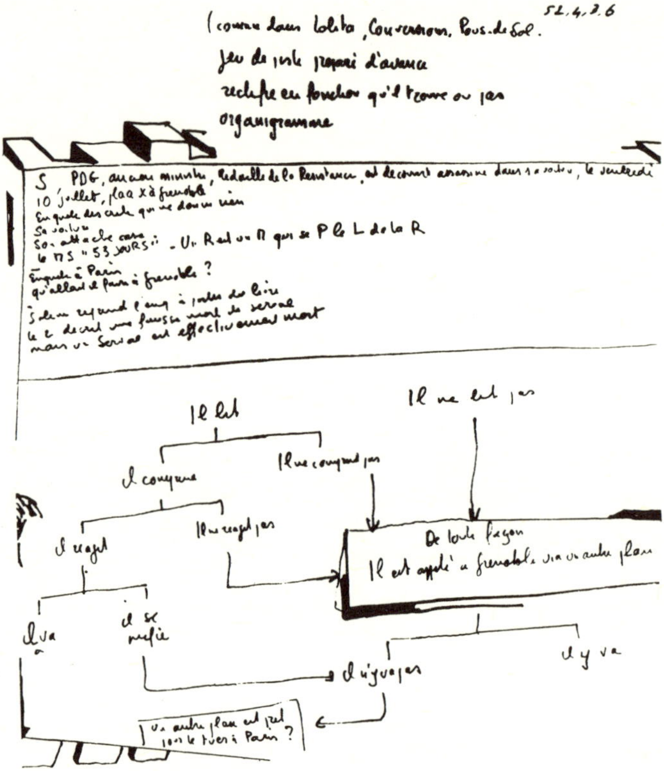

Schwarzer Ordner »53 Tage«, 30

Schwarzer Ordner »53 Tage«

Ord.53T 1

A

Das ist praktisch alles. Man kann auch erwägen, daß Rouard gleich Mirouet ist, vor allem, wenn man dabei ihre Vornamen in Betracht zieht: André für Mirouet, Rémi für Rouard (das steht zwar in der Krypta, aber seltsamerweise nur ein einziges Mal).

and | REMIROU | et
| REMIROU | ard

Mit keinem dieser Elemente komme ich weiter, mit keinem kann ich auch nur den Versuch wagen, mir vorzustellen, wer sonst noch das Ding hätte drehen können. Denn genau genommen hätte es jeder tun können, ich meine damit, jeder x-beliebige kleine Abteilungsleiter der Docks von Grianta oder des Zolls, oder der Direktor der Hafenpolizei, sogar 2 oder 3 Kranführer, die sich mit dem Laderaumchef des Containerschiffs verständigt haben (wegen der Hitze findet das Beladen der Schiffe bei Nacht statt). Und dabei spreche ich hier nur von den paar Tagen, in denen die Statue im Hafen von G[rianta] zwischengelagert war. Nichts hätte zum Beispiel den Botschafter daran hindern können, den Lastwagen (der Botschaft), der sie von Castellum Acridium nach Grianta brachte, einen Umweg machen zu lassen, usw. usw. usw.

Kurzum, zwischen dem 17. Dezember 1979, dem Datum ihrer Ausgrabung, und dem 3. März 1980, dem Datum, an dem der Betrug entdeckt wurde, hatten gut sechzig Personen die Mögl[ichkeit], sich der D[iokletian]s[tatue] zu bemächtigen. Und das war für sie mit Sicherheit leichter, als den Verdacht auf Mirouet zu lenken.

Ich bin furchtbar enttäuscht. Ich hatte erwartet, in S[erval]s Buch ein eindeutiges Zeichen zu finden, etwas, das mir ganz klar und deutlich den wahren Schuldigen gezeigt hätte, jenen, der, als er sich entdeckt wußte, gezwungen war zu töten!

Ich weiß nicht genau, wie spät es war, als ich aus dem Schlaf hochgefahren bin. Mein Bett war schweißgetränkt: die Wahrheit, eine einleuchtende und entsetzliche, eine sonnenklare, schreckliche Wahrheit war mir gerade zu Bewußtsein gekommen.

Ord.53T 2

B

Mirouet hatte sich total manipulieren lassen, aber nicht von der SH
(wie er es offenbar Serval erzählt hat) vom Konsul
selber (und mein geheimnisvoller Gesprächspartner hatte mich also nicht
belogen). Als Serval seine Gegenermittlungen anstellt,
erlangt er den Beweis für die Schuld des Konsuls. Und hier nun
kommt der ganze Machiavellismus der Situation voll ans
Licht: er verschlüsselt diese außerordentlich
kompromittierende Wahrheit in einem unvollendeten Kriminalroman,
den er dem Konsul persönlich zu lesen gibt
Der Konsul begreift sehr schnell, daß es sich g[anz]
einfach um eine Erpressung handelt: oder aber der
Schluß des Buches wird so umgeschrieben, daß Rouard-Mirouet, der allzu schöne Schuldige,
entlastet wird

Ord.53T 3

Schreckliche Hypothesen

Die Sache mit der Diokletianstatue
hat in Die Krypta nur winzige Spuren hinterlassen
die praktisch
unmöglich zu deuten sind

- Arethusa = in eine Qu[elle] verw[andelte] N[ymphe] = N[ymphen]b[runnen]
- DiMagalco = Akr[onym] der T[etrarchie]
- MCB 1000 S =
- RAPR =

man kann dem noch hinzufügen ROUARD = MIROUET
vor allem wenn man den (ein einziges Mal angegebenen)
Vornamen von R in Betracht zieht

	REMIROU	ARD
AND	REMIROU	ET

Das ist alles. Das ist nicht ausr[reichend] um die Schuld von
irgend jemandem zu beweisen

Ich bin früh zu Bett gegangen. Ich konnte einfach nicht einschlafen.
Gegen 10 (Uhr) ist mir die Wahrheit, klar und entsetzlich, zu Bewußtsein gekommen

Mirouet hat sich manipulieren lassen
nicht von der SH, wie er zu S[erval] gesagt hat
sondern vom Konsul
(wie die SH mir gesagt hat)
S[erval] hat den Beweis für die Sch[uld] des Konsuls
Er gibt es ihm zu verstehen, indem er ihm
sein unvollendetes Buch zeigt: der Schluß
des Buches beweist die Schuld des K[onsuls]. Es sei denn, daß zu beweisen erlaubte
(*nicht zu entziffern*)

Warum? Weil er viel
Geld braucht (Spielschulden)

Ord.53T 5

furchtbare Hypothesen

S. 14–16
S[erval]s Inszenierung,
um den Konsul zu erpressen

ODER

vom Konsul erfundenes
Szenario, um
S[erval] zu ermorden ihm
sein M[anu]s[kript] zu stehlen,
das beweist, daß er das
Ding gedreht hat
er zerstört den Schluß
den »wahren Beweis«
also Lise Komplizin!

Auf den 1. Blick
ist nicht erkennbar, was für ein Zusammenhang
besteht zwischen der Untersch[lagung] einer
mehrere Tonnen schweren Statue
und den Expeditionen in die Wüste

nichtsdestoweniger
ist es g[anz] offenkundig
daß der K[onsul] eine der Personen ist
deren Pos[ition] wichtig
genug ist
um ungestraft
ein solches Delikt ins Auge fassen und ausführen zu können

Doch wenn dem so ist
warum zum Teufel
sollte Serval
als er die Wahr[heit] entdeckt
sie ausgerechnet dem
Schuldigen zu lesen geben

Das ist reiner Wahnsinn!

Oder ist es der Gipfel
des Machiavellismus
oder ge[nauer] eines
Erpressungsmanövers

ich meine damit: Serval
gibt sein Buch dem Konsul zu lesen.
Das bedeutet
Wenn dieses Buch erscheint
wird jedermann wissen, daß Sie, der Konsul,
die Statue unterschlagen haben
also: zahlen Sie: halbpart: 500 000 $

Ord.53T 7

Salini zieht daraus den Schluß
daß es folgendes in diesen verschiedenen Geschichten gibt

Koala	: eine bizarre Doppelagentengeschichte
Richter	: eine Rache (Selbstjustiz)
die Krypta	: eine Rache
53	: ein Verbrechen aus Leidenschaft

Anspielungen auf Serval
sein Geburtsort
die Tatsache, daß er ein Pseudonym gehabt hat
der Ort seiner Sommerfrische
eine seiner Krawatten
nichts über seine Aktivitäten als Widerstandskämpfer, Politiker, Industrieller,
nichts über sein Privatleben

Im Ergebnis sehr wenig
oder alles ist verschlüsselt

Eine Zeitlang muß Salini in Betracht ziehen
daß Serval nicht tot ist
(daß er sich selber als den Schuldigen des Verbrechens wiederfindet, das er vorbereitet,
wie der Erzähler von 53 T[age]

Die Polizei: wir haben nat[ürlich] alle Namen überprüft, die wir im Buch gefunden haben
Es hat tatsächl[ich] einen Coulibaly und einen Tchicaya und 2 Brüder Saunier
am Gymnasium G[eoffroy] S[aint] H[ilaire] in Etampes gegeben,
doch die meisten Namen scheinen erfunden zu sein,
der Autor des Buches muß als Aufseher oder als Schüler in Etampes gewesen sein,
auf j[eden] Fall hat er ziemlich genaue Erinnerungen an die Stadt

Ord.53T 8

Ich fasse die Lage in wenigen Zeilen zusammen:
auf Grund dunkler Machenschaften
hat sich ein größenwahnsinniger Amerikaner
eine D[iokletian]st[atue] ange[eignet] die auf dem Gelände
des Cast[ellum] Acrid[ium] in der N[ähe] des Sakka-Passes
in der Region von Kolorno gefunden worden ist.
der fr[an]z[ösisch]e Kul[tur]att[aché], Mirouet, wird als
der Komplize dieses Ameri[kaners] ange[sehen].
Er wird nach Paris zurückberufen, wo sich seine Spur verliert.

doch vor seiner Abreise
spricht er l[ange] mit Serval
Nach dem, was Serval Lise von dieser Unter[haltung] ber[ichtet]
scheint Mirouet zu behaupten er sei das Opfer eines
von der SH
ausgeheckten Coups
Serval stellt Ermittlungen an und entdeckt
die Wahrheit, die er auf seine Weise in
einem Buch mit dem Titel Die Krypta erzählt.
Da er sich bedroht fühlt, vertraut er dieses Ms.
dem Konsul an, der mich bittet, es zu prüfen.
Unt[erdessen] »lädt« mich die SH vor, versichert mir, daß sie nichts
mit dieser Geschichte zu tun hat, gibt mir jedoch zu verstehen,
daß der Konsul sehr wohl darin verwickelt sein könnte.

Ord. 53T 9

Brauchte Serval so dr[ingend] Geld?
Why not: seine Spielschulden

Ord.53T 10

Hieroglyphen in Nan entziffern

Ord.53T 11

Ver[lau]f »53 Tage«

Hypothese

Sobald man die Grotte f[indet]
scheint der Fall sich zu klären
man hat ein Motiv: Rache eines Widerstandskämpfers
und dazu die Soße (der Fall der Partisanengruppe aus der
Chartreuse) doch man weiß nichts über die

	eventuellen	Tempe und Chabert
Man weiß nicht, wie sie es angestellt haben	»Überlebenden«	
und man findet auch ihre Spur nicht	Suche nach Tempe	
	" nach Chabert	

FRAGE

Woher weiß der wirkliche Mörder, daß niemand in der Grotte suchen wird
Erst wenn man die Erklärung mit den 2 Mördern hat
kann man den Fall rekonstruieren KEINE NOTWENDIGKEIT
also ein guter Gedanke, daß der »Konsul« im[mer]h[in] ein Kamerad Servals wäh[rend] des Widerstands war
also die Geschichte von Seite 21 ändern (z. B. glaubte man den Schuldigen zu haben, als die Ermittlungen ergaben,
daß einer der Angestellten der Agentur, die die Expedition organisierte, ein ehemaliger, wegen Unterschlagung entlassener Buchhalter der FAP war.

als Patricia und der Konsul also beschließen,
Serval auszuschalten, sucht der »Konsul«
unter dem, was ihm in der Partisanenzeit passiert ist,
eine ihn und Serval betreffende Verratsaffäre,
die eine so späte Rache erklären kann,
und stößt auf den Fall des englischen Kommandos

Da »der Konsul« und »der Pauker«
den Mord für sich beanspruchen,
können sie nicht leugnen, als sie
verhört werden, bevor
man den Leichnam gefunden hat.
also darf vom Konsul
erst nach der Entdeckung
des Leichnams gesprochen werden

Ord.53T 12

Dann kam mir
die Wahrheit zu Bewußtsein,
einleuchtend, furchtbar:
der Konsul hatte Servals
Erpressungsversuch genau
verstanden
und auf die wirksamste
Weise darauf geantwortet:
indem er ihn tötete
Dann hatte er es so
einzurichten gewußt,
daß ich
auf eine Weise, die mir noch nicht ganz klar war
als der Schuldige dieses Mords dastand!

217 Bulo: Berufskiller
↓
Bulow

12 Joseph Boss
Pepe
Stock mit Goldknauf
Sturz des Ministers

Ord.53T 13

Das ist praktisch alles. Es darf auch
in Betracht gezogen werden, daß ROUARD = MIROUET
vor allem, wenn man den Vornamen ROUARDS
(der in Die Krypta nur ein einziges Mal
angegeben wird) und den MIROUETS (André)
berücksichtigt

REMIROU ard
and REMIROU et

anhand dieser wenigen Elemente die Schuld
von wem auch immer nachweisen zu können scheint mir
höchst unwahrscheinlich

Ord.53T 14

Genaue Ermittlungen über den Fall in der Chartreuse

Bei wem?	Archive über die Geschichte des 2. W[elt]k[riegs]		
	Überlebende	Franzosen	welche?
	"	Engländer	" ?

demnach: der Fall (Serval Verräter) wird rek[onstruiert]
man kehrt zur Grotte zurück: er ist tat[sächlich]
dort, tot: ja, aber von wem getötet?
woher kommt die Pistole? wie
woher kommt die Uniform? warum
trotzdem hat man eine Spur
die Pistole
die Uniform

der M[ord] an Serval wurde von H und J begangen
wobei H »der Konsul«
und J der Lehrer (Erzähler) ist

Ord.53T 16

Der Konsul tut so (mir gegenüber)
als verstünde er
diesen Text nicht
In Wirklichkeit hat er ihn ganz genau verstanden
und er tötet Serval

Warum beauftragt er mich mit den Ermittlungen
über dieses Buch?
Weil er sich diese Ermittlungen zunutze
machen will, um mir den M[ord] an
S[erval] anzuhängen.

Ord.53T 17 (1/1)

Schedule
28 Kapitel
280 S[eiten]
3 S[eiten] p[ro] T[ag] = 94 Tage

Dez	31	
J	31	62
F	28	90
M	4	4

get 8 = 12. März
durchg. 3 15. März

28 Kapitel
4 Tage p[ro] Kap[itel]
macht 112 Tage

Dez	31
J	31
F	28
M	22

get 9
Ms. abgeliefert am 31. März
genau 2,5 S[eiten] p[ro] Tag

Ord.53T 18 (1/2)

Die kalte Stadt
Die heiße Stadt
Das Kommando
Die Chartreuse
Stendhal und S[ain]t Réal
Patricia Serval
Lise
»Die Krypta«
Der Richter und der Mörder
The Koala Case Mystery

Ein R ist ein S
»der Konsul«
Zusammenhänge die Krypta und Grianta
Zusammenhang 53 Tage und Serval
Anspielungen auf den Spiegel
Anspielungen auf Stendhal
Die Wahrheit
der verliebte Erzähler
Hypothesen des Erzählers
Hypothesen Salinis
Berichte der Polizei, des SDECE (Service de documentation extérieure et de contre-espionnage), eines Verlagslektors
»die schwarze Hand«
Ermittlungen über Serval-Réal
Ermittlungen über Serval-Louviers
Ermittlungen über Chabert
Ermittlungen über Tempe
Ermittlungen über den Konsul (53 Tage)

Ord.53T 19 (2/1)

SCHEDULE

28 Kapitel			28 Kap[itel]		
5 Tage pro Kapitel			4 Tage pro Ka[pitel]		
macht 140 Tage			macht 112		
Dezember	31		Dezember	31	
Januar	31	62	Januar	31	
Feb	28	90	Feb	28	90
März	31	121	März	22	
April	19	140	Get	8	
Getip	10				
Ms. Montag 3. Mai abgegeben			Ms. Mittwoch 31. März abgeliefert		
für Erscheinungsdatum 15. Juni			Für Erscheinungsdatum 15. Mai		
[ungefähr] 2 S p T			[ungefähr] 2,5 S p T		

Ord.53T 20 (2/2)

aurh
burh murh
curh nurh
durh
furh
gurh

l[ange] schien ihm das P[ro]b[lem] unlösbar

das P[ro]b[lem] ist nicht unlösbar: Man braucht nur
alle Elemente der Aussage um eine Stelle zu
versetzen

der Spiegel des Einäugigen von X erzählt die Gesch[ichte]
eines Mannes, der in einem Roman eine Person
entdeckt, des[sen] Biographie Wort für Wort
mit der seinen übereins[timmt]

X hat eines Tages die Idee für eine Erzählung
die weder A[nfang] noch Ende haben sollte

es ist die G[eschichte] eines Romanciers
der in einem Autobus einem Mann
begegnet

Ord.53T 21 (2/3)

13 + 18 = 31
25 + 27 = 52
37 + 36 = 73
49 + 45 = 94

Ord.53T 22 (2/4)

In A

Ord.53T 23 (2/5)

Ein R ist ein S

14 – das Versch[winden] Servals. Ermittlungen. Aufderstelletreten. Man ruft Salini.

15 – Nachdem Salini »53 Tage« gelesen hat, sucht er Patr[icia] auf. Zusammenhänge Buch Serval

16 – Wo anfangen. Heiße Spur? Kalte Spur? Etampes
(Bordeaux)

17 – Zurück zum Buch: ein R ist ein S? S = Spiegel

18 – Stendhal und St Réal ⟶ die Kartause

19 – den Fall der Widerstandsbewegung nochmal vornehmen: das Kommando, die Grotte

20 – Diese Grotte wiederfinden. Man entdeckt dort Servals Leichnam
Ja aber wer warum wie

21 – Auf der Suche nach den 2 Überlebenden: Tempe und »Chabert«
Ermittlungen über sie. NICHTS

22 – Zwischenbilanz ZIEHEN. Warum das Buch? Zurück zum Buch
die Spur »Chabert« und die Spur »Konsul«

23 – 2. Begegnung mit Patricia: Hypothesen

24 – das kalte Land

25 – das heiße Land: die Spur Chaberts
mit Hilfe des Buches wiedergefunden: THAT'S THE CRUCIAL POINT

26 – Chabert

27 – das »Geständnis« Chaberts

28 – Epilog
die Wahrheit die bittere Wahrheit
wie ist es passiert
wie hat man das alles vertuscht

Ord.53T 24 (2/6)

	Hinweise in der Krypta	Was der Erz[ähler] glaubt	Die Wahrheit	Was die Polizei glauben wird
Motiv		der Konsul tötet Serval der weiß daß er einen Mord begangen hat	Serval tötet Lises Geliebten, den Konsul	der Erzähler, verliebt in Lise, tötet ihren Geliebten, den Konsul
Materieller Beweis				
Zeuge				
Alibi				

Ord.53T 25 (3/1)

1	Spiegel	Glace (Glasur)	spiegeln	vorspiegeln
2	Spiegel Sprint	Glacéhandschuhe	be(spiegeln)	Luftspiegelung
3	Daily Mirror	Spiegelsaal	spekulieren	spiegelglatt
4	Miroir	Spiegelkarpfen	sehen (beim Poker)	spiegelnd
5	Cinéma Les Reflets		Blick (Gully)	der Emir Ovar.el K...
6	Miror		»Moriri«	MeRe
7	through a glass darkly		»Rimori«	Maree
8	Glas		Rahmen	MauRe
9	Brille		der R ist ein S..	MoiRe
10	Eulenspiegel		Spiegelstadion	MuRe
11	MIRO IR		Sonett von Mallarmé	MaRie
12	Rückspiegel		Spiegeleier	MaRe
13	»widerspiegeln«		Spielzug	MaRi
14	Bild			MouRiR
15	Hexenspiegel			MouRieR
16	Spiegelungen in einem Goldauge			MeRou
17	Heiliger Georg mit dem Spiegel			MoReau
18	Glaspalast			MaiRe
19	Ray Ban			MoRue

20	Schneewittchen	sowie ihre
21	Vergrößerungsspiegel	Umkehrungen RaMe
22	Dreiteiliger Spiegel	RoMeo
23	Taschenspiegel	RaiMu
24	Psyche	RiMe
25		RoMe
26		RaMi
27		RaMeau
28		ReMi
29		(San) ReMo
30		RouMi
31		
32		
33		
34		
35		
36		
37		

Ord.53T 26 (3/2)

53 TAGE: KALENDER

	MAI						JUNI				JULI
Montag	22	29	6	13	20	27	3	10	17	24	1
Dienstag	23	30	7	14	21	28	4	11	18	25	2
Mittwoch	24	1	8	15	22	29	5	12	19	26	3
Donnerstag	25	2	9	16	23	30	6	13	20		
Freitag	26	3	10	17	24	31	7	14	21		
Samstag	27	4	11	18	25	1	8	15	22		
Sonntag	28	5	12	19	26	2	9	16	23		

Ord.53T 27 (3/3)

1 Am 15. Mai
2 Lemarquis unterrichtete
3 (er) fand bald
4 Nichts konnte ihn aufwecken
5 Dieses ganze Abenteuer
6 Wir müssen aufrichtig gestehen
7 Das sind ( ) unbedeutende Einzelheiten
8 So fand sich Blanes, nicht einmal einen Monat nach seiner Ankunft
9 (...) Er hatte große Mühe einzuschlafen, und sein Schlaf war unruhig
10 Während er sich selbst eine Strafpredigt hielt
11 Als er aus dem erzbischöflichen Palais kam, lief (er) zu
12 Der Jude
13 Alle Einfälle
14 Während
15 Zwei Stunden später
16 Nun denn
17 Der Graf
18 So
19 der Ehrgeiz
20 Eines Nachts
21 Zur Zeit der
22 Im Verlaufe des Tages
23 Mitten in diesem allgemeinen Aufruhr
24 die Herzogin organisierte bezaubernde Abende
25 die Ankunft von
26 die einzigen Augenblicke, in denen
27 Diese Unterhaltung
28 Mitgerissen von den Ereignissen

Ord.53T 28 (3/4)

(I,6) oder	7	13	20	33	53
	14	26	40	66	126
	40	80	146		146
					[272]

den 5 Romanen jeweils zugestandene Bedeutung

Koala	der Richter	Krypta	53	« »	
2	34	36	70	126	
id est					
1	17	18	35	53	Fibonacci

versuchen, sich daran zu halten,
doch nicht so schlimm, wenn
es nicht klappt
it's just a detail

(nicht genug für Koala zuviel für Richter sehr begründet für die
3 letzten

Ord.53T 29 (3/5)

	Wirklicher Mörder	Wirkliches Opfer	Spiegel Opfer	Spiegel Mörder
RICHTER	Vidornaught	Angèle		Fly
KRYPTA	Rouard	Vichard	Rouard	Vichard
53 T	Serval	Konsul	Serval	Erzähler
»53 T«	Madame Serval + Konsul (Liebhaber)	Serval (Erbschaft)	Serval (Widerstand)	»Konsul« (Gruppe) Chabert

Ord.53T 30 (3/6)

(wie in Lolita, Sinneswandel, Son[nen]st[aub]
Reihe im voraus gelegter Spuren
berichtigt im Hinblick darauf, ob er findet oder nicht
Organigramm

S, GD, ehemaliger Minister, Medaille der Widerstandsbewegung, wird am Freitag, den 10. Juli, in Grenoble, Place X,
ermordet in seinem Auto aufgefunden
Diskrete Ermittlungen ergeben nichts
Sein Auto
sein Diplomatenkoffer
das Ms. »53 TAGE« ein R ist ein S der die L E L
Ermittlungen in Paris
was wollte er in Grenoble?
anhand des Buches nimmt Salini die Ermittlungen wieder auf
der R[oman] beschreibt einen falschen Tod Servals
aber ein Serval ist tatsächlich tot

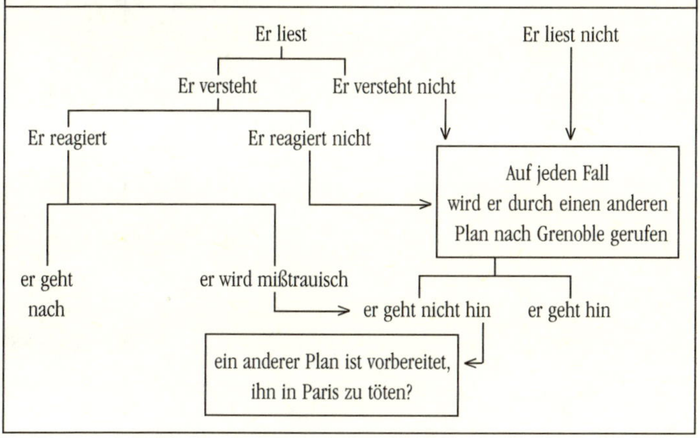

Ord.53T 31 (3/7)
(teilweise) get.

»53 Tage«	53 Tage	Die Krypta	Der Richter ist der Mör[der]	The Koala Case Mystery
Paris	Grianta	Gotterdam	Paris?	Newcastle
Patricia Serval geborene Humphrey	Réal gen. Serval	Serval	Angèle	
Serval gen. Louviers	Der Konsul (Vergnaud??)	Vichard	William Vidornaught	Günter Raversi
François-Léon Salini	Der Erzähler	Rémi Rouard	Fly	Frederick Derville
»Der Konsul« (»Chabert«)	Lise	Pedersen (Industrieller)	Boutin?	Jackson Gillett
»Der Pauker« (»Tempe«?)	Grace Hillof	Derville		Llewlyn P. Blanes
»wirklich«	»wirklich, im 2. Teil Fiktion werdend«	Fiktion	Fiktion	Fiktion

Ord.53T 32 (3/8)

GRUNDSÄTZLICHES

Titel
In-cipit nach Stendhal

Plan
Fibonacci

usw.

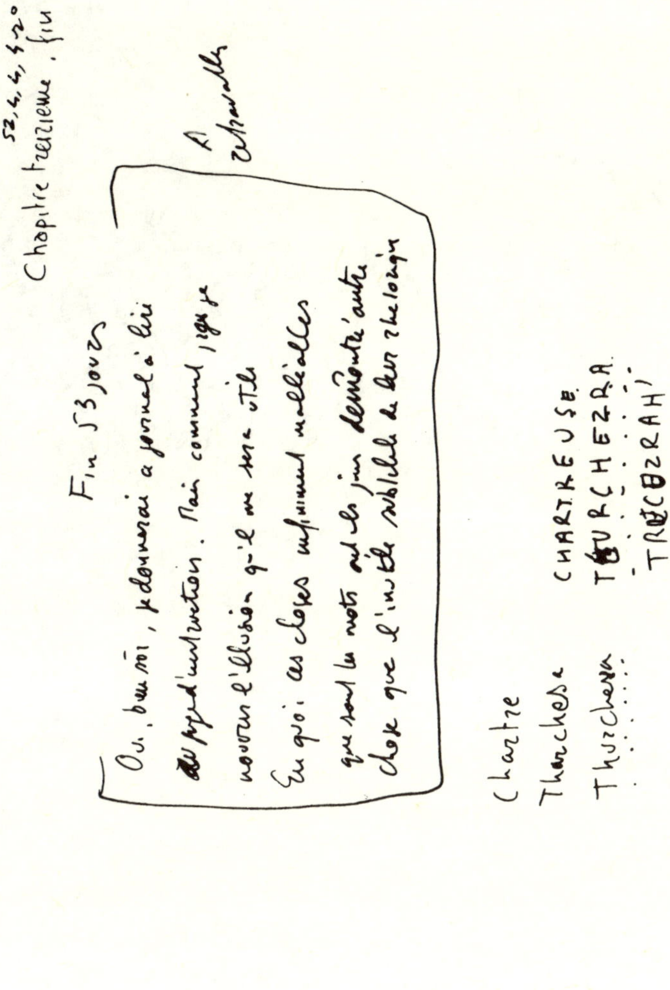

52, 4, 4, 4-20
Chapitre treizieme, fin

Fin 53 jours

Oui, bien sûr, je donnerai ce journal à lire
au juge d'instruction. Mais comment, ayant pu
nourrir l'illusion qu'il me sera utile
En quoi ces choses infiniment malléables
que sont les mots ont-ils jamais démontré autre
chose que l'inutile subtilité de leur rhétorique

À retravailler

Chartre
Tharchesa
Thurchera

CHARTREUSE
TOURCHEZRA
TRECEZRAH

Schwarzer Ordner »53 Tage«, 38

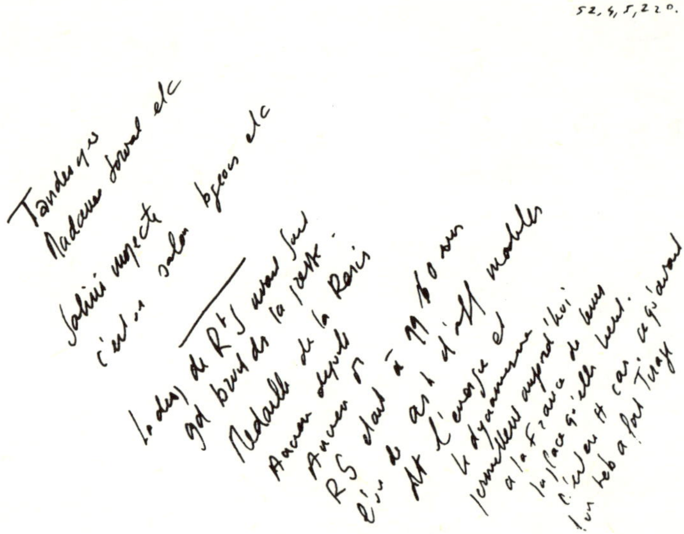

Schwarzer Ordner »53 Tage«, 40

Ord.53T 26 (3/9)
get.

Die neun verschiedenen Arten, nach denen die Zahl 53 Teil einer Fibonacci-Reihe sein kann:

1	26	27	53			
3	25	28	53			
5	24	29	53			
7	23	30	53			
9	22	31	53			
1	10	11	21	32	53	
1	6	7	13	20	33	53
4	15	19	34	53		
1	17	18	35	53		

OoOoOoOoOoOoOo

SERVAL SAGT DEM KONSUL DASS ER DEN ERZÄHLER KENNT
SERVAL VERSCHWINDET
DER KONSUL BEAUFTRAGT DEN ERZÄHLER MIT DEN ERMITTLUNGEN ÜBER DAS VERSCHWINDEN SERVALS
DER ERZÄHLER IST SCHLIESSLICH ÜBERZEUGT DASS DER KONSUL SERVAL GETÖTET HAT UND IHM DAS VERBRECHEN ANHÄNGEN WILL
DER ERZÄHLER ENTDECKT EINEN LEICHNAM ABER ES IST NICHT DER SERVALS. ES IST DER KONSUL.
SERVAL HAT DEN KONSUL GETÖTET: BEI DEN ERMITTLUNGEN LIEFERT DER ERZÄHLER NUR DIE HINWEISE DIE GEGEN IHN SPRECHEN WERDEN (MOTIV, TATWAFFE, GELEGENHEIT, ZEUGE USW.)

(der Erzähler kann auch folgendes glauben: Lise hat Serval getötet; der Konsul, der Lise liebt, vernichtet die Hinweise, die sie belasten würden, und ersetzt sie durch Hinweise, die der Erzähler bei seinen Ermittlungen zu entdecken glaubt, die aber gegen ihn sprechen werden.

123456789

Ord.53T 34 (4/1)

DREIZEHNTES

Ich vermute, daß so[gar]
die Wahl der Schreib-
ma[schine] von der Tat-
sache bestimmt war,
daß ich den Wieder-
verkäufer gut kannte

Ord.53T 35 (4/2)

Die Fliege, die nicht geklappt
sein will, setzt sich am sichersten
auf die Klappe selbst
Lichtenberg

Ord.53T 36 (4/2)

die erste Phase dieses Berichts

die ersten und die letzten Seiten des Buches fehlten

1. Teil 53 Tage

1 Der Auftrag-Etampes
2 »Die Krypta«
3 1. Vermutungen
4 »Der Richter ist der Mörder«
5 Lise
6 In der Vergangenheit von RS herumstöbern
7 Hinweise
8 die Idee einer vom K[onsul] gestellten Falle
9 der E[rzähler] verliebt sich

10 Spuren die im Sand verlaufen
11

12 der Er[zähler] geht zu Lise, findet den K[onsul] tot vor
13 die Verhaftung

2. Teil ein R ist ein S der die L E L

14 Das Verschwinden Servals
15 die offiziellen Ermittlungen
16 das heiße Land
17 das kalte Land
18 Ein R ist ein S
19 Rückkehr in die Chartreuse

20 Entdeckung des Leichnams
21 die Ent[deckung] des Leichnams läßt den Fall wied[eraufleben]

22 auf der Suche nach dem Kommando
23 »Der Konsul«
24 Zurück zum M[anu]s[kript]: Umk[ehrung]

25 Der Konsul wird gefunden
26 ?
27 Erklärungen
28 Epilog

Ord.53T 37 (4/3)

Dreizehntes Kap[itel]

Ich weiß nicht, wann sie sich dazu entschlossen haben, den armen kleinen Provinzlehrer in die Geschichte hineinzuziehen und ihn die Suppe auslöffeln zu lassen. Wahrscheinlich, nachdem der Konsul mich mit dem Stand des französischen Buches beauftragt hatte.
Sie wußten, daß der Konsul nach Frankreich reisen sollte und daß es für Serval ein Leichtes sein würde, ihn zu bitten, mir das M[anu]s[kript] zu geben.
Zuerst habe ich geglaubt, die Erei[gnisse], die Grianta vor sechs Wochen erschüttert haben, hätten sie bei ihrem Plan gestört. Aber es war (bei all den Prov[okationen] die die Clique des In[nen]m[inisters] seit über einem Jahr vervielfachte) nicht schwer vorauszusehen, daß der 25. Jah[restag] der Un[abhängigkeit] der Vorwand für Un[ruhen] und Blutbäder sein würde. Im Gegenteil, das kam ihnen sogar zupaß...

Wie haben sie es angestellt, damit ich Lise kennenlerne und, ohne mir dessen bewußt zu werden, den Spuren folge oder besser den Fallen, die sie mir stellte? und wenn ich nicht auf den Gedanken gekommen wäre, diese falsche Schreibkraft zu suchen? Ich nehme an, sie hätten sich etwas anderes ausgedacht a[ber] sie sind wohl überzeugt gewesen, daß mich dieses fehlende Kapitel reizen würde

die Schlußerklärung hat e[twas] Verschwommenes (der auf K[riminal]r[omane] spez[ialisierte] Kritiker merkt es

Patricia erklärt es in K[apitel] 28

Ord.53T 38 (4/5)
Dreizehntes Kapitel, Ende

Ende 53 Tage

Ja, ich werde dem Untersuchungsrichter natürlich dieses Tagebuch zu lesen geben, aber wie k[önnte] ich (?) mich der Illusion hingeben, daß mir das nützlich sein wird Inwiefern haben diese unendlich biegsamen Dinge, die Wörter, je etwas anderes bewiesen als die unnütze Subtilität ihrer Rhetorik

Zu
überarbeiten

Chartre
Tharchesa CHARTREUSE
Thurchezra TEURCHEZRA
[ ] CAZRAH

Ord.53T 39 (5/1)

Vierzehntes Kapitel

Verschwinden Robert Servals

Elemente der Ermittlungen
der Wagen
der Revolver
der Aktenkoffer
»53 Tage« Identifizierung der Schreibmaschine?
und des Anschlags

Leben des RS

AUF-DER-STELLE-TRETEN

»53 Tage« von einem Kritiker unter die Lupe genommen

Schließlich ruft man Salini zu Hilfe

Ord.53T 40 (5/2)

Während
Madame Serval usw.
inspiziert Salini
es ist ein b[ürger]liches Wohnzimmer usw.

Das Verschwinden R[obert] S[erval]s hatte
in der Presse gr[oßes] Aufsehen erregt
Medaille der Widerstandsb[ewegung]
Ehemaliger Abgeordneter
Ehemaliger M[inister]
R[obert] S[erval] war mit et[wa] 60 Jahren
einer dieser beispielhaften Gesch[äfts]l[eute]
d[eren] Energie und
Dynamik
es Frankreich heute
erlauben, den Platz

einzunehmen, den es einnimmt.
Das jedenf[alls] hatte eine Wochenz[eitschrift]
mit hoher Auflage geschrieben

Ord.53T 41 (5/3)

Louviers 4

ABLAUF »53 T«

Angaben zum P[roblem]
die Ermittlungen treten auf der Stelle
die Ermittlungen treten auf der Stelle

Unsere einzige Chance sagt man zu Salini ist daß dieses geheimnisvolle Manuskript in der einen oder anderen Form den Schlüssel zu unserem Problem enthält

Im Augenbl[ick] wissen wir nicht einm[al], ob Serval tot oder lebendig ist. Wenn er tot ist, wo ist dann sein Leichnam?

Alles fordert uns dazu auf zu glauben, daß dieses Dokument etw[as] mit dem Versch[winden] Servals zu tun hat

Wir haben es einem Verleger zu lesen gegeben. Er meint, als Geheimnis sei es ziemlich oberflächlich, aber trotzd[em] voller Einzelheiten die neugierig machen

Sie werden das a[lles] in den Unterlagen finden

Ord.53T 42 (5/4)

Robert Serval, alias Louviers

Geboren 1918 in Rouen

Studium
Hobbys
Reisen
Ferien

eingetreten in die Widerstandsbewegung?	zuerst in Grenoble, wo er sich um eine Buchhandlung kümmert, die als Briefkasten dient.
43 (?) Führer einer Partisanengruppe (FFI) in der G[rande] Chartreuse (nach dem Tod seines Chefs, des H[auptmanns] X, Berufssoldat)	Der Br[ief]k[asten] wird entdeckt, er flieht in die Chartreuse

Fall des englischen Kommandos???

Nimmt bei der Befr[eiung] Grenobles an den Straßenschlachten teil.
Meldet sich freiwillig zur Armee: Colmar, usw.
Kriegskreuz, M[edaille] der Widerstandsbewegung, Tapferkeitsmedaille,
45 aus der Armee entlassen

Abschluß seines Studiums in Handelsrecht?
beginnt 48 eine Karriere als Politiker 59 Abgeordneter
1972 Staatssekretär im Außenhandelsministerium

Bürgermeister von
Mitglied des Conseil Général
64 verwitwet (46 Jahre alt), verheiratet sich
66 mit einer jungen, fünfundzwanzigjährigen Amerikanerin

Die kurze Zeit in diesem Ministerium erweist sich als sehr fruchtbar für die Unternehmen, für die er tätig ist
Kein Skandal, doch Verdachtsmomente
Zieht sich 74 aus der Politik zurück
Tätigkeiten: Spinnereien, Konfektion,
Pflanzenfasern (Kokos, Raphia, Bast, usw.)
Zahlreiche Reisen nach Afrika, in den Mittleren Osten, den Fer[nen] O[sten], nach Amerika

Lebt seit 1981 in Scheidung
Getrennt von seiner Frau Patricia, geborene Humphrey, 1941

Ord.53T 43 (6/1)

Fünfzehntes Kapitel

Salini:
In einem Buch findet der angebliche Serval
die Lösung des Falls Rouard.

In einem Buch soll der unglückliche
Erzähler von »53 Tage« den Schlüssel zu dem Rätsel finden,
welches das vorgetäuschte Verschwinden Servals bedeutet
Man erwartet, daß Salini die Gründe
für den sehr realen Tod Servals in
einem Buch sucht

Ord.53T 44 (6/2)
get.

Der Autor von »53 Tage« legt viele falsche Spuren; so dient Robert Serval nicht nur als Vorbild für die Romanfigur Robert Serval, sondern auch für den Konsul und für den Erzähler: Serval ist wie der Konsul in Rouen geboren, ohne normannischer Abstammung zu sein; wie der Erzähler hat er mehrere Male in Veulles-les-Roses Ferien gemacht; es gab zuviele Einzelheiten dieser Art, als daß es Zufälle hätten sein können; selbst Nebenfiguren ohne direkten Bezug zur Kriminalerzählung hatten manche ihrer charakteristischen Eigenschaften von Robert Serval; so gehörte ihm zum Beispiel die wappengeschmückte Krawatte, mit der Grâce Hillof erdrosselt worden war, (hat jedoch nichts zu tun mit der völlig fiktiven Militärakademie von Blackbells, Ariz.; es waren die Phantasiewappen der Spinnereizunft von Florida, zu deren »Ehrenspindel« Serval anläßlich der französisch-amerikanischen Handelswoche von Miami, deren erleuchteter Initiator er gewesen war, ernannt worden war).

Fünfzehntes Kapitel

Ord.53T 45 (7/1)

Sechzehntes Kapitel

wie interpretiert Salini in »53« Etampes?
Stellt er Nachforschungen an
oder beschließt er daß Etampes = Bordeaux
(zum Bei[spiel]) wo Serval studiert hat

er MUSS etw[as] damit anfangen (es muß
eine ganz andere Bedeutung
bekommen)

Ord.53T 46 (8/1)

SIEBZEHNTES KAPITEL

Salini hat also nur in »53« Tage
eine Chance, irgend etwas
Nützliches zu entdecken, um die Ermittlungen
anlaufen zu lassen

»Ein R ist ein S der die L E L«

Ord.53T 47 (8/2)

»Ein R ist ein S der die L E L. Er kommt
unaufhörlich auf diese kryptische Aussage zurück. Er hat schon ganze Seiten
damit gefüllt. Sobald er jemanden trifft, den er kennt,
stellt er ihm die Frage

Ord.53T 48 (8/3)

Ein Reicher ist ein Schleimer, der die Lügen erfolgreich »lanciert«
Ein Rektor ist ein Raudi, der die Lehrerinnen ehewidrig liebkost
ein Roboter ist ein Stahlmechanismus, der die
ein   Spekulant

Ord.53T 49 (8/4)
get.

Ein Römer ist ein Seriendieb, der die Luxusgüter einzusacken liebt.
Ein Ritter ist ein Softi, der die Leine einpudern läßt.
Ein Raynaud ist ein Schlauberger, der die Lebenden entschieden lobt.
Ein Reimer ist ein Strizzi, der die Lakritzen endlos lutscht.
Ein Romani ist ein Stier, der die Leitplanken entnervt lostritt

Ord.53T 50 (8/5;
in einer anderen Schrift)

Ein Rhinozeros ist ein Simpel,
der die Lehre enthusiastisch
lebt

Ord.51 (8/6); auf Papier mit Briefkopf:
University of Queensland
St Lucia, Brisbane, Australia, 4067;
in einer anderen Schrift)

Stotterer

Ein Roma ist ein Sir
der die Leitmotive
etwas
erbärmlich
lädiert
Ein Romancier ist ein Sadist
der die Lemuren
entschieden
enttäuscht
ledert

Ord.53T 52 (8/7;
in einer anderen Schrift)

Ein Roman ist ein Spaß,
der die Lebensauffassungen
erzieherisch legalisiert.

Ord.53T (8/8; mit dem gleichen Briefkopf wie 50,
in einer anderen Schrift)

Ein Rabe ist ein Seher, der
die Lebenslinien enger legt.

Ein Rosenstrauch ist ein Spucknapf, der
die Leiden erheblich lindert.

Ein Reicher ist ein Snob, der
die Lippen Evas löst.

Ein Rabauke ist ein Spitzel, der
die Lachen einfach leert.

Ein Raum ist ein Salon, der
die Linolschnitte einheitlich laviert.

Ord.53T 54 (8/9;
in einer anderen Schrift)

Ein R ist ein S der die L E L

Ein Regentenmörder ist ein Sonderling, der die Lustspiele erbärmlich labert.

Ein Regent ist ein Satrap, der die Lobby ewig löchert.

(< Stendhal)

Ord.53T 55 (8/10;
in einer anderen Schrift)

s[ubstantiv] s
→ Ein R ist ein S
der die L E L
s a[dverb] v[erb]

→ Ein Rundfunkgerät ist ein Süßholzraspler,
der die Losverkäufer erotisch labt.

→ Ein Routinier ist ein Segler,
der die Leistung endlich legitimiert.

→ Ein Räuber ist ein Seemann,
der die Lunte erfahrungsgemäß legt

→ Ein Radschaufler ist ein Seedampfer,
der die Landnahme entrüstet sabotiert.

→ ein Radio ist ein Sommerhit,
der die Lüste erheblich längt.

→ Ein Rivale ist ein Sandmann,
der die Lebedame einst liebte.

→ Ein Riese ist ein Sonntagsmaler,
der die Lilien egoistisch lexikographiert.

Rückfälliger
→ ein Reuiger ist ein Sünder,
der die Laster einfach leugnet.

Ord53T 56 (8/10a;
in einer anderen Schrift)

Ein	R ist ein	S der die	L	E	L
	Roboter	Schrumpfgermane			löst
	Regent	Schausteller	Landstraße	entlang	(?)
	Rohling	Smaragd	Lehrerinnen	ehrlich	(?)
	Ragout	Schmaus	Laboranten	ehrlich	labt
	Rapport ist ein	Schmaus	(?)	eben	
	Ruhetag	Singsang	Lieder	ewig	löscht

Ord.53T 57 (8/11)

Ein R ist ein S
führte zu zahlreichen korrekten Fassungen
ein Regisseur ist ein Spielleiter
eine Ratte ist ein Säugetier
ein Rodler ist ein Schlittenfahrer

L E L
war sehr viel schwie[riger]

und vor allem das Verb (reflexiv im Französischen: se promène)
machte die m[eisten] Sätze unm[öglich]

Abschnitte wie
ein Rüpel ist ein Sozius, der…
sind im Deutschen besser zu verändern als im Französischen

Salini versuchte praktisch alle V[erben] der f[ranzösischen] S[prache]

Ausdrücke der Zeit	ewig liebt
des Ortes	entlang lutscht

usw.

RATE $1\,2^{34}_{43}$

RAET $1\,3^{24}_{42}$

RTAE $1\,4^{23}_{32}$

RTEA

RETA 2 1

REAT 2 3

2 4

A^{TE}_{ET}

RT

E

E

AR

T

A

TE 3 1

R

R

EA 3 2

T 3 4

4 × 3 × 2

$4\,1^{23}_{32}$

$4\,2^{13}_{31}$

$4\,3^{12}_{21}$

Ord.53T 59 (8/12)

14 Francs pro Band

So konnte zum Beispiel der Satz

»er hätte nie Ski fahren dürfen: er hat so ein empfindliches
linkes Knie… wußten Sie, daß er es sich schon zweimal gebrochen hat«

folgendermaßen übersetzt werden:

Ein Rückfälliger ist ein Schussel der die Linksknielage ewig lädiert

Ein Revolutionär ist ein Sir, der die Luxussituation eben leugnet *(in einer anderen Schrift)*

Ein Reaktionär ist ein Stupider, der die Lehre eigentlich lyncht

Ein Rideau ist ein Sonnenschutz, der die Lokalitäten etwas lichtet

Ein Rivale ist ein Schweinehund, der die Liebhaberin ebenfalls liebt

Ein Reuiger ist ein Stoffel, der die Leidensgeschichte ernstlich lästert

Ord.53T 60 (8/12 Rückseite)

Ermittlungen	
Biog[raphie] Servals man wendet sich an Salini	Ermittlungen bei Verl[egern] ergeben, daß das Buch nie zur Veröffentlichung angeboten worden ist Prüfung des Buches durch einen Lektor
2. Salini	»Lesenotizen« (Spiegelbild des Buches)
3. Die Suche nach der heißen Stadt Falsche Spur 1	Chabert ist 1940 sagen wir 20 Jahre alt 1980 60
4. Falsche Spur 2 (die kalte Stadt)	
5. Der Satz das Thema des Spiegels Stendhal usw.	
6. Wiederaufnahme der Ermittlungen Serval während des Widerstands	Nicht zu schnell finden

von da an gibt das Studium des Buches die notwendigen Hinweise
(mit Irrtümern)

der Konsul → Stendhal → Civita Vecchia
→ Malcolm Lowry
→ Duras
trägt am Ende dazu bei, einen der »Überlebenden« zu identifizieren

Ord. 53T 61 (8/13)

ein	Reicher	ist ein	Sir,	der die Luxusgüter erfolgreich lanciert
ein	Rattenfänger	ist ein	Säuger,	der die Lebedame ekelhaft
ein	Rektor	ist ein	Schulmann,	der die Lehrerinnen ewig lockt
ein	Rum	ist ein	Spezialbrand,	der die Leber erheblich lädiert
ein	Rächer	ist ein	Sonnenanbeter,	der die
ein		ist ein	Schlaftrank,	der die Lefzen
ein	Ragout	ist ein	Superfraß,	der die Leckereien
				die Lumpereien
ein	Reaktionär	ist ein	Staatssekretär,	der die Legalität erheblich labilisiert
				der die Leidenschaft
ein	Rationalist	ist ein		der die Lügen eigentlich liebt
				der die Lagen
		ist ein	Sonntagsjunge,	der die Lose
				der die Lungen
				der die Liste
				der die Lurche
				der die Lore
				die Lippen
				die Lina
				die Leisetreter
				die Lahr entlang läuft
				die Lamentationen
				die Lesebücher
				die Löwen
				die Lanzen
				die Leute
				die Lianen
				die Libellen
ein	Rückfälliger	ist ein	Schussel,	der die Linksknielage ewig lädiert
				die Livesendung

die Löckchen
die Leberwurst
die Langmut

Ord.53T 62 (8/14)

Ein	Regent	ist ein	Statthalter,	der die L ent	1
ein	Rattenfänger	ist ein	Stromer,		
				der die Leistungsfähigkeit	
ein	Racker	ist ein	Softi		

die Lupen
die Lunten
die Lüste
die Lüster
die Leiern
die Leihämter
die Leitanträge
die Leitgeber
die Lektionen
die Lemminge
die Lemuren
die Lesben
die Leonberger
die Lipogramme
die Leseautomaten

Ord.53T 63 (8/14 Rückseite)

ein Räudiger ist ein Saftheini, der die

Ord.53T 64 (9/1)
get.

Achtzehntes Kapitel

Was die Anspielungen betraf, die auf Stendhal verwiesen, so schienen sie so zahlreich, daß Salini bald darauf verzichtete, sie alle zahlenmäßig zu erfassen: in »53 Tage« hat Robert Serval einen roten Jaguar, im wirklichen Leben hatte er einen schwarzen Jaguar; der Konsul bestellte im Hilton wie zufällig ein Kalbskotelett mit Spinat, und man weiß, daß es das Lieblingsgericht Stendhals war; Cularo ist der Name des Dorfes, das Jahrhunderte später Grenoble wurde; Grianta der Name des Schlosses am Comer See, in dem der junge Fabrice seine Jugendjahre verbringt, usw.

xxxxxxxxxxxxxxxxxx

In »Der Richter ist der Mörder« wird Angèle (Angelina) tot in ihrer Wohnung in der Rue Saint-Séverin (Sanseverina) aufgefunden, während in *The Koala Case Mystery* die vier Todesfälle sich in einer Villa in der Nasturtium Street ereignen, der »Rue des Capucines« (gemeint sind die Blumen und nicht Nonnen oder Tänze), wo Stendhal nach einem Schlaganfall zusammenbrach; eine Adresse Stendhals, 8, rue Caumartin, eben die, wo er *Die Kartause* schrieb, wird als die des Erzählers von »53 Tage« angegeben, als er Student in Paris war; was Servals richtige Adresse angeht, 71, rue Murillo, am Parc Monceau, so taucht sie sehr merkwürdig verändert in *Die Krypta* auf: 71, calle del Moreau, in Muncillo.

@@@@@@@@@@

Das alles sollte sein, um die Hoffnung zu rechtfertigen, den Leitfaden in Form irgendeines Schriftstücks zu entdecken, das von einem Sterbenden kommt, den die Reue überkommen hat Raymond Roussel, Sonnenstaub, 1,5

Und jetzt ans Werk und rückwärts alle Etappen ausarbeiten, zu denen uns nach und nach alle unsere Folgerungen geführt haben (vom selben)

Ord.53T 65 (9/2)

Salini liest 53 T[age]
entdeckt schließlich Stendhal
Aber was von Stendhal
das Motto: der Schnee
St Réal: Chambéry
Spekul[ationen] über Wirklichkeit und Spiegel
Anspielungen auf die Kartause, die Chartreuse
ALSO auf die Partisanengruppe in der Chartreuse verwiesen

Ord.53T 66 (9/3)

St Réal
Don Carlos
Historische Novelle

vgl. über Don Carlos Stendhal Tagebuch 24. Juli 1804

Ord.53T 67 (9/3 Rückseite)

Reden III »...wie Spiegel...«

Vorwort zu »das Leben Octavias« »die glückliche Begabung eines Autors, der einen mühelos über die entzückendsten Wege führt«

Du Bellay Wo wie in einem Spiegel du als Weiser schaust
All das was in dir ist, ob häßlich oder schön.

Speculum: Spiegel (die Lehre betreffend)
Don Quijote: »Spiegel des fahrenden Rittertums«
Shakespeare Hamlet III die Kunst des Schauspielers »the mirror up to nature«
Fielding Pléiade 1964, S. 187

Sanréal ist der Name einer R[omanfigur] aus Lucien Leuwen (Kap. V und CX)
Es gab 171 Pseudonyme S[tendhal]s (Léautaud. S[tendhal] die schönsten Seiten 1908 Vorwort)

SHETLAND (Martineau Vorw[ort] zu R[ot] und S[chwarz] und F le Divan)
STENDHAL

Korresp[ondenz] 3. 1. 1818 an A. de Mareste
»les Marquis de Stendhal«
(In L[ucien] Leu[wen] Kap. XI ist Sanréal ebenfalls Marquis)

S INTREAL
↓ ↓
H D
(Henri) (Dominique)
SHNTDEAL
STENDHAL

Ord.53T 68 (9/4)

MONTELLO

Im V[orwort] zu Armance

»der Autor schlägt einen anderen Weg ein«

»Sie haben dem Publikum einen Spiegel vorgehalten; ist es
ihre Schuld, wenn häßliche Leute daran vorbeigegangen sind?
Zu welcher Partei gehört ein Spiegel«

R[ot] und S[chwarz] Kap. XXII (3. Auflage)

in dem Absatz, in dem es heißt »ein Pistolenschuß mitten in einem Konzert«
... und Ihr Buch ist kein Spiegel mehr

August 1838 Vorw[ort] [Lucien] Leuwen
das Bild des Spiegels f[indet] sich bei Marivaux, Proust (usw.)
v[iele] erfundene Motti (nach Martineau der Kernpunkt Stendhals, B. II, S. 155)

St Réal Abhandlungen IV »wobei ich sie in der Geschichte, wie in einem Spiegel,
das Bild ihrer Fehler sehen ließ«

Ord.53T 69 (9/4 Rückseite)

in der V[erschwörung] der Spanier gegen Venedig heißen zwei
der Verschwörer Robert und Laurent Brulard
»wir würden ein gutes Stück Weges zurücklegen«
und
»wie in einem Spiegel«
finden sich in den 7 Abhandlungen über den Gebrauch der Geschichte
Der A[utor] schließt daraus, daß Saint Réal der Meinung war, »die Geschichte ist ein Spiegel, usw.
und daß Stendhal die Geschichte durch den Roman ersetzt hat
Na?

Ord.53T 70 (9/5)

Bassette
R[ot] und
S[chwarz] Kap. XIII Ein Roman: das ist ein Sp[iegel], den man einen W[eg] entlang f[ührt]
RS XIX Nun, Monsieur, ein R[oman] ist ein S[piegel], der eine br[eite] Landstraße ent[lang] l[äuft]
1836 Vorwort [Lucien] Leuwen ein R[oman] ist ein S[piegel]
nie wiedergefunden in St R[éal]

Anspielungen auf St. R[éal]
Brief an Pauline 6 XII 1801
22 I 1803
Juni 1804
August 1804

Ausgaben von St R[éal] (Ges[ammelte] W[erke])

Amsterdam	1730, 1749
Paris	1712, 1745, 1755, 1757
Ausgewählte Werke	2 Bd. 1804

About OTWAY suchen Venedig preserved
(dessen Thema aus der V[erschwörung]
gegen Venedig stammt

(Stendhals englischer
Briefwechsel, Untersuchung über
X de Maistre)

Ord.53T 71 (9/5 Rückseite)

BASSETTE Louis
Sur une épigraphe du »Rouge et Noir« S[tendhal] et S[aint] R[éal]
S Club 35 15 Avril 241–253 1967
4e Z 5509
MONTELLO J. Un maître oublié de S[tendhal] (St. R[éal])
Paris Seghers 1970 156 p. 4e Z 6734

Ord.53T 72 (9/6)

CULARO

Achtzehntes Kapitel

Ich habe einen Brief vom Innen-
minister erhalten, der mir mit-
teilte, daß ich mit dem Konsul de
Saint-Vallier nach <u>CULARO</u> fahren sollte

Pléiade, Tagebücher,
S. 1287

Ord. 53 T 73 (9/7)

Achtzehntes
Kapitel

Bekanntlich hat St Réal diesen Satz,
der bei S[tendhal] in R[ot] und S[chwarz]
2 Mal in etw[as] versch[iedenen] Formen auftaucht,
nie geschrieben.
In der Vorstellung St R[éal]s handelte es sich
nicht um den <u>Roman</u>, sondern um die <u>Geschichte</u>

Wollte man damit zum Ausdruck bringen, daß der »Roman« (»53 Tage«)
sich auf eine tatsächliche historische Begebenheit bezog,
ihr Spiegelbild war
(so wie R[ot] und S[chwarz] ein wenig die sehr vage
Transkription von dem Prozeß Z ist?)

Rot und Schwarz muß vorkommen

St Réal im Leben Stendhals
die HEILIGE WIRKLICHKEIT
la SAINTE RÉALITÉ

der ererbte Beweis
die bittere Wahrheit

Madrid (REAL de Madrid)

Appell an eine im[mer] abwesende Wirklichkeit

Rot: die Roten
die rote Hand

Schwarz?

Den Beweis ⟶ den ererbten Beweis (die bittere Wahrheit ⟶ findet man im Testament von V
Danton
R[ot] und S[chwarz]
folglich eine Figur »à la Danton«
vgl. Sollte er etwa ein Danton sein (Mathilde über Julien?)

Ord.53T 74 (9/8)

Achtzehntes Kapitel
das M[anu]s[kript] wird einem Stendhal-Spezialisten anvertraut
der macht alle Anspielungen ausfindig
so allein für die 3 ersten Kapitel
Chalier, Name des D[irektors] des H[otels] E[l] G[hazâl] ist eines der Pseudo[nyme]
H[enri] B[eyles] für die Ge[schichte] der Ital[ienischen] Mal[erei]
Alzire, Name der Straße, in der man den Jag. Servals findet, ist der Titel einer unvollendeten Novelle nach dem Vorbild Scarrons, von der HB 75 Seiten am 10. Okt. 1838 (*über der 8 steht eine 9*) geschrieben hat

Ord.53T 75 (10/1)

Man hat in einem Notizbuch
Bordinets, Chef der
Miliz in
Die folgende Notiz gefunden
Louv[iers] Herst[ellung] f[alscher] Pap[iere].

Ord. 53T 76 (10/2)

Neun Zehntes Kapitel

Die gesamte Karriere Servals alias Louviers
(das Pseudonym ist nicht der Held) als Widerstandskämpfer
wird rekonstruiert

- Eintritt in die Widerstandsbewegung
- Briefkasten
- Falsche Papiere

- Entzieht sich der Zwangsarbeit
- Den Engländern helfen
- die Chartreuse
- das KOMMANDO

- der Fall der Grotte von...
  Seine Folgen
  die Überlebenden

- Der Fall Hardy?
- unüberwindliche Schwierigkeiten bei der Rekonstruktion

Ord.53T 77 (10/3)

Neunzehntes Kapitel

Der Codename Servals war Louviers.
Bei einem Bankett ehemaliger Widerstandskämpfer,
dessen Vorsitz er auf allgemeinen Wunsch
zu einem Zeitpunkt übernommen hatte, als er noch Un[ter]staatssekretär war,
hatte er erzählt, wie er auf sein Pseudonym gekommen war.
Zuerst hatte er an Rouen gedacht,
weil er in Rouen geboren war
Aber sein Chef hatte ihm klargemacht, daß er
damit ein unnötiges Risiko einginge, da die Gestapo und die
Milizionäre Spezialisten beschäftigten, um die Pseudonyme zu identifizieren.
Manche wären darin s[ogar] sehr findig.
Man erzählte sich, daß einer
von ihnen den richtigen Namen eines der Partisanenführer aus dem Maquis
des Departements Creuse gefunden hatte, ausgehend von zwei Kriegsnamen,
die dieser sich nacheinander zugelegt hatte
da er den 1. aufgeben mußte nach

Ord.53T 78 (10/3 Rückseite)

der Verhaftung eines dieser
Verbindungsleute. Er hatte sich
zuerst Persée und dann Fleury genannt.
Was kann wohl der richtige Name eines Menschen sein,
der sich zuerst Persée (Perseus) dann Fleury (fleuri = blühend blumengeschmückt) nennen läßt?

Der Spezialist hatte es fast sofort herausgef[unden]:
Panier (Korb), und er hatte recht: der Mann hieß
Pannier.
Tatsächlich, denkt Salini, ist Louviers
nur die konsonantische Umkehrung
von SERVL
SeRVaL – LouVieRS

Ord.53T 79 (10/4; auf Papier mit Briefkopf:
The University of Sydney,
Department of French Studies)

Liste des
Fallschirm-
kommandos in der
Chartreuse
(Operation »   «)

von Serval zuerst
in der Grotte von ... versteckt
dann in der Grotte
in der Chartreuse

alle verhaftet

Man faßte eine
Lan[dung] vom
Innern her ins Auge
(Vercors, Massif Central,
Chartreuse)
Dieser Fallschimabsp[rung] war
eine Vorbereitungsexpedition

Hurstvaal
Hurstville

Ord. 53T 80 (10/4 Rückseite)

Neunzehntes
Kapitel

REDFERN
SYDENHAM
TEMPE
ROCKDALE
KOGARAH
HURSTVILLE
PENSHURST
MORTDALE
OATLEY
COMO
JANNALI
SUTHERLAND

Ord.53T 81 (10/5)

Was Serval-Louviers w[äh]rend des Widerstands wirkl[ich] getan hat

A – Verantwortlich für die Briefkasten-Buchhandlung
B – In die Chartreuse geflohen
C – Führt das englische Kommando in die Grotte
D – Nimmt an den Kämpfen zur Befr[eiung] Grenobles teil
E – Kämpft im Elsaß
UND DAS IST ALLES
Patricia: Serval hatte nichts von
einem Helden und nichts von einem Verräter. Wäre
dazu völlig unfähig gewesen. Ließ sich
von den Ereignissen tragen...

Am übernächsten Tag gerät das Kommando, von einer anderen Partisanengruppe übernommen, in einen Hinterhalt.
Alle auf der Stelle getötet, außer Sébastien Tempe (französisches Mitglied der OSS) und alias Chabert, Chef der anderen Partisanengruppe.
Tempe wird nach Verhör und Folter ins Gefängnis von gesteckt, von wo ihm die Flucht gelingt
alias Chabert

verschwindet

Nach dem Krieg werden Ermittlungen angestellt, die sich auf die von Tempe hinterlassenen Zeugenaussagen stützen. Der Name Louviers wird mehrmals zitiert, aber eher um ihn zu beglückwünschen Man sucht Chabert. Aber vergebens

(Nehmen wir an, daß Chabert tot ist)

Als »der Konsul« und Patricia ihren Coup beschließen, kommen sie überein, daß »der Konsul« die Rolle Chaberts spielen wird, der den Beweis für Louviers' Schuld besitzt, Tempe aufspürt und Louviers ermordet. Sehr gut. Aber was sagt Tempe dazu?

Ord.53T 82 (10/6)

19.

Genau in dieser Grotte im Wald von |————|
empfehle ich Ihnen, nach dem Leichnam Robert Servals zu suchen

Ord.53T 83 (10/7)

Das englische Kommando (OSS?)	bestehend aus 5	Engländern Sutherland, Oakley, Mortdale, Penshurst, Sydenham
wird 48 Stunden lang in einem	3	Kanadiern Redfern, Rockdale, Hurtsville
Gebäude in der Chartreuse	1	Neuseel[änder] Kogarah
versteckt, dann in	2	Franzosen Tempe Como
eine Grotte	1	Libanese Jannali
geführt		

Anschließend?

A Die Milizionäre umzingeln die
Grotte
massakrieren alle bis auf
den Chef des Kommandos
und Serval alias Bérot
die der Gestapo ausgeliefert werden

Ermittlungen nach dem Krieg
Wer hat Verrat begangen?
(falls es Verrat war)
Bérot davongekommen und dekoriert
Sutherland?
PROBLEM: die Initiatoren

von 53 T[age] müssen Franzosen sein
Nehmen wir an, daß Tempe, Como
Franzosen sind
(FFL)

Forêt des Meuniers (?)
(Wald der Müller)
Gorges de Malessard
(Schluchten von Malessard)

Ord.53T 84 (10/8)

19. Kapitel

Im Mittelpunkt dieser Geschichte
steht eine unerklärliche Episode
die vielleicht den Schlüssel für diesen ganzen Fall bildet

1942
4. Sept. 1. Gesetz über die Zwangsarbeit

43 43
30. J[anuar] die Miliz Juli usw.
16. F[ebruar] Zwangsarbeit Lan[dung] in Italien
April MUR: M[ou]v[emen]t uni de Résistance
Kampf + Freisch[ärler] + Befr[eiung]
15. Mai CNR (Conseil National de la Résistance)
21. Juni Ank[unft] J[ean] Moulins
11. Nov[ember] Demonstration
Widerstandsb[ewegung] defiliert in Oyonnax
20. Jan[vier] 44 Standgericht für Widerstandskämpfer
1. Feb[ruar] Operation gegen die Partisanengruppe von Savoyen
25. März les Glières
6. Juni Overlord Lan[dung]
10. Juni Oradour
13.–21. Juli Massaker im Vercors
15. August Landung in der P[ro]vence

Les Glières
Zusammenschluß der Widerstandskämpfer Ende 43
die Empfangsmannschaft für die Fallschirmspringer
stellt am 30. 1. 44 120 M[ann] auf,
da[runter] Off[iziere] und U[nter]off[iziere]
des 27. Bataillons der Gebirgsjäger von Annecy,
die zu der im Nov[ember] 42 aufgelösten Waffenstillstandsarmee geh[ören] C[omman]d[an]t Morel
genannt Tom, Stellvertreter Aujol genannt Bayard
hinzu kommen Verweigerer der Zwangsarbeit,
FTP, (Francs-Tireurs Partisans = Freischützen

Partisanen, Kommunistische Widerstandsbewegung) 23. August Befreiung Grenobles
spanische Rep[ublikaner]
alles in allem 5000 Mann,
Sturmangriff der Miliz
Angriff der Partisanengruppe auf Entremont
(Gardes Mobiles) 13. Feb[ruar] 44
Angriff von 12 000 Sol[daten] der Wehrmacht 4. Oktober Sondergericht gegen die Kollaborateure

Luftwaffe
dann Infanterie am 22. März
Einnahme am 25. 45 2. Feb[ruar] Einnahme Colmars

Ord.53T 85 (10/9)

Neunzehntes Kapitel

Salini sagt zu Kommissar H folgendes:
Es ist für mich inzwischen klar, daß das Verschwinden Servals, und zweifellos auch seine Ermordung, mit dem zusammenhängen, was sich zwischen Grenoble und Chambéry, im Massiv der G[rande] Ch[artreuse] im Monat/Datum: einige Wochen vor der Befr[eiung] Grenobles (Sept. 44?) ereignet hat. / Darauf weist das Buch ganz eindeutig hin, und es legt keine andere Spur nahe.
Der Rapport des Geheimdienstes ist nicht sehr aufschlußreich. Man erfährt darin, daß Serval 42 in Lyon in die Widerstandsbewegung eingetreten ist; einer seiner ehemaligen Klassenkameraden vom Gymnasium arbeitete in einer Widerstandsgruppe des Nachrichtendienstes, die sich der über Frankreich abgesprungenen alliierten Flieger annahm und ihnen half, wieder nach England zu kommen. Er bat Serval, sich um eine kleine Buchhandlung zu kümmern, die den Mitgliedern der Gruppe als Briefkasten diente.
Einige Wochen später ist der Briefkasten aufgeflogen

Ord.53T 86 (10/12–13)

19.
Der Fall Hardy

Auf Bitten Delestraints bereitet Hardy, Chef der Eisenbahn-Sabotage, zusammen mit einem Ingenieur namens Heilbronn einen allgemeinen Sabotageplan vor.

Delestraint (Vidal) will sich mit Hardy (Didot) am 9. Juni an der Metro Muette verabreden
Beauftragt damit seinen Stellvertreter AUBRY Briefkasten der Rue de la Bouteille
Aubry gibt seiner Sekretärin, Madame Raisin, Anweisungen
Madame Raisin hinterlegt die (nicht verschlüsselte) Botschaft

Multon (Lunel) nimmt Kenntnis von der Botschaft
(es ist nicht bekannt, ob er sie wieder in den Briefkasten
zurücklegt. Hardy
behauptet, daß er nie über die Verabr[edung] unterrichtet worden ist)

aber Hardy hat eine andere Verabr[edung] in Paris wegen
einer Sabotageaff[äre]
Seine Braut, Mademoiselle Bastien, hat die Fahrkarte für ihn gelöst

im Zug reist er zusammen mit einem Vichy-Be[amten]: Cressol
Multon und Moog sind im Ab[teil] nebenan (sie fahren nach Paris, um Delestraint zu verhaften)

Hardy erkennt Lunel (Multon) und sagt einem anderen Widerstandskämpfer Bescheid
Lunel erkennt Hardy, den er u[nter] dem Namen »Carbon« kennt
In Chalon verhaftet die von Lunel benachrichtigte deutsche Polizei Hardy (und Cressol)
und Barbie holt ihn kurz darauf ab

Unt[erdessen] übernehmen Lunel und Moog Delestraint an der M[etr]o Muette
Delest[raint] hegt keinen Argwohn und fährt weiter zur M[etro] Pompe, um 2 andere Mit[arbeiter] abzuholen

10. Juni Unterdessen läßt Barbie Hardy nach sechsst[ündigem] Verhör wieder frei
(S. 143–144)

12. Juni
2 Tage darauf wird Heilbronn nach einer Verabr[edung] mit Hardy verhaftet
Die Gestapo foltert ihn und will von ihm das Geständnis, er sei Didot!

Doch nach der Verh[aftung] Delestraints läßt
Jean Moulin mehrere Pers[onen] nach Lyon kommen,
um die G[eheime] A[rmee] zu reorganisieren.
Lassagne, Inspektor der GA-Zone Süd und aus Lyon gebürtig,
wird mit der Organisation beauftragt
Unter denen, die eingeladen wurden, beschließt Aubry,
der den Plänen Moulins feindlich gesinnt ist,
mit Hardy hinzugehen, um dessen Standpunkt zu unterstützen (147)
Zeuge der Zusammenkunft zwischen Aubry und Hardy ist Barbie!! (148)

Am Sonntagabend, den 20. Juni 1943, kennen 5 Männer den Ort der Verabr[edung]
Moulin, Lassagne, Lacaze, Larat (Verbindungsmann) und D[oktor] Dagougon (der seine Villa zur Verfügung stellt)

4 andere haben dazwischen Verabr[edungen]
Aubrac, Schwartzfeld, den Moulin persönlich mitbringen wird
Aubry (der eine Verabr[edung] mit Lassagne hat)
Hardy (den Aubry mitbringt)

Ord.53T 87 (10/11)

Lassagne, Aubry und Hardy treffen ein

Mademoiselle Deletraz (Doppelagentin) ist Hardy gefolgt
sie informiert Barbie
weiß es aber so einzurichten, daß die Gestapo
nicht vor 2 Uhr 45 an Ort und Stelle erscheint
(das Treffen war um 2 Uhr 00)
Aber Moulin Aubra und Schwartzfeld
haben ebenfalls 45 M. Verspätung!!!
Verhaftung!
Die Gestapo weiß, daß Max (J[ean] Moulin) unter den Verhafteten ist, weiß aber nicht, wer es ist.

Hardy gelingt die Flucht!!!
von der französischen Polizei verhaftet
die ihn der Gestapo ausliefert
flieht er von neuem

Ord.53T 88 (10/14–15)

3 Erscheinen:
Pléiade S. 526
2. P S. 557

Entweder
der M[ann] der sich R. Serval nennt
und der im Ruf steht, ein Held der W[iderstandsbewegung] namens
Louviers zu sein

ist in Wirklichkeit

Barbinet Chef der Miliz von
(der R[obert] S[erval] verhaftet, gefoltert und getötet und am X.X. 1944 seinen Platz
eingenommen hat)

Oder aber
er ist tatsächlich von der Gestapo nach seiner Verh[aftung] »umgedreht« worden
und für die Verhaftung seiner ganzen Partisanengruppe verantwortlich

Im Fall 1: 2 ehemalige Mitglieder der Partisanengruppe R[obert] S[ervals] erkennen ihn wieder
2: 2 Überlebende der Partisanengruppe R[obert] S[ervals] (der »Konsul« und X)
erlangen den Beweis für seine Schuld und → bringen ihn um

Geschichte der Partisanengruppe

R[ot] und S[chwarz] S. 698 Julien Sorel
begraben in einer Grotte
oberhalb von Verrières

die Insel (Waffenversteck)
die Chartreuse
die Grotte

die Deutschen kommen zweimal
um die Chartreuse durchzukämmen

Herst[ellen] f[alscher] Papiere
Sabotage
Fallschirmabsprünge

Ord.53T 89 (12/1)

1943
Ob[erst] Chabert
von René le Hénaff
mit Raimu
und Marie Bell

Ord.53T 90 (13/1)

Zweiundzwanzigstes Kapitel

Get.

Nachdem Salini das rätselhafte »ein R ist ein S der die L E L« entschlüsselt hat, zieht er daraus folgende Schlüsse: Wenn es in diesem Buch eine verborgene Botschaft gibt, dann gehört sie sicherlich zu der Art: »die Dinge sind nicht so, wie sie nach außen hin aussehen oder ausgesehen haben«; in »Die Krypta« ermittelt der Erzähler-Detektiv Serval über den Tod Rouards und entdeckt, daß der Mörder Vichard ist, aber besagter Rouard ist überhaupt nicht tot; sein falscher Tod ist Werkzeug und Mittel zu einem perfekten Verbrechen, dessen Opfer Vichard geworden wäre, wenn Serval nicht die »wahre Wahrheit« entdeckt hätte; in »53 Tage« glaubt der anonyme Erzähler, daß der Konsul Serval getötet hat und ihm die Sache in die Schuhe zu schieben versucht; tatsächlich ist aber das Gegenteil wahr: Serval hat (mit Lises Hilfe) den Konsul getötet und es dabei so einzurichten gewußt, daß der Ermittler-Erzähler unweigerlich beschuldigt wird. Die Wirklichkeit ist also das Gegenteil dessen, was man zunächst glaubt: das Problem ist natürlich, unter allen möglichen Gegenteilen zu wählen; es kann sehr gut sein, daß Serval nicht tot ist; es kann sehr gut sein, daß er tot ist, daß aber sein Mörder nicht X ist, wie wir zu glauben Anlaß haben, sondern Y; es kann sehr gut sein, daß Serval
Selbstmord begangen hat und seinen Tod X oder Y in die Schuhe schieben will...

In »53 Tage« sagt uns der Erzähler, als er von »Die Krypta« spricht: »In allen Romanen Servals werden, wie bei Ellery Queen und einigen anderen, das Pseudonym und der Held eins«; wenn wir in diesem Satz einen Hinweis suchen, der das Verschwinden Servals betrifft, wie müssen wir ihn dann interpretieren: in den Romanen Ellery Queens werden das Pseudonym und der Held eins, das stimmt, wir können es nachprüfen; in seinem »wirklichen« Leben war Serval »Pseudonym«, das heißt Serval alias Bérot während der Widerstandszeit ebenfalls ein Held; ist es das, was falsch ist? ist es das, was uns der unbekannte Autor von »53 Tage« bedeuten will: das Pseudonym ist NICHT der Held: Serval alias Bérot ist KEIN Held: ER IST EIN VERRÄTER.

handschriftlich

Oder mehr noch: Ellery Queen sind zwei, aber S[erval] ist allein, soll heißen »S ist zwei«: es gibt 2 S, den wahren und den falschen.

~~XXXXXXXXXXXXXXXXXXXXXXXXXXXXXXXXXXXXXXXXXXXXXXXXXXXXXXXXXXXXXXXXXXXXXXXXXXXXXXXXXXXXXX~~

get.

Das hat etwas fast Alptraumhaftes: Salini findet sich in der gleichen Lage wieder wie der Erzähler von »53 Tage«, und in gewissen Momenten versetzt ihn die Anonymität des besagten Erzählers (und die des Konsuls) in einen merkwürdigen Zustand der Angst; das geht so weit, daß er sich fast schon fragt, ob er nicht ausdrücklich vom Autor für diese so unüblichen Ermittlungen bestimmt worden ist; das ist natürlich absurd: er kannte weder Robert Serval noch seine Frau, bevor er mit diesem Fall beauftragt wurde; aber trotzdem kann er nicht umhin, sich mit diesem so leicht hinters Licht geführten Amateur-Detektiv zu identifizieren; manchmal muß er sich sogar selber beruhigen, indem er sich alle Züge aufzählt, die ihn von diesem Menschen unterscheiden: er ist zwanzig Jahre älter, er ist niemals Französischlehrer in der Hauptstadt einer Diktatur in den Tropen gewesen; er spielt weder Tennis noch Bridge; allerdings liest er gern Krimis und löst gern Kreuzworträtsel...

und dann vor allem die Art, eine dieser allem Anschein nach banalen Informationen nach allen Seiten hin zu drehen und zu wenden, um einen verborgenen Sinn aus ihr herauszuholen, diese ermüdende und endlose Texterklärung, die vorgibt, die Dunkelheit der Geschichte zu vertreiben, während damit doch gerade deren geheimer Mechanismus in Gang gesetzt wird. Was erwartet man eigentlich von ihm? Wie kann er glauben, daß es ihm je gelingen wird, sich in diesem Netz täuschender Spiegelungen zurechtzufinden?

############

Mit den ersten Zeilen ist bereits alles gesagt: die Stadt mit einem Kontrollnetz überzogen, Ausnahmezustand: gewiß, die traurig banale Beschreibung eines Polizeistaats; aber auch Frankreich unter der Besatzung, die Bereitschaftspolizei, der (passive) »Widerstand« (der Kellner), und sogar diese merkwürdige Anspielung auf die »patriotische Wahl der Guten Franzosen-(weine)«; noch kein allzu kompromittierendes Wort, wie zum Beispiel »Partisan«, aber las man unter der Appellation »Hermitage« nicht schon »Chartreuse«?

pppppppp

Ord.53T 91 (14/1)

DREIUNDZWANZIGSTES KAPITEL

Mitten im Monat Januar nimmt Salini
wieder Kontakt auf mit Patricia. Sie
empfängt ihn bei sich, in der Rue Murillo
er fragt sie
– Hat er Ihnen von diesem Chabert erzählt?
– Ich kann mich nicht erinnern.
– Er hat Ihnen doch erzählt, was er während des Krieges gemacht hat?
– Gewiß ... aber eher vage ... von der
Chartreuse gesprochen ... aber nichts wirklich Genaues
Salini seufzt
– Das ist unsere einzige Spur... Niemand weiß
wie er heißt

...

Salini geht wieder nach Hause.
Er sucht eine Ausgabe von Oberst Chabert
liest
Chabert hat zwei Freunde, zwei ehemalige
Kriegskameraden
einen gewissen BOUTIN
der mit 2 gut dressierten weißen Bären zusammenlebt
und einen »Ägypter« (ehemaliger Teilnehmer des Ägyptenfeldzugs)
namens Louis Vergnaud
Sie sind die einzigen, die ihn wiedererkennen und ihm
zusammen (später) mit Rechtsanwalt Derville helfen
NUN, diese drei Namen, versehen mit einigen Details
tauchen in

Ord.53T 92 (15/1)

24/25

Wie soll man Chabert finden
Salini liest nochmal Balzac
findet Derville
X
und Y

Hypothesen über die Herkunft
des Pseudonyms

Panier → Persée
↘ Fleury

Serval-Rouen-Louviers
SRVL LVRS

also Chabert
der Film
im Dez[ember] 43 gestartet
Zeitpunkt, zu dem »Chabert« sich freiwillig meldet

es gab z[ahl]r[eiche] Chaberts
in der Widerstandsbewegung
und ganz bes[onders] nach der Aufführung
des Films von René le Hénaff
er ist derjenige, der im Buch ich sagt: der Erzähler
sein Name Veyraud wird nur ein einziges Mal ausgesprochen
Veyraud ... aber es gab im Oberst Chabert
keine Figur namens V[eyraud]
Nein, aber es gab mehrere, dar[unter] die Ex-Comtesse
Chabert, die Ferraud hießen
si non e vero ...

Ord.53T 93 (16/1)

Fünfundzwanzigstes Kapitel

Die heiße Stadt

Salini fängt an, sich vollständig zu irren
er sucht die beschriebene Stadt
(die heiße)
Findet sich in einem Hilton in B[ahrain] (Katar, Abu Dhabi?) wieder
dann die kalte Stadt
(ein zukünftiges Kopenhagen?)
oder Montréal Erinnerung + nächster Februar?)

»Meine Reise nach Australien wird genau 53 Tage gedauert haben!
(bis auf 9 Stunden: Abflug am 27. um 0 Uhr, Rückkehr am 19. um 9 Uhr)
+ 9 Stunden Zeitverschiebung (annulliert)

am 15. Mai, zum 20. Ja[hrestag] der Unab[hängigkeit] (55–75)
Temp[eratur] Tiefstw[erte[in der Nacht 30° am Tag 37,4

Es gab dort einen Pianisten von unwahrscheinlicher Nationalität, der so ziemlich das gleiche spielte wie das, was S in der Closerie des Lilas hätte hören können
der Himmel ist nicht blau, er ist weiß

Er aß
Essen zubereitet von einem holländischen Küchenchef

Er sah die Stadt nicht
Er hatte eig[entlich] keine Lust, sie zu sehen
als wüßte er von vornherein, daß er nichts sehen würde
Er blätterte die Telefonbücher durch
Er sah fern

Diese Mischung von Barackenstädten und Plätzen (und vor allem die Gluthitze, die einem Europäer, der daran nicht gewöhnt ist, vor sechs Uhr abends, der Zeit, zu der die Läden schließen, jede Ortsveränderung verbietet)

Das Manuskript
Identifizierung der Maschine: Underwood 4 000 000
das Papier
getippt von einem Nichtprofi (alle Buchstaben mit der gleichen Stärke also mit 2 oder 4 Fingern getippt NACHPRÜFEN: seltsam)
Mittel nachzuprüfen: man macht Fotokopien: immer blassere
doch die mit dem kleinen Finger getippten Buchstaben werden schneller schwach

Richtige Araber mit ihren weißen Gewändern
und ihren rotkarierten Kopftüchern, die von
einer Art Wurst gehalten werden

Aus der Ferne gesehen eine Hochzeit im Empfangssaal von Gilgamesch: Phantasiekleidung
Mischung aus Traditionellem und
ziemlich entsetzlichem Europäischem.
Fernsehen das in G[roß]a[ufnahme] den
Blumenstrauß filmt

Ord.53T 95 (16/2 Rückseite)

ARSCH: seine Haut ist extr[em] teuer
KOPF: seine Augen sind sehr teuer
HINTERBACKEN: ihre Haut ist extr[em] teuer
HINTERBACKE: ihre Haut ist nichts wert
aber ihre Haut ist sehr teuer

Ord.53T 96 (17/1)

Als wir angefangen haben
uns vorzustellen wie wir
es anstellen würden,
Serval zu töten, war ich
gerade dabei,
[die] K[artause] v[on] P[arma] zu lesen. Sie wissen ja,
wie das so ist. Wenn
einem etw[as] ständig
durch den Kopf g[eht]
dann setzt sich das überall fest.
Man braucht nur Hunger zu haben,
um überall Rest[aurants] zu sehen
oder gerade in ärztlicher Behandlung
zu sein, um a[lle] 15 Mtr. eine Apotheke
auszumachen. Kurzum

Ord.53T 97 (17/1 Rückseite)

Ich habe angefangen, auf
fast je[der] Seite
Zusammenhänge zu sehen,
die Chartreuse zuerst
und dann die Tatsache, daß

Fabrice falsche Papiere braucht,
um nach Water[loo] zu fahren,
während Serval tats[ächlich]
falsche P[ässe] herstellte
und so weiter und so fort

Ord.53T 98 (17/2)

Patricia (über den A[utor]: ich glaube sog[ar], daß er
sich persönlicher Erinnerungen bedient hat...
das störte mich nicht, so wenig wie die Tat-
sache, daß es falsche Spuren gibt...
sol[ange] alle Einzelheiten, um die ich
gebeten hatte, im Text vorkamen

Einzelheiten, Anspielungen
und sog[ar] Wortspiele
aber das a[lles] stört mich nicht

Ord.53T 99 (17/3)

Achtundzwanzigstes Kapitel

In Zagora
im südlichen Marokko
sind wir Perec begegnet
Wir haben eines Tages
zusammen einen kleinen
Ausflug in die Wüste unternommen.
Natürlich nicht auf dem Kamel-
rücken, nicht einmal im Land-
Rover, sondern in einem Cadillac
mit Klimaanlage. Als wir an
diesem kleinen Schild vorbeigekommen sind
usw.
ist das ein Zufall?

Ord.53T 100 (17/4)

Ist er jetzt weiter?
Es gibt Hunderte oder vielleicht Tausende
Boutins oder Vergnauds in der Welt
Die Idee: ein Vergnaud oder ein Boutin
haben wegen Balzac (und viel[leicht] wegen dem Film,
herausgekommen im Jahre?) den Namen Chabert
als Pseudo[nym] gewählt

Oberst Chabert kommt 10 Jahre später zurück
und findet seine Frau wiederverheiratet mit Ferraud

»Chabert« tötet mit Hilfe seiner Mätresse
Serval
die Wahrheit ist wieder einmal das Umgekehrte
(ENDE)

Ord.53T 101 (17/5)

DAS ENDE:

Salini (zu Patricia): wer hat das Buch geschrieben

P: ein Rom[ancier] den wir kennengelernt haben in er heißt G P
er scheint diese Art Schwierigkeiten über alles zu lieben,
wir haben ihm eine bestimmte Anzahl von Schlüsselwörtern, Themen, Eigennamen, geliefert.
Er konnte damit machen, was er wollte.
S: Sie sind vom Ergebnis nicht allzu enttäuscht gewesen
P: Ich habe das Buch nicht richtig gelesen, nur nachgeprüft,
ob a[lle] Anspielungen drin waren.
Es gefiel mir gar nicht schlecht, daß es darin falsche Spuren gab
S: Aber warum dieser Titel »53 T[age]«
P: Das ist die Zeit, die Stendhal gebraucht hat, um die K[artause]
von P[arma] zu schr[eiben]. Wußten Sie das nicht? Wir hatten bei unserer ersten Begegnung l[ange] da[rüber] gesprochen. Auch er hatte große Lust, in 53 T[agen] einen R[oman] zu schreiben. Das hat uns sogar auf die Idee gebracht
ihn herauszufordern: in 53 T[agen] einen R[oman] zu schreiben, zu dem wir ihm diese

und jene Elemente liefern würden. In Wirklichkeit hat er v[iel] länger gebraucht ... Wir hatten reichlich Zeit vorgesehen, aber am Ende haben wir ihn w[irklich] drängen müssen ...

Paris Brisbane Bressuire
1981–1982

Ord.53T 102 (17/6)

Der Name Chabert hat uns dazu angeregt, uns eines Buchs als Schlüssel für diesen g[anzen] Fall zu bedienen ... Oberst Chabert, der vierzig Jahre später von den Toten zurückkehrt ... Aber das hätte zu schnell eine direkte Spur ergeben. Es war besser, etwas anderes zu f[inden]. Einen bekannteren Roman   Die Chartreuse (Kartause) hat uns auf Stendhal gebracht, von da ist alles ausgegangen   (Patricia: Schlußerklärung)

Wir haben in der Kartause und in den anderen W[erken] S[tendhals]s Elem[ente] gesucht, die ge[eignet] waren – nach einer gew[issen] Z[eit] – eine Spur zu liefern. St Réal usw
dann haben wir nach einem Schriftsteller gesucht

Ord.53T 103 (17/7)

Achtundzwanzigstes Kapitel

Die Wahrheit (»die bittere Wahrheit« wie Stendhal oder Danton gesagt hätten)
wird in diesem geheimnisvollen M[anu]s[kript] ausdrücklich erzählt: so wie Serval unter
Mithilfe seiner Mätresse Lise den Konsul ermordet
und sich dabei Straflosigkeit sichert, so ermordet
»Der Konsul« unter Mithilfe seiner Mätresse
Patricia Robert Serval. Doch diese Wahrheit wird nur deshalb so deutlich
gezeigt, damit man sie nicht bemerkt. Ihre lächerliche Evidenz wird
von der Fiktion, die sie umhüllt, aufgezehrt

Zusammengefaltete Seiten im Ordner 53Tage

Zg.S 1

»53 Tage« spielt in Paris

die einzige eventuelle Spur ist ein Ms. mit dem Titel:

53 Tage – in Grianta

Man bittet X, Hinweise auf das Versch[winden] R[obert] S[erval]s zu finden in dessen unvollendetem Krimi mit dem Titel:

Die Krypta	– in Gotterdam	Vichard (St Réal)
Der Richter ist der Mörder	– in	
The Koala Case Mystery	– in (Australien)	Fly, William Vidornaught ↓ die Fliege (Lichtenberg) ↓ Mosca

Zg.S 2

	2. Bericht	3. Bericht	1. Bericht
Konsul	[Detektiv]	Schuldiger	Opfer
Serval	↓ Schuldiger ↑	Opfer	[Detektiv]
~~Xavier~~	Opfer	Detektiv	Schuldiger
	53 Tage	»53 Tage«	Die Krypta als Erzähler (»Autor«) der Ich s[agt] (also Serval)

im 1.
Konsul
Serval
Xavier

im 3. [*darübergeschrieben 2.*]

Konsul	Schuldiger
Serval	Opfer
Xavier	Detektiv

12.4.81.

Chapitre vingt huitième

C'est à Zagora
ds le sud marocain
que nous avons rencontré Perec
Nous avons fait ensemble
un jour une petite excursion
dans le désert. Pas à dos
de chameau bien sûr,
ni même en land-rover,
mais dans une Cadillac à
air conditionné. quand nous
sommes passés devant ce panonceau

etc

est-ce une coïncidence ?

Schwarzer Ordner »53 Tage«, 99

Zusammengefaltete Seiten im Ordner »53 Tage«, 13

im 2.
der Konsul ist das Opfer
Serval ist der Schuldige
Xavier ist der Detektiv

01	2	3
Serval	Schuldiger	Op[fer]
Konsul	Opfer	Schuldiger

X (Pauker)	Detektiv		
Y		Detektiv	

Zg.S 3

Vollkommen flacher Stil mit Glanzstücken
Rolle der Contraintes (Oulipo-Meisterwerk)??
in diesem Fall 28 Contraintes (1 pro Kap[itel])

- Schöne Abwesende
- Sch[öne]r Anwesender?
- Lip[ogramm]
- Pal[indrom]
- Pangramm
- Vokalreihe
- V[okal] K[onsonant] V K
- C[ontrainte] des Gefangenen
- C[ontrainte] Delmas'
- Schn[ee]b[all]
- Tautogr[amm]
- Math[ewssche]r Algorhythmus — 3 Verdächtige — 3 Hinweise — 3 Motive oder besser
- Lateinisches Biquadrat 3. Ordnung
- X h[ält] Y für Z

Die Krypta
53 T
»53 T«

Mystery

The Koala Case

	1	2	3
x	A_a	C_c	B_b
y	C_b	B_a	A_c
z	B_c	A_b	C_a

A : Detektiv
B : Opfer
C : Schuldiger

im 1. Buch X: Konsul ist der Detektiv
Y: Serval das Opfer
Z: Xavier der Schuldige

im 2. Konsul ist das Op[fer]
Serv[al] ist der Schuldige
Xavier der Detektiv

im 3. Konsul ist der Schuldige
Serval ist Detektiv
Xavier ist Opfer

Zg.S 4

Milizionäre aus Grenoble: Barbier (25 Jahre)
Milizionäre aus Voiron
X Name, von dem man annimmt, daß er echt ist
Ⓐ Serval, Kriegsname Béraud Bérot
wird verpfiffen von ?
»umgedreht« von der Gestapo
Widerstandsgruppe von N, Verweigerer der Zwangsarbeit
gebildet in X
im Massiv der Chartreuse

Zg.S 5

Sonnenstaub
↓
Schädel des Ambrosius
↓
Wort »Sépia«
↓
Stein am Pterodakty[l]us
↓
Cournaleux
↓
Schwalbe und Segler
↓
Astrée → Valdemont
↓

Brief d'Urfés

↓

Albino-Schäferin

(Ignacette)

Verschönt

↓

Rovilius

↓

Humorzonen des kleinen Anglerhügels auf der Insel Avenelle (Flurian)

↓

Karikatur Varlets

↓

Goldlilien der violetten turrilo-selirdianischen Fahne

↓

die okleatische Glocke

↓

3 Sterne auf einem Kreuz

↓

Ziffer der Opfergabe

↓

Kubikzahl von 5

↓

Bauklötze

↓

Kokarde

↓

Porträt Antonine Rogissarts

in einem »Kokardenrahmen«

↓

F[rei]d[enkertum]

↓

L[ouis] P[hilippe]

↓

Cabaret Frénu

↓

»die Mythen im Wandel der Zeiten«

↓

Birne

↓

die Birne des Achille Magès

↓

der Brunnen

die Hinweise in 53 Tage | Falsche Spuren | was geglaubt wird bezüglich Serval als Widerstandskämpfer | Was »wahr« ist bezüglich Serval

das heiße Land Katar
das kalte Land Reykjavik?
die Freunde vom Gymnasium Etampes

die Geschäftsbeziehungen?
Ein R ist ein S Stendhal → Kartause
1. »richtige Spur«
Die Krypta die Grotte
Der Spiegel Umk[ehrung] (?)
Stendhal Gren[oble]
St Réal Cham[béry]) Weg zwischen Grenoble und Chambéry
Suche nach der Grotte?
in diesem M[o]m[en]t kann man die Leiche entdecken
Inszenierung des Leichnams
(als Milizionär gekleidet usw.)
alles läßt auf Rache der Partisanengruppe schließen
Suche nach den ehemaligen Partisanen
In dem Maße, in dem die Ermittlungen fortschreiten
findet sie Elemente im Bericht 1
z. B.: heißes Land
kaltes Land
der Konsul
die Freunde vom Gymnasium?
Eine g[anze] Reihe von Hinweisen
am 15. Mai, ein R ist ein S, usw (viel f[inden] usw.)
haben keinen anderen Zweck als die Verbindung herzustellen
53 T → Grenoble Chambéry Maquis Chartreuse
eine andere Reihe wiederum soll
hinführen zu »Wahrheit« = Verrat

Zg.S 7

1 Das Versch[winden] S[ervals]
2 Erste Elemente ergeben nichts — 3 das heiße Land — 4 das kalte Land
5 Ein R ist ein S der die L E L
6 Stendhal ist St Réal; zwischen Grenoble und Chambéry; die Kartause, Rot und Schwarz
7 Der Fall in der Chartreuse, 1
8 Auf der Suche nach Zeugen
9 Der Konsul
10 X
11 Die Insel, Die Grotte, Entdeckung der Leiche
12 Die Rache der Partisanen (gruppe)
13 Erklärung

Zg.S 8

In Ermanglung
jegl[icher] konkreter Elemente
können »die Ermittlungen« nur die Aufzeichnungen
des Notizbuches gebrauchen (was Lise und die Adressen angeht verschlüsselt)
die Rohfassung
das unvollendete Ms. (Die Krypta) — G. Postott
der Krimi[nalroman] (Der Richter ist der Mörder) — Grace Hillof
Deshalb hat man sich an Xavier gewandt
Sog[ar] — precisely — allumettes (Streichhölzer)
allummettes

»Die Übersetzung«

Die schwarze Hand
Ende 1

Zg.S 9

der Spiegel des Bischofs (von Agde)
der Bischof übt sich darin, den Segen zu spenden
(Stendhal R[ot] und S[chwarz])

Notizen Servals:
kleine wahre Begebenheiten
dargeboten im Verlangen zur Nachahmung
RSLEL
Eine K von P im S eines W

Zg.S 10

Hinweise aus der Kartause [von Parma]
(oder aus R[ot] und S[chwarz])

es geht darum, Salini herausf[inden] zu lassen
daß dieser Fall
zwischen Grenoble und Chambéry stattgefunden hat
(an der Landstraße)
in der Chartreuse

daher Hinweise
die sich auf Namen
beziehen

das einz[ige], was man zu Anf[ang] weiß
ist, daß die R[omane] nichts miteinander gemein haben

höchstens die Tatsache, daß S[erval] auch der Name einer zentralen Romanf[igur]
aus 53 T[age] ist
Selbst wenn Serv[al] das Buch in Händen hätte
würde ihm das nichts sagen
er hat nichts mit
einem heißen oder kalten Land zu tun
er hat nie einen Konsul getötet

Zg.S 11

Was weiß man, wenn man diesen Roman zu Ende gelesen hat? Nichts, höchstens, daß Serval aus völlig unbek[annten] Gründen das M[anuskript] eines Kr[iminalromans] bekommen hat, von dem eine der Hauptpersonen – die, von der man glaubt, sie sei das Opfer, und die sich am Ende als der Schuldige erweist – den gl[eichen] Namen trägt wie er. Man denkt sofort, daß dieser einzige Hinweis eine moralische Bedeutung hat: Serval, den man für unschuldig hält, ist in Wirklichkeit schuldig, und derjenige oder diejenigen, die ihn getötet haben, haben es aus Gründen und mit Methoden getan, die irg[endwo] im Buch erzählt werden. Die Wahrheit f[indet] sich im Buch, sie ist in ihm verschlüsselt, genau auf die gl[eiche] Weise wie die Ermittlungen, die mit Elementen geführt werden, die das M[anu]s[kript] mit dem Titel »Die Krypta« liefert und die den Erzähler ohne sein Wissen verurteilen

Doch w[enn] man das weiß, weiß man natürlich nichts. Das kann auch eine Weibergeschichte sein, die mit Madame Serval oder mit einer Mätresse von Serval zu tun hat, es kann aber auch etw[as] sein, das mit den Geschäften Servals, seiner politischen Stellung, seiner Vergangenheit als Widerstandskämpfer zu tun hat

kurzum nichts

Widerst[andsbewegung] Robert Serval genannt Bérot

53 T genannt Serval

Stéphane Réal Robert

Zg.S 12

»Dieses schneebedeckte Ödland ist wie eine riesige weiße Seite, auf die die Leute, die wir suchen, nicht nur ihre Bewegungen und ihre Schritte geschrieben haben, sondern selbst noch ihre geheimsten Gedanken…

Gaboriau

Monsieur Lecoq (1868)

siehe auch das Berylldiadem von Conan Doyle

The Beryl Coronet in die A[benteuer] des S[herlock] H[olmes] (Taschenbuch)

ein Buch mit dem Titel »der Salzburger Zweig«

6 Wochen

Serval
weiß durch Lise daß der Konsul für 2 Monate verreist
daß der Erzähler während der Sch[ul]f[erien] nach Frankreich f[ahren] soll
daß der Konsul den Erzähler kennt:
er hat ihn für die Ausst[ellung] des französischen Buchs verpflichtet
er stellt Ermittlungen über den Erzähler an, erf[ährt] daß er in Etampes das Gymnasium besucht hat
gibt sich als sein ehemaliger Mitschüler aus
im Verlaufe eines Abendessens, an dem Serval, der Konsul und Lise teilnehmen, ist die Rede von den detektivischen Fähigkeiten des Erzählers

▷ Serval gibt ein 1. Mal zu verstehen, daß er bedroht wird
▷ Serval bittet den K[onsul], ihn zu beschützen
da er weiß, daß der K[onsul] Grianta verläßt
▷ bittet also um Adresse und Telef[onnummer] des Erzählers

– Verschwindet
– Findet sein Auto

Umstände seines Verschwindens im Rahmen eines Ausnahmezustands

–

Ganz strenge Weisungen am Hafen, Flughafen, Bahnhöfen usw.
ist also nicht abgereist
ist also getötet worden

Intervention der französischen Botschaft

WO IST ER IN WIRKLICHKEIT

---

verschwindet vor Ausrufung des Ausnahmezustands?

15. Januar: der Konsul beauftragt den Erzähler
18. ____: Lise und Serval beschließen, daß dem kleinen Lehrer die Sache in die Schuhe geschoben wird

dead line 15. Mai, Datum der Abreise des französischen Konsuls

Februar Serval stellt Ermittlungen über den Erzähler an
März, April: Serval schreibt »Die Krypta«, die dem Erzähler falsche Hinweise liefern wird
1. Mai: Serval sagt dem K[onsul] daß er bedroht wird
3. Mai: Serval sagt dem K[onsul] daß er den Erzähler kennt

8. Mai: Ausnahmezustand (nicht vorgesehen
das muß stören)
12. Mai Verschwinden Servals; Ermittlungen
15. Mai der Konsul läßt den Erzähler kommen

ODER ABER: Der Konsul gibt dem Erzähler den Koffer OHNE WISSEN der Polizei Er ist eines Abends gekommen und hat mich gebeten, Ihnen dies zu übergeben???

1. Juli Rückkehr des Konsuls
2. Juli der Konsul bei Lise ermordet
2. Juli später: der Erzähler geht zu Lise entd[eckt] die L[eiche]
3. J[uli]: Verh[aftung] des Erzählers, selbstv[erständlich] schul[dig] des M[ords] am Konsul

Zg.S 14

The Maquis S. 179
Einer der Chefs aus dem Vercors (Reynie) nach Denunziation
durch einen Franzosen verhaftet. (Seine Leiche ist nie aufgef[unden] worden)

French ag[ainst] the Fr[ench] Kap[itel] 7 139 –
Multon (alias Lunel) Stellvertreter Bertins (selber rechter Arm Frenays) (Partisanengruppe »Combat«) Org[anisation] der Widerstandsbewegung in Lyon und Marseille)
wird vom Chef der Gestapo von Marseille, Dunker, »umgedreht«
und verpfeift 125 Marseiller Widerst[andskämpfer] (von denen sich 5 bereit erk[lären] für [die] Gestapo zu ar[beiten])
Anschließend mit einem anderen Verräter Robert Moog nach Lyon überstellt, wo sie unter der Leitung von Klaus Barbie arbeiten
soll einen »Briefkasten« in der Rue Bouteille überwachen, der von der Gruppe »Eisen-Sabotage« benutzt wird, deren Chef mit Codenamen Didot (René Hardy) heißt
(die G[ruppe] ist für zahlreiche Entgleisungen ver[antwortlich])

Lecussan Chef der Miliz in Lyon
Dehau
Filliol
Boynichon (?)
Chambéry: Touvier
(anschließend in Lyon)

Nicht geordnete Seiten

NG 1

53 Tage funktioniert
für Salini
wie ein Modell

1. Kap. dem Erz[ähler] wird eine Botschaft anvertraut
Etampes
2. Kap. Lektüre von »Die Krypta«
3. Kap. Suche nach sämtl[ichen] Zusammenhängen
zwischen »die Krypta« und dem bekannten
oder verborgenen Leben
Réal-Servals

ebenso

14. Kap. Salini werden die Ermittlungen
anvertraut
15. Kap. was man weiß (so gut wie nichts)
16. Kap. Suche nach sämtl[ichen]
Zusammenhängen zwischen »53 Tage« und
dem bek[annten] oder verb[orgenen] Leben Serval-Louviers

S R V L - L V R S
E A OU IE
R L
VAL SER
di

NG 2

Louviers 1

Was für eine Funktion hat 53 T[age]?
Eine annehmbare, wahrscheinliche
Erklärung für das Verschwinden Servals
zu liefern
und Hinweise zu geben, die zugleich
hinreichend undurchsichtig und einleuchtend sind
um das Auffinden der Leiche zu erlauben

mit der Leiche das Geständnis der 2 Rächer
das die Polizei und die öffentliche Meinung
um so leichter akzeptieren werden,
als sie keine andere Spur haben

also begräbt man den Fall (und Serval)
und Patricia Serval erbt

ABER:

Warum kein deutlich zur Schau gestelltes Verbrechen?
Warum bedarf es des Buches 53 T[age]
Wozu soviel Geheimniskrämerei mit Hilfe des Buches
wenn alles klar ist, sobald der Leichnam entdeckt wird?

»Die Erklärung« muß durch Hinweise aus dem Buch 53 T[age] vor der Entdeckung der Leiche gegeben werden die nur die Hypothese bestätigt, die die »linguistischen« Ermittlungen nahegelegt haben

Was geschieht, wenn Serval den Roman bekommt

NG 3

Louviers 2

Wegen der offiziellen Funktionen, die Serval eine Zeitlang ausgeübt hatte,
werden parallel zu den Ermittlungen der Polizei auch solche des GD geführt
Man zieht in Betracht: politische Abrechnung
: ein Attentat, das von Extremisten aus Frankreich oder eher aus der Dritten Welt (vor allem auf Grund eines Vertrags zwischen einem Unternehmen Servals und Chile oder Argentinien) begangen wurde
:

Die offiziellen Ermittlungen richten sich auf
: Entführung mit Lösegeldforderung
: Verbrechen aus Leidenschaft (Patricia Serval wird verdächtigt)
:
:

ZUR SACHE: Wer hat Serval getötet
und wie
Handlanger?
schwer sich etwas anderes vorzustellen
aber Riß in der Beweiskette
eher: der Liebhaber von P[atricia] S[erval] (»der Konsul«)
mit einem Genickschuß
zieht ihm darauf die Uniform eines deutschen Off[iziers] an
wie lockt »der Konsul« Serval an?
Serval, unschuldig oder nicht an dem Fall der Partisanen-gruppe, läßt sich nicht in die Grotte locken

der »Konsul« kann kein Kampfgefährte oder enger Freund Robert Servals sein, denn die Geschichte mit den Skorpionen von Seite 21 wäre zu verräterisch

NG 4

DAS PROBLEM DES ENTSCHEIDENDEN HINWEISES KAP 7

Der Konsul kehrt nach Frankreich zurück, um »seine Situation zu regeln«, id est
sich scheiden zu lassen, um Lise heiraten zu k[önnen]
der Botschafter, der Bescheid weiß, hat es verlangt
Of course, Serval und Lise wissen es
but nobody else

Was den Erz[ähler] belasten wird:
- mehrmals in Lises Gesellschaft gesehen worden (Motiv)
- trifft mitten in der Nacht beim Konsul ein
  + der Schuß (Gelegenheit)
  a[lles] unter Zeugen (Taxich[auffeur])
- ABER: seine Fingerabdrücke auf dem Revolver sind notwendig (BEWEIS)

das kann sein: Schießunterricht
Waffenhändler, Antiquar
erhaltenes Paket

er hat eine Pistole, man stiehlt sie ihm
warum hat er eine Pistole

eine Spur führt ihn zu einem Schießlehrer: um einen Vorwand zu haben ihn auszufragen
bittet er ihn um Unterricht (zu schwach)
Lise darf in diesem Augenblick nicht verdächtigt werden. Darf also
(für den Leser) nicht eingreifen

53 Tage: der Erzähler wird
für schuldig erkannt, den
Konsul getötet zu haben, um
ihm seine Mätresse Lise zu
stehlen: das sind die wahren
Motive von
Servals Komplott (es fehlte nicht viel
und es wären auch die des Er-
zählers, der wahnsinnig in Lise
verliebt ist. Aber das konnten
Serval und Lise nicht mit Sicherheit
voraussehen. Sonst hätten
sie den Konsul wirklich von
Lise ermorden lassen)

Die Wahrheit, kaum angetippt, entfernt sich.
Man muß sie weiter weg als in irg[endeiner] direkten
Anspielung suchen

Fünf nähere Angaben zur Gestalt des Textes

- S. 48 Zeile 28: im Originaltext stand zwischen »zusammen hat« und »hinausgehen sehen« folgender Hinweis: (vvvvv!). Das läßt die Annahme zu, daß Georges Perec diese Fassung als nicht endgültig ansah.

- S. 57 Hartz und Hertz: siehe die »Notizen, die auf die ausgearbeiteten Seiten verweisen«, S. 207

- S. 68 *lasciatto*: siehe die »Notizen, die auf die ausgearbeiteten Seiten verweisen«, S. 207

- S. 72, Schlemm: siehe die »Notizen, die auf die ausgearbeiteten Seiten verweisen«, S. 207

- S. 98 und 116: die Anmerkungen am Ende der Seiten sind von Georges Perec.

Jacques Roubaud

Die *53 letzten Tage* Georges Perecs

Der letzte Roman

53 Tage ist das letzte, unvollendet gebliebene Werk Georges Perecs: ein Roman, an dem er im Sommer 1981 in Australien und nach seiner Rückkehr im Herbst und Winter desselben Jahres in Paris gearbeitet hatte, an dem er noch kurz vor seinem Tod im März 1982 arbeitete.

Beschreibung

Eine Inhaltsbeschreibung des Buches, so wie es sich dem Leser darbietet, zeigt einige der Probleme ziemlich deutlich, denen wir, Harry Mathews und ich, begegnet sind, als man uns mit der Aufgabe betraute, den Text zur Veröffentlichung vorzubereiten.

Der Roman war, als durchkomponiertes Buch, nicht ganz zur Hälfte fertig. Ich möchte sogar sagen, er war eindeutig weniger als zur Hälfte fertig, wenn man davon ausgeht (das ist meine persönliche Meinung, mit der aber nicht alle übereinstimmen), daß der erste Teil vor der endgültigen Drucklegung des Textes überarbeitet worden wäre. Nicht im Hinblick auf die Konstruktion (ich denke, daß die Konstruktion des zweiten Teils weitgehend von der bereits vollständig festgelegten Konstruktion des ersten Teils bestimmt wurde), sondern im Hinblick auf die stilistische Stringenz, die in dem uns vorliegenden Text manchmal vielleicht nicht ganz durchgehalten ist.

Es gibt noch eine andere Hypothese (die unabhängig davon ist, ob der erste Teil nun überarbeitet worden wäre oder nicht, die jedoch, wie mir scheint, für eine zumindest teilweise Überarbeitung dieses Teils spricht, diesmal allerdings nicht in stilistischer Hinsicht): der erste Teil hätte sich wegen des zweiten Teils anders präsentiert, weil die Schreibweise dieses zweiten Teils eine andere gewesen wäre.

In die Mutmaßung (die Vorstellung) dessen, was das Buch sein sollte, muß man die Mutmaßung (die Vorstellung) dessen einbeziehen, was es als Sprachgegenstand, als Sprachkunstwerk sein sollte. Die Bücher Georges Perecs sind im höchsten Grade Sprachkunstwerke. Und selbstverständlich sind wir hier noch stärker überfordert als bei der Lösung der verschiedenen Rätsel, die sich aus dem Stand der Erzählung ergeben.

Zwei einander widersprechende Lösungen

Als wir Einsicht in das Manuskript nahmen, ist uns von Anfang an folgende Schwierigkeit aufgefallen: sollten wir aufzugreifen, zu rekonstruieren versuchen, wie die Fortsetzung des maschinengeschriebenen Teils ausgesehen hätte, und uns dabei der bereits ausgearbeiteten Fragmente bedienen, die sich unter den Aufzeichnungen in den verschiedenen Heften befanden? Oder sollten wir, eine völlig entgegengesetzte Lösung, alle Elemente, über die wir verfügten, ohne den geringsten Versuch einer Interpretation völlig unbearbeitet vorlegen?

Bei beiden Möglichkeiten gab es Schwierigkeiten: bei der ersten würden wir ganz entscheidend in den uns vorliegenden Text eingreifen. Bei der zweiten würden wir das unbearbeitete Manuskript vorlegen, ohne uns die für eine derartige Rekonstruktion notwendige Arbeit zu machen, eine wissenschaftliche Arbeit, für die uns die Voraussetzungen fehlten. Zudem hätte uns das, in diesem zweiten Falle, dazu gezwungen, Elemente einzubringen, die sich zwar in den Aufzeichnungen fanden, aus denen jedoch ziemlich klar hervorging, daß sie nicht zum Buch gehörten (davon waren wir jedenfalls überzeugt: wir kamen schließlich nicht umhin, wenigstens eine Vorstellung von dem zu haben, was das Buch war. Allerdings gibt es Fragmente, wo sich das nicht eindeutig entscheiden läßt. Wir haben vielleicht Teile wiedergegeben, die hier gar nichts zu suchen haben, und umgekehrt vielleicht Dinge weggelassen, die dazu gehört hätten).

Die Bitte, die man an uns herangetragen hatte, war nun die, trotz allem ein für das große Publikum lesbares Buch zu erstellen (und tatsächlich hat *53 Tage* in Frankreich eine beträchtliche Anzahl von Lesern gehabt). Wir haben also die zweite Lösung ausgeschlossen, nämlich die, sämtliche Dokumente zu veröffentlichen, ohne uns zu bemühen, irgendeine Ordnung hineinzubringen. Zur ersten Lösung glaubten wir uns indes nicht berechtigt. Wir haben den Roman nicht »zu Ende geschrieben«.

Ein Mittelweg

Wir haben also einen Mittelweg gewählt. Wir haben versucht, in den bereits von Perec ausgearbeiteten Teilen einen Erzählfaden auszumachen. Und im übrigen haben wir alles, was uns anvertraut worden ist, im Anschluß so originalgetreu wie nur möglich wiedergegeben.

Eines der Probleme dieser Rekonstruktion ist, daß sie sich nicht an die Anordnung des Materials hält, so wie die Manuskripte oder Tapuskripte auf der Seite standen (das hätte nur das Faksimile leisten können, mit allen sich daraus ergebenden Problemen der Lesbarkeit im eigentlichen Wortsinne).

Ein Prosalabyrinth

In dem zur Verfügung stehenden Material gibt es nicht nur die Dinge, die, vorausgesetzt, daß wir uns nicht allzusehr geirrt haben, einem ziemlich klaren Erzählverlauf entsprechen, dem nämlich, den wir aus dem Text herausfiltern konnten, sondern auch viele falsche Spuren, viele Versuche und Irrtümer, viele romaneske Einfälle, die in der endgültigen Fassung vielleicht völlig verschwunden wären. Man gerät tatsächlich in ein richtiges Labyrinth aus Prosafragmenten.

Notizen, die den ersten Teil betreffen, gibt es so gut wie keine. Dies gibt zu der Vermutung Anlaß, daß die nicht ausgearbeiteten Elemente im zweiten Teil genau die sind, deren Platz und selbst deren Beibehaltung vom Autor noch nicht abschließend entschieden worden war. Fast alle erhaltenen Elemente betreffen den zweiten Teil, und das bedeutet ohne jeden Zweifel, daß die Konstruktion dieses zweiten Teils noch nicht ganz feststand, noch nicht völlig festgelegt war oder zumindest, daß sie noch nicht auf dem Papier ausformuliert war, selbst wenn sie es in der Vorstellung des Autors bereits war (der Handlungsverlauf, den wir freigelegt haben, erscheint ziemlich klar). Es gab nirgends ein vollständiges Exposé des zweiten Teils.

Und doch war die ineinander geschachtelte Struktur, die das Werk wie ein Ganzes zusammenhalten sollte, bereits von Anfang an da.

Geheimnisse der Konstruktion, Geheimnisse des Unabgeschlossenen

Nun stellt sich eine Frage: war der Stil des zweiten Teils in Wahrheit nicht fast vollständig vom Konstruktionsprinzip des Romans vorgegeben? Auf diese Frage gibt es keine wirkliche Antwort. Sie ist eine Herausforderung an die kritische Analyse, an den Scharfsinn der Literaturkritiker und -theoretiker. Ich weiß nicht, ob es viele Romanbeispiele dieser Art gibt. Es handelt sich hier nicht nur um einen unvollendeten Roman. Nehmen wir einmal an, der erste Teil sei tatsächlich endgültig gewesen. Der zweite Teil war nicht ausgearbeitet, doch das Gerüst stand fest. Dieser zweite Teil wäre mit Materialien konstruiert worden, die wir vielleicht nicht alle besitzen, von denen einige am Ende vielleicht auch gestrichen worden wären. Da es sich um einen Roman handelt, dessen Konstruktion selbst wiederum von absichtlich rätselhafter Art ist, verstärkt das Buch, so wie es jetzt vorliegt, diese Situation, macht das Rätsel noch größer, und ich frage mich, ob das gegen Ende nicht auch der Autor selber wahrgenommen hat.

Rätsel des Rätsels

Das Rätsel des Buches war in der Tat nicht nur ein Rätsel kriminalistischer Art, bei dem man sich die Frage stellt: wer hat was getan? Es schloß bereits bei der Konzeption (die Aussagen diesbezüglich sind eindeutig) ein anderes Rätsel ein, das die Beziehung des Lesers zum Roman sowie die Beziehung des Romanciers zu seinem eigenen Werk betrifft.

Diese faszinierende Komplexität wird in Wirklichkeit noch verstärkt und nicht etwa zerstört durch die Tatsache, daß das Buch nicht abgeschlossen werden konnte. Es handelt sich hier um eine Unabgeschlossenheit, die verschieden ist von der von *The Mystery of Edwin Drood* von Dickens oder *Sanditon* von Jane Austen. Das Geheimnis der Unabgeschlossenheit ist eng verflochten mit dem Projekt des Buches. Selbstverständlich ist es ein kontingentes Ereignis von katastrophaler Art, nämlich Krankheit und Tod, das dieses Geheimnis sozusagen erfunden hat, aber es hat eine literarisch sehr merkwürdige Situation geschaffen.

Das Schreiben unter dem Zwang des Todes

Ferner stellt man sich unwillkürlich die Frage, ob dieser Sachverhalt nicht doch einen Einfluß auf den Stil des zweiten Teils des Buchs gehabt hat, allein schon deshalb, weil der Schriftsteller in den letzten Monaten seines Lebens gewußt hat, daß er es wahrscheinlich nicht zu Ende schreiben würde. Man spürt ganz stark, und an mindestens einer Stelle ganz eindeutig, wie dieser Umstand in das Buch einsickert. Tatsächlich offenbaren die Romanfiguren (Patricia und Salini) in dem Kapitel, das als 28. und letztes vorgesehen war, in dem Dialog, vor dem in Großbuchstaben DAS ENDE steht, daß der Romancier G. P. von ihnen ausgewählt worden ist, um nach ihren Angaben einen »Roman in 53 Tagen« zu schreiben. Und sie fügen hinzu (und das sind die letzten Worte des Buches): »In Wahrheit hat er viel länger gebraucht... Wir hatten reichlich Zeit vorgesehen, aber am Ende haben wir ihn wirklich drängen müssen...«* Ein Satz, bei dem es schwerfällt, nicht den Einbruch der realen Zeit, einer realen und verzweifelten Eile herauszulesen.

Auf jeden Fall steht eindeutig fest, daß Georges gerade an seinem Roman *53 Tage* schrieb, als er merkte, daß er krank war, und als er dann wußte, wie krank er war, hat er weitergeschrieben. Er hat seine Hefte mit ins Krankenhaus genommen, und als ich das letzte Mal am Telefon mit ihm gesprochen habe, hat er mir gesagt, daß er dabei sei, das Buch abzuschließen. Die Ungewißheit, ob es ihm möglich sein würde, es zu beenden und die immer größer werdende Wahrscheinlichkeit, je weiter die Zeit voranschritt, daß er es nicht vollenden würde, sickern in das Buch ein. Er hat dieses Eindringen nicht zurückgewiesen. Es ist auf eine höchst ergreifende Art eine Einwirkung des Lebens auf das Werk, das heißt hier eine Einwirkung des Todes.

Der Künstler in seinem Atelier

In der veröffentlichten Form besteht *53 Tage* aus drei Teilen. Im ersten Teil liest man einen seltsamen Kriminalro-

* Unterstreichung von mir. J. R.

man, der aber an der Grenze zum Klassiker ist und dem Leser die Suche nach einer Lösung abverlangt. Der zweite Teil liefert diese Lösung beinahe. Der dritte Teil schließlich, der die Notizen, die kleinen Szenarios, die Listen enthält, ist so etwas wie die Ankündigung eines zu schreibenden Buches; lesen, ein neues Ende zusammensetzen und die Handlung rekonstruieren sind ein und dasselbe.

Diese Materialien zeigen uns Georges Perec bei der Arbeit. Er arbeitete, indem er so viele Dinge wie möglich explizit machte und sie zugleich ordnete. Es gibt Formulierungen, die mehr sind als Konzepte, als Rohfassungen, die schon so sind, daß sie in den Text eingearbeitet werden können, es gibt Aufforderungen zur Arbeit, Fragen an sich selber, zukunftsorientierte, programmatische Stücke, die den chronologischen Fortgang des Schreibens begleiten. Beim Lesen dringen wir in die »Fabrik« des Romanciers ein, und dieser Romancier ist einer der bedeutendsten und originellsten des 20. Jahrhunderts.

Das Laboratorium des Stilzwangs

Manche Materialien sind zur Lösung eines besonderen Problems bestimmt. Das deutlichste Beispiel dafür ist der Titel des zweiten Teils »ein R ist ein S, der die L e l«. Hier sieht man den »Oulipisten« Perec arbeiten: ein Stilzwang ist vorgegeben, und auf höchst erschöpfende Weise werden Lösungsvorschläge angeboten. Es gab bei ihm während der Komposition eines Werkes immer eine sehr lange Phase, in der er die Lösungen durcheinanderwürfelte: er mußte langsam und pragmatisch in den Stilzwang, die »contrainte«, eindringen, bevor er damit spielen, seine Wahl treffen konnte. Doch die Spuren dieses Erarbeitens verschwinden stets im abgeschlossenen Werk. Hier hingegen hat man Zugang zu ihnen ... Die Lektüre der Schriftstücke gibt dem Leser die Möglichkeit zu eigenen Erfindungen, neuen und imaginären Zusammensetzungen. Sie hat einen dialogischen Charakter.

Allerdings wird man feststellen, daß Stilzwänge von der Art, wie ich sie angeführt habe, solche also, die sich auf Wörter, Zeichen und Sätze beziehen, in *53 Tage* relativ selten sind.

Der wichtigste, entscheidende, zentrale Zwang im Buch ist ein Zwang, der die Komposition betrifft. Er gleicht weder dem einzigen Stilzwang aus *La Disparition* (deutsch: *Anton Voyls Fortgang*) noch den mannigfachen aus *Das Leben Gebrauchsanweisung*. Das Leben erscheint hier als ein Rätsel, das unaufhörlich seine Lösungen zerstört. Die Vielfalt der Erklärungen eines Todes, eines Mordes ist eine Allegorie des Lebens, das sein Ende nicht kennt. (So bildete in *Das Leben Gebrauchsanweisung* die Vielfalt der Leben das Puzzle eines einzigen Lebens, das Leben aller Menschen.) *53 Tage* enthält mit der Beschwörung der Kriegsjahre, dem Verrat in der Widerstandsbewegung, der Tragödie aus dem Vercors, neue biographische »Schlüssel« und ist folglich auch eine neue Fassung, eine neue Etappe in Perecs Unterfangen einer »Sammlung« seiner verlorenen Vergangenheit, eine »Anamnese«, deren beide andere Pole *W* und *Ich erinnere mich* darstellen.

Abenteuer in der Erzählung

Der Stilzwang von *53 Tage* ist also ein Konstruktionszwang, der in der Selbstzerstörung der Lösungen eines Rätsels besteht und so etwas wie eine neue Schreibweise des Romanciers darstellte. Diese zu entziffern kann man hier als Leser seinen ganzen Scharfsinn üben: die vorab geschriebenen Teile bestimmen die Übergänge, die von der Erzählung vorgeschrieben sind. Es sind Kreuzungen im dichten, dunklen, geheimnisvollen Wald der Prosa. Es ist nun an Ihnen, sich darin einen Weg zu bahnen.

Inhalt

I
53 Tage
7

II
Ein R ist ein S der die L E L
137

III
Das Dossier
163

Orangefarbenes Heft 167
Block Rhodia 179
Blaues Heft 193
Block auf dem Nachttisch 201
Weißes Heft auf dem Schreibtisch 203
Notizen, die auf die ausgearbeiteten Seiten verweisen . 204
Schwarzer Ordner »53 Tage« 213
Zusammengefaltete Seiten im Ordner 53 Tage 272
Nicht geordnete Seiten 284
Fünf nähere Angaben zum Text 288

Jacques Roubaud
Die *53 letzten Tage*
Georges Perecs
289

Georges Perec
Ein Kunstkabinett

Roman
Aus dem Französischen von Eugen Helmlé
1989. Gebunden. 112 Seiten

Nach dem Prinzip ewiger Repetition und Verkleinerung bis ins perspektivische Nichts funktioniert das *Kunstkabinett*. Erzählt wird die »Geschichte eines Gemäldes« (so der Untertitel), das sich selbst zum Gegenstand hat, d. h. das einen Raum darstellt, dessen Wände von über hundert anderen Gemälden bedeckt sind, die »alle Gattungen und alle Schulen der europäischen Kunst und der jungen amerikanischen Malerei aufs wunderbarste vertreten« – und das im Zentrum sich selbst abbildet.
Doch die Treue trügt, das Doppel zeigt seine Tücken in der Differenz – Dinge verschwinden, verändern, vermehren sich –, und diese Variationen, nicht etwa seine malerische Qualität, begründen den Erfolg des Bildes, zu dem Besuchergruppen mit Lupen drängen wie kaum zur Mona Lisa. [...] Ein Universum des Fast-Wahren wird vorgestellt, das reflektiert auf den (pekuniären) Wert und Unwert der Kunst, das die Kritik parodiert und die Kenner kritisiert.

Die Weltwoche, Zürich

Im Roman »Ein Kunstkabinett« beherrscht der Erzähler alle Zauberkünste des literarischen Gauklers.

Frankfurter Allgemeine Zeitung